CAFÉ TANGERINN

EMANUELA ANECHOUM
CAFÉ TANGERINN

Tradução:
Francesca Cricelli

BIBLIOTECA AZUL

Copyright © 2024 by Emanuela Anechoum
Copyright da tradução © 2024 Editora Globo

Todos os direitos reservados. Nenhuma parte desta edição pode ser utilizada ou reproduzida — em qualquer meio ou forma, seja mecânico ou eletrônico, fotocópia, gravação etc. — nem apropriada ou estocada em sistema de banco de dados sem a expressa autorização da editora.

Texto fixado conforme as regras do novo Acordo Ortográfico da Língua Portuguesa (Decreto Legislativo nº 54, de 1995).

Título original: *Tangerinn*

Editora responsável: Amanda Orlando
Editor-assistente: Renan Castro
Capa: Tereza Bettinardi
Diagramação: Renata Zucchini
Preparação: Carolina Facchin
Revisão: Francine de Oliveira

CIP-BRASIL. CATALOGAÇÃO NA PUBLICAÇÃO
SINDICATO NACIONAL DOS EDITORES DE LIVROS, RJ

A586c
Anechoum, Emanuela, 1991-
Café tangerinn / Emanuela Anechoum ; tradução Francesca Cricelli. - 1. ed. - Rio de Janeiro : Biblioteca Azul, 2024.
272 p.

Tradução de: Tangerinn
Glossário
ISBN 978-65-5830-220-9

1. Romance italiano. I. Cricelli, Francesca. II. Título.

24-94907 CDD: 853
CDU: 82-31(450)

1ª edição, 2024 — 2ª reimpressão, 2025

Direitos de edição em língua portuguesa para o Brasil adquiridos por Editora Globo s.a.
Rua Marquês de Pombal, 25 – 20230 -240 – Rio de Janeiro – RJ
www.globolivros.com.br

Pessoas como você, que têm dois sangues diferentes correndo nas veias, nunca encontram descanso nem satisfação; enquanto estão lá, gostariam de se encontrar aqui, e assim que voltam para cá, logo têm vontade de fugir. Você irá de um lugar a outro como se estivesse fugindo de uma prisão ou corresse em busca de alguém; mas na realidade só estará perseguindo as diferentes sortes que se misturam no seu sangue, porque o seu sangue é como um animal duplo, é como um cavalo alado, como uma sereia.

Elsa Morante, *A Ilha de Arturo*

Entre 1923 e 1956, Tânger foi administrada por uma comissão internacional composta por vários Estados europeus: gozava de neutralidade política e militar, liberdade de empreendedorismo e certa elasticidade de costumes. Era chamada de Área Internacional, e o fato de ser uma terra de ninguém garantia certa tolerância boêmia que, ao longo dos anos, atraiu um grande grupo de artistas e poetas, incluindo William Burroughs, Jack Kerouac, Allen Ginsberg e Paul Bowles. Ao lado do famoso Hotel El-Muniria, onde muitos deles se hospedaram durante suas estadias na cidade, havia um bar pequeno, mas aconchegante, chamado The Tangerinn, onde os beatniks gostavam de se encontrar, que ainda guarda muitos testemunhos daquele período.

Para entender os termos em árabe no texto, consulte o Glossário no final do volume.

Prólogo

Você sempre foi alguém que, em algum momento, acabava com a mão vencedora. Passou por dificuldades na vida, passou fome, trabalhou todos os dias desde quando teve tamanho — você dizia. Mas as coisas importantes, realmente importantes, caíam no seu colo. Não lhe faltava talento, mas não precisava dele.

Vale a pena nomear algumas dessas coisas; outras, quando são ditas, é como uma traição. Às vezes coincidem. Na maior parte, não são coisas que assumiu, que construiu, planejou. Simplesmente lhe aconteceram, por bizarrices do acaso. Você as merecia? São principalmente coisas boas, algumas tristes, mas substanciosas, de qualquer forma.

Jogar baralho com Samir no café do bairro. Não tinha nome; a placa dizia apenas "Café", em francês. Jogavam todos os dias, contudo, você sempre sentia aquela leve adrenalina, a pressão de ter que vencer como se sua vida dependesse disso. Era como uma droga, aquela oscilação entre estratégia e acaso. Você tinha que se provar, pois, caso contrário, qual seria o plano de Alá para tê-lo mantido vivo quando seu pai e dois de seus irmãos estavam mortos?

Sua primeira lembrança: tinha três anos de idade e sua mãe, com um bebê sem vida nos braços, enxugava os olhos em silêncio. Você desceu correndo as escadas — morava no primeiro andar de um sobrado — e foi para a rua chamar o *imam*. Eles oraram e choraram, choraram e oraram durante dias. Os vizinhos trouxeram cestas cheias de flores e canela, para disfarçar o cheiro, porque o corpinho estava mudando de cor e já fedia. Então, eles o levaram embora. Algumas semanas depois, você começou a frequentar a escola corânica. Aprender a rezar significava aprender a escrever, a cantar, a viver. Você não pensava nos mortos, mas de vez em quando a imagem daquele corpo voltava à sua mente, e você tinha medo de que ele olhasse para você enquanto dormia. Estava vivo e ele não — por quê?

Todos na vizinhança entenderam. Para alguns, a fé era garantia; para outros, conforto — para você, fatalismo. Alá tinha que ter um plano para você. E quando ele se revelasse, você teria de estar pronto. Samir também pensava assim. Ele era muito diferente de você em muitas coisas, mas compreendia que vencer era importante, mesmo que fosse só no jogo. Por isso vocês eram amigos.

Muitos anos depois, em sua outra vida, aquela em que eu também existia, eu o observava sentado no tapete da sala de estar inventando jogos solitários complicados com baralho francês. Você tinha que vencer, tinha que vencer contra si mesmo.

Não sabiam o que Alá havia reservado para vocês, mas tinham esperança de que envolvesse ambos. Confessavam um ao outro, em sussurros, seus planos mais secretos. Um dia, iriam de carro até Tânger e pegariam um navio. Ficariam ricos e viveriam na Europa. Um dia, teriam esposas lindas, chamariam um táxi na recepção do hotel e viajariam de avião. Pagariam com cartão de crédito, daquele tipo dourado. Nunca mais passariam fome. Voltariam à vizinhança como visitantes cansados, cada vez mais alheios ao ambiente, com seus sapatos de grife, suas camisas, a pele luminosa de quem realmente não precisava trabalhar. Mas olhariam com saudade repentina para as ruas empoeiradas e sem pavimentação.

    Há coisas que merecem ser mencionadas. Por exemplo, as mãos da *jidda*, a avó, cheias de nós e antigas como raízes de oliveira. Você beijava as palmas das mãos e as costas delas sempre que entrava na sala. Cheiravam a especiarias e henna. As unhas eram quebradas de tanto esfregar panos e trabalhar tecidos. Ela ficava debruçada sobre a máquina de costura pelo tempo que fosse necessário, sem nunca parar, com lentidão e dedicação, como numa oração. Enquanto trabalhava, às vezes cantava, com uma voz baixa e rouca. Quando estava cansada, recostava-se na cadeira por um momento e colocava as palmas das mãos sobre a mesa. Ficava assim por alguns minutos e depois voltava a trabalhar. Suas mãos pequenas estavam sempre quentes, e você conseguia segurar as duas com uma só. Você tinha mãos grandes, dedos longos e unhas planas como as de um animal estranho. Mãos desajeitadas que não podiam segurar uma flor. Quando criança, eu dormia sobre elas como se fossem minha toca.

    Suas mãos são o único lar onde me senti verdadeiramente segura.

    O sorriso de ammi Boubakar. Ele era um pouco maluco: acreditava em espíritos, ouvia sons que os outros não ouviam, via os irmãos mortos e às vezes conversava com gatos. Tinha medo do escuro. Ficava triste quando as folhas caíam, porque morriam e ele não poderia conhecê-las. Depois da chuva, saía para remover caramujos da estrada e, se visse um esmagado, chorava. Era como uma criança em corpo de adulto. Inocente. Quando você foi embora, ele o levou de bicicleta até o porto e o deixou lá sem dizer uma palavra, sem sequer um abraço — mas você sabia que ele tinha fugido para que você não o visse chorar.

Outras coisas a mencionar: o walkman do Idris, a maneira como Zahra acariciava a barriga inchada, o cheiro de menta e haxixe no bar, os tênis de corrida que Malik lhe dera de presente com seu primeiro salário, as mãos de *jidda* — eu já falei disso? — e o preço da farinha, a fome, as vozes de Derb Sultan, os corpos flácidos dos homens idosos sentados na névoa do amã, a pele enrugada pelo vapor, pelo tempo, as mulheres ajustando distraidamente os hijabs, caminhando, conversando umas com as outras, e você seguindo-as com os olhos, como fantasmas, as cores do mercado cegando-o, confundindo-o. Quando criança, com *jidda*, você tinha medo de se perder e que ela não se virasse para procurá-lo, perde-se um filho, perdem-se todos os filhos, os cães que quase arrancaram sua perna um dia, a vez que você tentou roubar maçãs do jardim do vizinho, um cara que vendia sapatos sem par na esquina, para quem só tinha um pé, as bruxas que liam folhas de chá para você, o uivo dos lobos lá longe, na casa da sua tia-avó, na beira do deserto, deitados no chão com as estrelas tão próximas que pareciam cair sobre você, o som das ondas em Melilla que o assustava, quando a correnteza o empurrou para longe e você temeu morrer, quando fugiu da polícia e temeu morrer, quando às vezes acordava à noite e temia morrer, havia um buraco de bala na janela da sala de estar, você o encarava, Boubakar murmurava enquanto dormia. Um rasgo, como um tecido surrado, mas por dentro, na altura do esterno. Fazia você sentir que estava e não estava ali, naquele momento em que sonhava com outro lugar. Uma inquietação, como um espírito, que repousava em seu peito à noite, quando pensava no dia em que partiria, quando pensava em como seria sua vida longe de casa, que chamaria de lar outro lugar, outra cama, outras paredes. É o que você quer, é o que você quer, dizia a si mesmo; eu dizia a mim mesma, porque você era — tinha que ser — especial — para existir.

Era cansativo respirar naqueles momentos, e temíamos morrer.

PRIMEIRA PARTE

DOUTRINA

1.

Quando Berta ligou, eu estava com Elizabeth no The French House, um pequeno pub no Soho com decoração boêmia. As mesas redondas lembravam Paris; as paredes eram repletas de fotos de escritores e artistas mais ou menos famosos que gostavam de se embebedar ali cinquenta ou cem anos antes. Um copo de vinho tinto custava oito libras. Eles não vendiam batatas fritas. As garçonetes usavam o mesmo penteado, com franjas curtas. A clientela era intelectual porque preferia vinho à cerveja, falava rápido e bebia devagar, atos de dissidência continental. Certa vez, tentei conseguir uma entrevista de emprego, achando que ser bartender em um lugar como aquele me tornaria automaticamente menos fracassada do que se eu fosse bartender em outro lugar, porque lá o piso era de parquet. Disseram-me que eu não parecia suficientemente francesa, mas provavelmente queriam dizer que eu era muito italiana ou muito árabe. Nenhum dos dois era bom o suficiente para os franceses.

Enquanto você estava morrendo, eu fingia escolher o que pedir. Na verdade, eu sempre escolhia o mais barato, mas na frente da Liz eu hesitava, como se estivesse considerando diferentes opções. Estava sempre pensando em como eu parecia aos olhos dos outros, e provavelmente mesmo naquele momento eu estava pensando em como minha vida parecia legal vista de fora.

Você morreu num dia comum e, como em qualquer outro dia comum, eu não estava lá. Estávamos separados por dois mil quilômetros e tudo o que tínhamos para dizer.

Naquela tarde, Liz sentou-se sem tirar o chapéu — um fedora de veludo azul, usado sem ironia — e anunciou que uma palavra precisava ser retirada de nosso vocabulário. Digo nosso porque foi ela quem me ajudou a aprender inglês e, como minha tutora, tomou a liberdade de acrescentar e, às vezes, até mesmo de remover palavras que achava que deveriam ter prioridade sobre outras em minha educação.

Que palavra?, perguntei, e fiquei assustada, pois tudo o que eu sabia havia aprendido com dificuldade.

Inveja. É um sentimento tóxico, não acha? Você nem imagina quantas pessoas me escrevem dizendo que invejam meu corpo, meu senso estético, meu dinheiro, minha vida. E, com base nisso, acabam sempre me insultando. Toda pessoa que me inveja acaba me chamando de vagabunda. O que eles sabem sobre mim no final das contas? Que tipo de pessoa você é se quer que os outros não tenham o que você quer? Isso é imoral. Se você olha para os outros como deveria olhar para si mesma, significa que você tem algum vazio intransponível dentro de si, não, algo triste, concluiu, e tomou um gole de vinho, estudando com seus olhos claros minha reação através da taça. Em casa, ela escondia um Chardonnay barato que gostava de beber sozinha com cubos de gelo.

Liz se autodenominava uma *digital activist*, esse era seu trabalho. Recebia todo tipo de produto todos os dias, de alimentos a livros, que resenhava no YouTube e no Instagram.

Falava muito sobre feminismo e, por isso, frequentemente anunciava coisas que variavam de quadrinhos sobre Frida Kahlo a sabonetes veganos. Seu feminismo era interseccional — obviamente —, mas, longe das telas, Liz só se dava com outras mulheres brancas. Eu era uma exceção e, de qualquer forma, os árabes são vistos como praticamente caucasianos, portanto, mal posso ser considerada mestiça.

Entre as primeiras coisas que Liz me ensinou sobre o feminismo estava o fato de que você nunca deve fazer outras mulheres pagarem o preço de sua liberdade — são os homens que devem fazer isso. Assim, contratava homens para limpar a casa, mas, como não gostava de interações casuais, ela os selecionava por meio de um aplicativo e depois se certificava de nunca estar presente enquanto eles estavam lá. Por outro lado, ela se declarava moderna demais para se preocupar com as tarefas domésticas, mas odiava a bagunça, a poeira e o desleixo.

Ela tinha uma camiseta estampada com o rosto de Bernie Sanders, que comprou na Etsy, que não era como a Amazon. Ela não gostava de desperdício, usava xampu sólido da Lush, mas se estivesse indecisa entre duas camisetas, acabava comprando as duas. De qualquer forma, elas duram uma vida inteira, disse, porque eu trato as coisas com cuidado. No sentido de que ela lavava a roupa com uma precisão maníaca, por tons de cor — mesmo que fossem apenas duas ou três peças de cada vez, usando uma quantidade constrangedora de amaciante. Ela acreditava no Whole Foods, mas também em comprar direto do produtor. Eu não tinha dinheiro para comprar em nenhum dos dois lugares e me sentia culpada, porque no Tesco eles usam muito plástico e nunca se sabe em que condições as bananas foram colhidas. Ela me dizia que, às vezes, até mesmo agir com ética é um privilégio, e dava um tapinha no meu ombro em sinal de absolvição.

Senti um peso no peito, um nó na garganta. Pensei: tenho inveja de todo mundo, sempre. Invejo constantemente os autoconfiantes, os belos, os ricos, os felizes. Sou cheia de veneno pelos privilégios dos outros e também invejo seus méritos. Espero que Liz perca tudo o que tem.
Foi então que o telefone tocou.
Estou no metrô, posso ligar de volta?
Mina — os soluços de Berta não me deram nenhuma pista. Tanto podia ter sido qualquer coisa como o pior.
Foi o pior.

2.

Seis anos antes, eu havia batido à porta de Liz em resposta a um anúncio que oferecia um quarto individual em um apartamento de dois cômodos com um mezanino com vista para um jardim pitoresco. Eu tinha vinte anos e queria esquecer de mim mesma o mais rápido possível. Dormia em um albergue, em um dormitório misto, e não estava acostumada com o mau cheiro dos homens. Tudo me assustava, mas eu me forçava a enfrentar a nova realidade que havia decidido que seria minha vida: um jogo de equilíbrio entre terror e desejo de ser vista.

Ao criar a nova eu, a primeira coisa que buscava era um cenário, um lugar para onde voltar à noite. Eu tinha uma ideia clara de como ele deveria ser. Uma casa vitoriana, em uma rua pequena, com as casas geminadas todas iguais, arrumadas e limpas. Eu achava reconfortante a ideia de uma arquitetura previsível. Os interiores também eram importantes, tinham que criar uma certa atmosfera: uma luminária misteriosa com franjas, uma poltrona de veludo escuro, um tapete persa comprado em uma viagem ou talvez em um mercado de pulgas onde, eu imaginava, a nova eu passaria horas revirando coisas antigas. Nas paredes haveria pinturas em cores intensas, que atrairiam um certo tipo de olhar. Uma lareira falsa e, acima dela, livros de poesia que eu fingiria ler nas manhãs de domingo, quando, na verdade, o livro ficaria entreaberto de cabeça para baixo sobre a mesa, como um animal morto, enquanto eu estaria olhando o Instagram. Queria me sentir cercada por uma beleza sem consequências, que me protegesse do olhar alheio.

A casa de Liz ficava em Canonbury, uma área habitada principalmente por turcos e outros jovens do sul da Europa que trabalhavam servindo mesas por *shakshuka*. A duas paradas de metrô ficava o bairro alternativo da cidade, Hackney, frequentado aos finais de semana por pessoas que não tinham coragem de morar lá por fingirem que eram *woke*, cheias de consciência social. Era uma prática muito apreciada na cidade observar, do alto de seus privilégios, os que estavam abaixo, a fim de se sentir iluminado, envolvido, mas sem esforço — próximo da vida bagunçada, complicada, às vezes miserável, em vez de vivê-la.

Poucos anos mais tarde, a área seria invadida por pessoas de quase trinta anos recém-promovidas a cargos de gerência. Aqueles com a sorte de ter sua própria casa popular, antes reservadas para quem não podia pagar aluguel; a venderiam por meio milhão de libras para algum jovem advogado, desintegrando a comunidade do bairro. Os aluguéis e o custo da sopa da padaria aumentariam e eu, como outros, não teria mais condições de pagar. Portanto, me sentiria uma fracassada: não tinha sido capaz de acompanhar o ritmo da gentrificação. Para parecerem *woke*, as pessoas iriam a Brixton ou Peckham no fim de semana, para assistir a filmes cult como *O jovem Frankenstein* ou *Garotas malvadas* em algum telhado descascado por vinte libras, sem pipoca, cercadas por pessoas exatamente iguais a elas, enquanto os habitantes de Peckham teriam que se mudar para outro lugar, para abrir espaço, para evitar criar um contraste.

Eu era uma delas, e não era. A diferença entre mim e elas era que eu havia conhecido Liz.

Naquele primeiro dia, ela apareceu na porta como tudo o que eu sempre quis ser: magra, curvilínea, cabelos ruivos e grossos, pele branca. Ela se movia pelo apartamento descalça, com a facilidade de gestos típica de pessoas que nasceram ricas; usava um roupão vermelho com flores brancas bordadas, que serpenteava pelo chão, mangas de morcego, uma taça de vinho em uma mão e um baseado na outra. Ela não tinha um fio de cabelo fora do lugar, o rosto salpicado de sardas. Me abraçou como se fôssemos irmãs e me convidou a deixar os sapatos do lado de fora da porta antes de entrar. Perguntei-lhe onde havia comprado aquele lindo roupão e ela me disse que era de seda orgânica.

Liz herdara a casa da avó, uma senhora inglesa muito elegante, exceto quando bebia, que tivera a consideração de morrer aos setenta anos para que sua amada neta nunca tivesse que se preocupar com aluguel. Também havia lhe deixado muito dinheiro. Ela me contou essas coisas em um tom alegre enquanto me mostrava os vários cômodos. Eu mal conseguia acompanhar o fluxo de suas palavras e, com um inglês cambaleante, perguntei-lhe: E os seus pais? Mas ela não ouviu.

Justapôs habilmente os móveis herdados, um tanto démodés, com peças modernas e minimalistas: vasos, luminárias e tapetes em cores terrosas e discretas, formas suaves e um número excessivo de plantas. Era muito boa em administrar a beleza, isso lhe era natural, porque a percebia como parte de si mesma. Essa foi a primeira coisa que me atraiu nela.

O quarto que ela alugava era pequeno e escuro, com manchas de mofo nos cantos, cheio de objetos encantadores que não serviam para nada: cerâmicas sem forma, um frasco de vidro com lavanda seca dentro, uma mandala comprada na Urban Outfitters pendurada na parede, um tapete verde-escuro em formato de jacaré ao lado da cama. Mal me ative a esses detalhes, sabia que faria qualquer coisa para morar ali; já estava irremediavelmente envolvida com Elizabeth, seus movimentos, sua fala sonhadora, porém atenta, consciente do efeito que sua aura tinha sobre o ambiente. Eu ainda não sabia a diferença entre o que uma pessoa é e o que os outros veem, e por muito tempo fiquei convencida de que Liz era, simplesmente, perfeita. Ela, ao contrário, não parecia impactada com a minha presença; devo ter parecido tão provinciana. Não sabia como surpreendê-la, e temia que o desejo de aprovação escorresse de minha pele como suor encharcado de desespero.

Alguns minutos mais tarde, estávamos sentadas no jardim, um perímetro de gramado úmido, mas deliciosamente decadente. Liz havia preparado um pequeno questionário para decidir se eu era ou não a pessoa certa para dividir o apartamento e, portanto, também o tempo e a vida com ela. Como em todas as grandes cidades, a proximidade era um componente fundamental do relacionamento. No Tinder, procurava-se o amor em um raio de alguns quilômetros — esse era o critério pelo qual a intimidade era medida, em uma rotina na qual o bartender italiano do Queen's Head, o pub da esquina, ocasionalmente se tornava meu amante, às vezes meu terapeuta, muitas vezes meu pai. Acho que ele não sabia meu nome — ele dizia: *Are you alright, love?*, e eu me sentia especial.

Que tipo de pessoa você é?, Liz me perguntou, olhando para o papel. Eu não havia respondido bem às suas perguntas até aquele momento: não tinha visto as séries que ela mencionava, não lia muito nem ouvia podcasts, não tinha viajado. Tudo isso a deixou chocada.

Ainda não sei, respondi. Uma vulnerabilidade que eu logo aprenderia a esconder, mas ela gostou. Olhou para mim com interesse renovado.

Seu sobrenome não parece italiano, comentou.

Meu pai é marroquino.

Oh, cool!, exclamou, com uma energia que talvez escondesse um fio de ressentimento, como se realmente não esperasse isso de mim. Quero ter filhos mestiços, disse ela, já decidi. Quero me apaixonar por um chefe de cozinha norte-africano que mora em Paris, para que possamos pegar o trem e nos encontrar no fim de semana, cada um mantendo sua própria vida, porque não posso me desenraizar por um homem. Seria perfeito, pois assim as crianças vão crescer trilíngues, com árabe e francês, e todo mundo sabe que os mestiços são naturalmente mais atraentes do que as pessoas normais, veja a Zendaya ou o Lenny Kravitz. Você já leu Zadie Smith? Você fala árabe *e* francês, imagino. Deveríamos mesmo planejar uma viagem ao Marrocos. Já estive lá um milhão de vezes, um amigo meu tem uma casa em Marrakesh, mas seria bom visitar com alguém que conhece bem os lugares mais autênticos, agora, mesmo lá, o turismo comeu tudo, os lugares são distorcidos para tornar tudo mais instagramável para nós, brancos. É de arrepiar quando se pensa nisso. Você vai com frequência, suponho, sua família ainda está lá? Tenho raízes escocesas e alemãs. A primeira vez que estive em Berlim, tive um sentimento tão intenso de pertencimento que senti como se estivesse nascendo de novo. Entende o que quero dizer?

Não lhe disse que não, que não entendia o que ela queria dizer, porque nunca tinha pisado no Marrocos e não falava nem árabe nem francês, porque você não tinha tido tempo para me ensinar, porque estava sempre trabalhando e a vida já era difícil o suficiente.

Sou uma aliada, ela revelou, e eu não entendi. No entanto, percebi que, para ser sua amiga, eu não precisava falar muito, e isso me confortou. Ela colocou uma taça de vinho em minha mão, queria saber tudo sobre mim, disse, e felizmente me interrompeu quase imediatamente. Ela era gentil, generosa, bonita, rica e poderosa, e eu não conseguia acreditar que havia me escolhido.

Ainda me pergunto o que a convenceu, naquele primeiro encontro, de que nos tornaríamos melhores amigas. Eu conhecia muitas garotas brancas e ricas na pequena cidade de onde vim, e nenhuma delas me via como um projeto no qual investir seu tempo. Liz, por outro lado, sim — ela queria cuidar de mim como um espelho quebrado: me recompor, me alisar, me polir, para que eu pudesse refletir sua imagem. Eu também queria isso. Ela queria ser vista comigo nas boates do Soho, onde pessoas interessantes encontram outras pessoas interessantes, e eu queria ser vista ao lado dela, nos lugares onde é importante ser vista. Ela queria me aconselhar sobre o que ver, o que comer, me explicar o que era certo e o que era errado. Estava sempre disposta a me explicar as coisas, a me ilustrar sobre aspectos do mundo que eu não conhecia. Conversava comigo sobre feminismo e como ele se relacionava com a luta de classe, e me emprestou livros para ler que não me faziam sentir tão burra quanto me sentia na escola. Eu ficava feliz em aprender. Me levava com ela a exposições de novos artistas afrodescendentes e a concertos em que mulheres tristes cantavam músicas de partir o coração e todas as meninas balançavam ao ritmo da irmandade. Ela sempre pagava e eu a seguia, agradecida. Ela me incentivava a me informar, me repreendia quando eu fazia comentários insensíveis sobre esta ou aquela minoria, até que eu parei de fazê-los. Me apresentava a seus amigos, me arrancou da vergonha de minha óbvia solidão. Me dava roupas que não usava mais e, quando jantávamos fora, pagava o vinho porque, segundo ela, assim podíamos beber uma boa garrafa. Eu ficava muito quieta, para parecer mais inteligente, mas no silêncio parecia mudar. Liz me lembrava constantemente que eu deveria aspirar a ser a melhor versão de mim mesma, enquanto eu sonhava em me transformar nela, e gostava de pensar em como me sentiria então: segura e feliz. Pensando nisso agora, percebo que Liz viveu suspensa em uma eterna adolescência de privilégios e falsa rebeldia. Seu egoísmo era o individualismo natural da vida na cidade: necessário para sobreviver, não podia ser considerado uma falha. Tudo nela parecia dizer "eu sou", nunca se desculpando, nunca pedindo permissão, nunca questionando. Eu jamais imaginara que alguém pudesse viver assim e agora desejava aquilo, observando-a sorrir para si mesma no espelho. Pergunto-me agora como ela era quando ninguém estava vendo, mas é uma pergunta boba, porque todo mundo só existe quando é visto, e ela fazia questão de nunca passar despercebida.

Às vezes, eu mijava no condicionador do cabelo dela e depois o sacudia com força. Não era maldade, eu dizia a mim mesma, o cabelo dela não parecia sofrer nenhuma consequência, mas, por algum motivo, eu tinha uma estranha sensação de bem-estar com aquilo. Tentava desajeitadamente equilibrar os pesos invisíveis que sempre me forçavam a ficar abaixo dela. Costumava fazer outras coisas também, como encher a caixinha de leite de soja com leite normal, ao qual ela dizia ser alérgica — eu a via correr para o banheiro logo depois com as mãos na barriga. Mas não era nada ruim, eu dizia a mim mesma, porque logo ela estava bem. Certa vez, fui com ela fazer compras e, enquanto ela me entregava as peças pelo provador — todas ficavam bem, ela comprava sempre muitas de uma vez —, com a desculpa de esperá-la no caixa, corri para trocá-las por um tamanho menor. Eu me perguntava por quê, me arrependia, me sentia culpada, pensava: ela é sua amiga, você não pode odiá-la. Mas, em vez disso, eu a odiava, a odiava porque invejava todas aquelas coisas que ela achava que merecia só porque as possuía: sua pele, sua casa, sua autoconfiança. Ao mesmo tempo, era fundamental que ela me amasse, porque eu queria parecer com ela, era ela que eu queria impressionar. Eu nunca tinha tido uma amiga antes e a atenção dela logo se tornou algo sem a qual eu achava que não conseguiria viver.

 Em algumas ocasiões, eu me enfiava em sua cama e dormíamos juntas, abraçadas — nesses momentos, ela agia como uma criança, sussurrava para mim com uma voz aguda que tinha medo do escuro e que estava feliz por eu estar ali. Me fazia sentir parte de um jogo secreto entre nós. Nos refugiávamos uma na outra, a salvo da solidão, mas também do risco de intimidade real, que tínhamos o cuidado de não buscar. Nossas conversas eram sempre interessantes e nunca perigosas. Não falávamos sobre nossos pais ou sobre nossa adolescência triste. Eu não conhecia suas inseguranças, ela ignorava as minhas. Estávamos sozinhas juntas, protegidas de nossas sombras.

 Às vezes nos tocávamos. Seu corpo me fascinava, eu me perguntava por que era tão diferente do meu. Parecia mais bonito para mim. Não sei por que ela o fazia — talvez também quisesse fazer parte de alguma coisa, afinal, talvez também estivesse procurando um refúgio onde se esconder.

3.

Quando voltei ao bar, Liz tinha pedido outra taça de vinho para nós. Pensei em ir embora, mas não sentia minhas pernas. Havia alguma coisa estranha em minha respiração. Achei que talvez tivesse matado você, porque não estava triste o suficiente. Olhei para minhas mãos para me certificar de que não havia sangue.

What's up?, perguntou Liz. Você está bem? Você está pálida, *honey*.

Encolhi os ombros. Não queria contar a ela, sabia que isso a deixaria muito desconfortável. Éramos amigas havia quase seis anos. Eu gostava quando ela falava sobre si, mas quando ela olhava para mim, eu me sentia observada e invisível ao mesmo tempo.

Eu lhe disse que era minha mãe, que alguém da família tinha estado doente, e isso foi tudo. Seguiu-se uma série de frases clichês, ditas com falsa naturalidade.

É sobre meu pai, acrescentei, não sei por quê.

Houve uma pausa, depois Liz me olhou diretamente nos olhos, apoiando o queixo na mão, observando-me como se observa uma tela abstrata em uma galeria de arte ou uma foto engraçada de filhotes de cachorro.

Nunca falamos sobre sua família, observou, a voz suave e controlada.

Me ensinaram que é falta de educação falar de si, murmurei, observando o fundo do copo. Era vermelho. Eu estava bebendo seu sangue?

O telefone tocou de novo. Recusei a ligação.

Quem é Aisha?

Minha irmã.

Como assim? Eu não sabia que você tinha uma irmã!, ela exclamou, ressentida. Como era possível que eu nunca tivesse mencionado minha irmã para ela?

A verdade? Bem, nós não nos falamos muito, tivemos uma briga quando fui embora.

Por quê?

Encolhi os ombros. Porque fui embora, disse.

Liz gostava quando a realidade se desenrolava de maneira consistente com sua interpretação das coisas. Inveja, está vendo?

Pois é.

Ela não gostava de sentimentos ruins. Adorava a ideia de poder escolher o que sentir e quando, com que intensidade e por quanto tempo. Às vezes, dizia que dava a si mesma um tempo máximo para ficar triste ou com raiva quando algo ruim acontecia (nunca ficava de mau humor sem um motivo concreto). Depois desse tempo, ela simplesmente deixava de ficar triste.

Puta.

O quê?

Nada, desculpa. Naquele momento, pensei: talvez eu a estrangule. Vou matá-la também. Poderia bater nela com a garrafa, o copo ou o garfo.

Você está se comportando de forma estranha — disse, me repreendendo. Ela não gosta de ficar no escuro sobre as coisas.

Nesse meio-tempo, minha irmã estava olhando para você morto sobre uma maca, talvez discutindo com o médico a possibilidade de uma autópsia, dando florais para Berta, telefonando para mim. Eu não sabia de nada. Não sabia que não tinha sido a primeira vez, que você tinha um problema cardíaco, que o cardiologista tinha lhe dito para fazer uma dieta, para parar de fumar. Você não contou isso a ninguém. Vocês estavam jantando juntos e Aisha viu que você estava um pouco pálido. Você riu daquele seu jeito, como se fosse um uivo vindo do fundo da garganta, dizendo: Que exagero, que coisa, vou ao banheiro para me lavar, talvez seja o calor. Ninguém notou nada, só mais tarde: você havia apoiado as mãos na mesa para se manter ereto, e talvez tivesse se mexido na cadeira de forma brusca, arrastando-a ruidosamente. Talvez tenha hesitado um milionésimo de segundo na porta — quis dizer alguma coisa. Pior: se eu estivesse lá, se fosse eu quem estivesse lá, eu teria entendido. Essas são coisas que não se pensa nem em silêncio, mas são coisas em que se pensa enquanto seu pai se transforma em cinzas.

Ele já estava pensando em sua última vontade e em seu testamento, nos vários aspectos do funeral, no tipo e nos valores de agências funerárias, nos convites, nas roupas. Me telefonava.

Desculpa, talvez seja melhor eu ir embora, disse, me levantando. Minhas mãos estavam tremendo. Acrescentei que tinha de ligar para minha irmã para saber como você estava — mas não sei se contei a ela, porque não conseguia vê-la: diante de mim, enxergava a mim mesma quando criança, na noite em que me recusei a comer minha sopa e você me deu um tapa e disse que, na minha idade, você passava fome —, e logo depois seu corpo em uma poça de sangue, e depois o sangue em meus braços. Fechei a boca e senti um filete de vômito subir pela minha garganta, segurei e engoli, sentindo a acidez queimar.

Ela não se ofereceu para voltar para casa comigo e me senti agradecida. Ela tinha um encontro marcado com um homem de ascendência grega que, em seu perfil no Tinder, declarava paixão pelo teatro e por malhar, e que havia escolhido mostrar fotos suas em Roma, em Machu Picchu, com seu gato, sem camisa, mas de forma irônica. No entanto, tinha peitorais esculpidos e sem pelos, portanto, bons para serem exibidos.

Nos vemos em casa, disse, me abraçando.

Assenti com a boca fechada, com medo de que ela sentisse o cheiro da morte em meus lábios. Em casa, eu deveria chamar um Uber que me levaria ao ônibus do aeroporto, depois embarcar em um avião, que faria uma escala em Roma, e lá pegar outro avião. Aisha com certeza iria me buscar, porque ela é o tipo de irmã que sempre pensa em tudo, embora tenha muito mais coisas para fazer do que os outros.

Ao sair do bar, não sabia mais como evitar pensar em você, então fiz uma lista de todas as vezes em que o decepcionei e me convenci de que você me odiava. Tentei argumentar comigo mesma que você era meu pai e provavelmente me amava, mas essas considerações tornavam minhas lucubrações cada vez mais articuladas. Senti meu coração batendo no estômago ao lembrar de todas as vezes que você me repreendeu, de todas as vezes que não conseguimos conversar um com o outro quando estávamos sentados lado a lado. Que dia foi isso, quantos anos eu tinha, ainda tinha franja? As lembranças devem ser precisas; se não forem precisas, podem muito bem ter acontecido com outra pessoa. Eu tinha que lembrar de tudo, caso contrário, nada teria acontecido.

Me abaixei para vomitar em um canto. Um casal passou por mim sem olhar.

4.

A maresia bateu em meu rosto. Já sentia meus lábios secos. É o siroco, pensei. É preciso cobrir a roupa estendida no varal.

Aisha me esperava no carro. Entrei como uma criança na saída da escola, correndo para fechar a porta e não incomodar o carro de trás. As pessoas do sul da Itália estão sempre irritadas ao volante. Encostei-me no banco traseiro macio, sentindo que queria afundar no estofamento e desaparecer. Que um carro batesse em nós naquele momento, que a lataria se amassasse e nos transformasse em pó, e que tudo acabasse assim. Suspirei. Nossos olhos se encontraram no espelho retrovisor: Aisha tinha o rosto alongado e cansado. O meu era redondo e manchado de vermelho.

Reservei um horário na depiladora para você, foi a primeira coisa que ela me disse.

Já fiz isso, respondi.

Braços também?

Não, mas os passei no fogão. Ainda estão cheirando a frango assado, veja só. Coloquei meu braço sob seu nariz e ela fez uma careta de nojo.

Eu me desenvolvi cedo, meus pelos cresciam pretos e longos, tão grossos que quando eu depilava minhas axilas, já aos treze anos, a pele ficava cheia de gotinhas de sangue. No vilarejo, os cuidados femininos eram feitos de um certo jeito, e era a mesma coisa para todas. O corpo das mulheres tinha de ser adaptado, domesticado, invisível: igual. Desde o cabelo até o modo de se vestir, havia um código muito específico a ser seguido, e transgredi-lo era perigoso. As pessoas notavam tudo o que estava fora do lugar. Reparavam em mim e em meu corpo, que nunca estava adequado. Desde que saí de casa, parei de me depilar, e isso se tornou algo que, de alguma forma, me definia como pessoa. A Liz odiava, mas, como boa feminista, tinha o cuidado de não dizer nada. No entanto, eu não o fazia por motivos ideológicos, mas sim pelos resquícios de uma crise adolescente reprimida, um desejo tardio de transgressão.

Não entendo por que você não faz a depilação a laser, disse Aisha. Uma mecha de cabelo ruivo escapou de debaixo do hijab e ela, em um momento de inocência distraída, soprou-a para afastá-la dos olhos, curvando os lábios.

Porque sou feminista.

Claro, certo.

Houve um momento de silêncio, e nós duas pensamos se deveríamos começar a discutir imediatamente, mas Aisha decidiu deixar para lá. É o siroco, disse ela, mudando de assunto.

Você cobriu a roupa estendida no varal?, perguntei automaticamente.

Ela me lançou um olhar divertido e senti um arrepio de familiaridade, uma intimidade casual com a qual eu não estava mais acostumada. Baixei os olhos.

Lá você estende a roupa dentro de casa para ficar bem cheia do mofo?

Temos uma secadora.

Me acalmei, tirei os óculos escuros da bolsa, coloquei-os, virei para ela, belisquei seu braço e pensei que, se ela tivesse derrapado ali, na ponte, teríamos caído direto no mar.

Então você tem uma máquina que tenta substituir a luz do sol e isso faz você sentir que é melhor do que eu?

Não, sou melhor porque sou livre.
Aisha me lançou um olhar que me fez sentir, como sempre, inadequada. A liberdade não existe, disse. Só existe a escolha da própria jaula.
E você gosta da sua?
Mina, é só a porra de um véu. Você é islamofóbica. Não tem vergonha de dizer isso? Papai acabou de morrer.
Papai não dava a mínima para essas coisas.
Você não sabe com o que o papai se importava.
E você sim?
Bem, pelo menos eu estava lá.
Pronto, então vamos tirar isso a limpo já.
Livre. Você não consegue ver o preço que pagou?
Fiquei olhando pela janela para as montanhas de lixo empilhadas ao lado da estrada. Prédios em ruínas, com pilares ainda de pé. Construções ilegais. Casas baixas, paredes descascadas. Cores desbotadas. O cheiro de sal, fogões acesos, molhos cozinhando a fogo baixo, sujeira, suor, cinzas. Cheiro de morte. Um zumbido estranho, como o som do tempo passando. Por toda a parte, o mar.
Olha, eu disse, vamos parar um pouco no lugar de sempre.
Aisha suspirou: Prometi a Berta que voltaríamos direto para casa. Você sabe como ela fica quando está sozinha com a vovó.
Por favor, eu só quero esticar as pernas.
Pegou a saída de sempre, virou numa estradinha de terra, passou em frente a um pequeno muro no qual havia sido cavado um buraco de quase um metro e meio de diâmetro, uma espécie de pequeno túnel, no qual era preciso se curvar para entrar. Quando éramos crianças, aquilo nos assustava, porque entre o lixo abandonado aqui e ali, sempre havia algum rato ou agulha infectada. Agora, passávamos sem sequer olhar. Já tínhamos visto coisas piores.

Do outro lado do túnel estava o mar. Era tão escuro quanto o fundo de um poço à noite, cortado de branco por violentas rajadas de vento. Era um mar perverso, imprevisível e caprichoso, brincalhão e infantil. Todos os anos, centenas de pessoas se afogavam nele. Atrás, o vulcão. O sol se punha sobre o mar, sobre a terra. As gaivotas barulhentas e imponentes. Um pescador solitário num rochedo. Crianças brincando ao longe seguravam um laço feito de folhas de capim para pegar lagartos.

Sentamos na pedra de sempre. Quando éramos crianças e o mar ainda não havia começado a comer a praia, a rocha permanecia seca e quente a poucos metros da água. Agora, para subir nela, tínhamos de molhar os pés. Naquele mesmo lugar, seis anos antes, eu lhe disse que estava indo embora e ela me deu um tapa e se recusou a chorar. Perder uma irmã é como perder metade de si. Na época, eu não sabia como explicar que não queria traí-la, mas que tinha essa necessidade, esse tique-taque na minha cabeça que me dizia: você precisa ser uma pessoa nova. Eu chamava isso de liberdade.

Ela tirou um saquinho de tabaco da bolsa, e dali um baseado. Acendeu e passou para mim, encarando o mar que tudo perdoa.

Perguntei a ela como faríamos com o funeral.

Ele queria ser cremado e jogado no mar, como um descrente. Como se nada houvesse acontecido no caminho. Pegou o baseado da minha mão, tragou e soprou a fumaça para longe, os olhos úmidos. Minhas entranhas se contraíram.

A vovó acha que está de novo em Emília-Romanha, na guerra, disse de repente, e reconheci em sua expressão o sorriso de quando ela achava algo muito engraçado, mas não podia dizer abertamente porque não pegava bem. Pensei em você rindo quando alguém tropeçava, caía e quebrava os dentes. A última vez que ouvi você rir, nem me lembro. Eu não estava lá quando aconteciam aqueles momentos em que você ria mesmo quando não deveria.

Ah, é? Quero dizer, o que ela faz?

Você sabe que a cuidadora mora conosco agora, certo? Bem, ela tem certeza de que ela é uma judia. Eu sei, eu sei. Ela é polonesa, mas todos são judeus para ela. Não olhe para mim assim — quero dizer, a vovó acha que ela é judia e, toda vez que ouve um barulho alto, começa a gritar com Magda para se esconder no guarda-roupas porque os nazistas estão chegando. Ela diz que os vê do lado de fora da janela, virando a esquina. Não sei dizer quantas vezes tive que tirá-la de debaixo da cama.

Não me contou, em vez disso, sobre as vezes em que a vovó se borrou toda ou quando, numa tarde, eles a perderam e pensaram que ela tinha ido embora para sempre. Eu não tinha o direito de saber certas coisas, havia renunciado à intimidade da vida cotidiana, à sua feiura. A velhice é uma questão de presença. Levar a vovó ao banheiro teria me impressionado. Pensei: como é triste se impressionar com a própria família, com uma decadência que é presságio da minha. Espelho da minha.

Como está a Berta?

Aisha soprou ar pelo nariz como um gato. Seu rosto estava tenso. Desde a infância, ela tinha que se conter porque já havia muitas pessoas emotivas em casa, chorando, gritando e rindo alto. Ela não gostava de sons estridentes, muitas vezes se refugiava em cantos escuros, e nós a encontrávamos encolhida debaixo da cama ou dentro do armário. Quando éramos pequenas, dormíamos juntas e eu queria segurá-la como se ela fosse minha boneca. Eu a sufocava. Eu a sufocava com beijos e abraços, e com meus pesadelos. Eu lhe contava tudo, mas nunca lhe perguntava o que ela sonhava.

Berta passa horas ao telefone com o guru espiritual, Aisha me disse, depois com o analista, depois com a pessoa que lê suas cartas de tarô, depois com o médico porque sente dor no psoas. No fim das ligações, fica cansada, com dor de cabeça, toma comprimidos e dorme por quinze horas. Não sei se ela realmente se deu conta do que está acontecendo.

Eu entendo um pouco. Acho que também não sei o que está acontecendo.

Aisha começou a rir. O que está fazendo aqui, então?

Sentia falta do mar.

Você poderia ter ido para Brighton, ela me provoca.

Não respondi. Aproximei-me da praia e me agachei a poucos metros da onda, com as mãos prontas para tocá-la. Eu podia ver os seixos lisos sob a água, límpida e clara, embora já estivesse quase anoitecendo. O som dos seixos sendo empurrados para a frente e para trás foi como um chamado dentro de meu corpo. Recuei, assustada com aquela intrusão.

Vamos, disse, e passei por Aisha sem olhar para ela. Não queria que ela me reconhecesse.

5.

A casa permanecia igual. Cercada por um muro esbranquiçado, pichado com os insultos genéricos de sempre — nunca incomodaram ninguém além de mim, que sempre levei tudo muito a sério. Aisha abriu o portão. No jardim, o pé de tangerina estava envelhecido, mas ainda florescia. Berta nos contou que você o havia plantado quando ela estava grávida de mim — era minha árvore gêmea, azeda, um pouco torta, mas cheia de frutas e resistente ao inverno. A cadeira de balanço enferrujada tinha uma capa nova, florida. As molduras das janelas eram verde-garrafa. As paredes rosa-salmão manchadas pelo tempo, pelo vento, pela negligência — quem iria retocá-las? O cheiro de madeira e incenso na porta, o capacho gasto, os gatos esperando por mim. Você se foi, mas estava em toda parte.

    Senti de súbito uma inconfundível sensação de familiaridade com o espaço ao meu redor, uma compreensão absoluta da maneira como as coisas e as pessoas eram naquele lugar, como se nada ali pudesse me surpreender — e, ao mesmo tempo, uma sensação de total estranheza, um doloroso distanciamento do eu que havia crescido naquele lugar, porque ali, aquela que eu havia me tornado não tinha espaço.

Não confio em minhas memórias, elas estão sempre contaminadas pelo presente. Elas são esquivas, eu as persigo, as persigo e as persigo. Nunca sei se me lembro de algo pelo modo como foi, pelo modo como me fez sentir, ou por como me convém contá-lo naquele momento.

Ninguém nunca me confirmou que minhas lembranças correspondiam a como as coisas realmente aconteceram. Quando Aisha e eu nos confrontamos sobre isso ou aquilo, muitas vezes acontece de contarmos as coisas de forma muito diferente. Não temos fotos, Berta não estava lá, você está morto. Na cidade, ninguém via. Minha memória é pura fantasia. Não sei se tive uma infância feliz ou infeliz, ou se houve momentos alternados de felicidade e momentos de infelicidade, como todo mundo.

Morávamos em uma casa à beira-mar, em um vilarejo mafioso e periférico que já havia sido mencionado entre os melhores da Itália, mas pouca coisa havia mudado desde então. Lembro-me do som das ondas e das gaivotas pela manhã, do corpo quente da minha irmã junto ao meu e dos sons do seu sono. Lembro-me de Berta, que se colocava entre nós para nos acordar. Ela era pequena, frágil e muito jovem, e talvez quisesse ser nossa irmã também, e que outra pessoa cuidasse de nós três. Me lembro dos raios de sol que passavam pelas venezianas e de como brincávamos de pegar a poeira que flutuava no ar entre nossos dedos. Berta soprava com força na minha barriga e eu ria, a cama inteira tremendo. Finalmente nos arrastávamos para o café da manhã, e o som das ondas entrava pela janela aberta. Quando o vento estava quente, fechávamos a janela para evitar que a casa se enchesse de areia do deserto ou do vulcão. Você já estava na rua. Sempre levantava muito cedo.

Antes da escola, eu ia cumprimentá-lo no café, que ficava no caminho. Você estava sempre feliz atrás do balcão, com seus amigos, suas línguas secretas. Seus amigos trabalhavam na feira e estavam sempre com a cara cansada, me assustavam um pouco porque eram sujos, mas sempre foram muito gentis comigo. Me ensinaram a tomar chá de menta à maneira berbere, bebendo-o ruidosamente, o mais alto que eu podia. Você me contava histórias nas quais eu só acreditava porque era você contando. Seus olhos brilhavam e você colocava a mão na testa, como se quisesse manter todas as suas lembranças seguras na cabeça. Me levava para trás do balcão, para o seu mundo. Tinha comprado dois chapéus, um de mago e outro de bruxa, e os mantinha escondidos na cozinha e, de vez em quando, nós os colocávamos e fingíamos fazer poções com especiarias. Você assinava um bilhete para as professoras justificando meu atraso.

Você colocava a mão na minha nuca e beliscava a pele do meu pescoço, distraidamente. Eu sentia que era sua.

Depois, quando cresci, meu corpo mudou. Ele não se parecia com o de Berta e Aisha, nem com o seu; era bem torneado e cheio de curvas. Eu o escondia sob roupas pretas e largas que me faziam parecer um saco de lixo. Parei de ir ao café. Você não entendia e certamente se ressentia. Quando tentava me abraçar, eu resistia porque não queria que você sentisse o peso daquele corpo errado. Você me dizia timidamente que eu era bonita, mas eu nunca acreditei. Não queria mais brincar de inventar receitas atrás do balcão.

Quando você me via passar em frente à porta de vidro do café, eu o via estremecer, levantar a mão, mas eu imediatamente desviava o olhar e seguia em frente. Estava me tornando uma pessoa independente, com meu próprio mundo para imaginar, que não era o mesmo que o seu e que eu tinha vergonha de compartilhar com você, porque era sofrido e solitário, um emaranhado de inadequação e medo. Nosso relacionamento começou a mudar, a se perder, a ficar entrincheirado atrás de "Você se lembra?", com medo do constrangimento de perguntar: "Quem é você?".

***

Quando entramos, Berta estava de cabeça para baixo, com os calcanhares apoiados na parede — e ela permaneceu assim. Se não fosse minha mãe, eu poderia achar Berta interessante e excêntrica. Mas ela era minha mãe, então eu a achava egoísta, nada confiável e caprichosa.

Não era só isso — uma mulher não é apenas uma mãe. Ninguém é apenas uma coisa.

Antes de mais nada, ela havia sido uma filha decepcionante — para minha avó, rígida e fria como um soldado. Berta era uma criança frágil, de saúde precária, olhos lacrimejantes e pele pálida sempre irritada. Ela era alérgica ao sol; mesmo para sair no jardim, tinha que se besuntar com litros de protetor solar. Sempre parecia estar no lugar errado: deveria ter nascido no norte, em uma família tranquila, intelectual e gentil que a teria mandado para uma escola de dança. A Berta criança poderia ter desejado uma mãe que amarrasse os cabelos em laços coloridos e tocasse piano em alto volume, que falasse baixo e usasse saltos altos para se anunciar antes de entrar em cada cômodo.

Em vez disso, ela nasceu primeiro em uma casa de *partigiani** e, então, de periferia, austera e ao mesmo tempo barulhenta, rude, uma casa de sobreviventes, de comunicação violenta e portas fechadas. Não sei exatamente como foi sua infância. Só sei que, quando minha avó fala com ela sobre algo, Berta estremece imperceptivelmente. Berta está sempre com sono e não gosta de sair de casa. Sei que ela o conheceu

---

*Plural de partigiano, como se chamava quem lutou na Resistência italiana; um movimento armado de oposição ao fascismo e à ocupação da Itália pela Alemanha Nazista, bem como à República Social Italiana – fundada por Benito Mussolini. [N.T.].

por acaso e que acha que você a salvou. Sei que eu nasci quando ela tinha vinte e quatro anos e que eu certamente não teria sido uma boa mãe aos vinte e quatro anos. A vovó não o havia sido para ela — ninguém nos ensinou a amar.

A vovó estava na casa dos trinta durante os anos de chumbo. Ela viu a guerra quando criança e brincava dela quando adulta, porque era tudo o que conhecia. Naquela época, morava em Roma e frequentava círculos esfumaçados sobre os quais nunca falava. Dormia com muitos rapazes imundos como ela e acreditava na violência. Berta nasceu nessa época, e talvez por isso vovó nunca a amara. Ela a deixava frequentemente com vizinhos e conhecidos, como se não fosse sua, e quando tinha de voltar para seus braços, Berta chorava sem parar como se ela fosse uma estranha, porque as crianças sempre sabem onde não estão seguras.

Berta cresceu sem entender pelo que a mãe estava lutando, uma guerra que parecia invisível, uma guerra de fantasmas contra fantasmas, de ideais, travada com armas de baixa qualidade e fome. Não gostava daquilo e, quando teve a liberdade de formar uma opinião sobre todas essas coisas, para se proteger, não o fez de forma alguma. Não lia o *L'Unità** e não se interessava por política. As frivolidades eram importantes para ela, para contrariar a mãe, porque toda filha sonha em ser nada mais do que o oposto da mulher que a criou. Vovó a havia abandonado tantas vezes que Berta não sabia o que significava se importar. Nunca havia conhecido o pai e, quando perguntava sobre ele, vovó fazia uma cara de irritada e lhe dizia que ela certamente não precisava de

---

*Jornal de esquerda italiano, fundado por Antonio Gramsci em 12 de fevereiro de 1924 e que encerrou suas atividades em 31 de julho de 2014. [N. T.]

um pai, nem de um homem, pois os homens são fracos e estúpidos e têm uma coisa entre as pernas que é como uma arma descarregada.

Depois do caso Moro, alguma coisa mudou, e a vovó, que só pensava em sobreviver, fez as malas na calada da noite, arrancou Berta da cama e, sem se despedir de ninguém, voltou para sua cidade natal, para uma velha casa à beira-mar que havia pertencido ao pai de seu pai. Lá, elas começaram uma vida diferente, que consistia em viver sob o mesmo teto sem nunca se falar. Berta assistia ao filme *E o Vento Levou...* e a *Doutor Jivago* e chorava. Tudo a assustava, exceto o mar.

    Quando entrei em casa, não pensei em nenhuma dessas coisas, porque queria odiar Berta com todo o meu ser e não tinha compaixão por ela. Desde a infância, estava acostumada a falar com seus pés, já que ela sempre ficava de cabeça para baixo para deixar os pensamentos ruins escorrerem para o chão. Seus pés nunca me respondiam e, às vezes, cheiravam mal, porque ela sempre andava descalça e não limpava o chão.

    Berta, eu disse, rígida. Não a via há uns dois anos, talvez. Não a chamava de mãe há pelo menos dez. Não conseguia me lembrar da última vez que ela havia me abraçado.

    Aisha, sempre acostumada a aliviar a tensão, tentou colocar regras de comportamento na mesa: Mamãe, anime-se, cumprimente-a adequadamente. Mina... Aja menos como visita, hein? Esta é sua casa.

    Berta se comportava como um filhote de cachorro adestrado. Ela olhou para mim e, por um momento, pensei ter vislumbrado um lampejo de ressentimento, de horror. Nutria sentimentos por mim, eu sabia, mas não me dizia nada.

Você já chorou?, perguntou, e então deu alguns passos para trás para me olhar melhor.

Você engordou, acrescentou.

Berta estendeu a mão para uma de minhas tranças, mas eu recuei como se seus dedos fossem incandescentes. Pensei: e se eu a machucasse, mas machucasse de verdade? É daí que eu venho. Pensei: se ela não me ama, quem vai amar? Pensei: vou morrer sozinha, vão me encontrar depois de dias, quando eu começar a cheirar mal. Pensei: Berta vai morrer. Será que eu quero que ela morra? Será que quero que ela morra agora? De qualquer forma, ela só se importava com você, não é? Ela só se importava com você. Quer pegá-la de volta?

Senti uma pontada no estômago e minha visão ficou embaçada por alguns segundos. Minha garganta estava seca. Senti dormência em meus dedos, pés e ouvidos.

Você já chorou?, ela perguntou novamente. Havia algo naquela pergunta que talvez eu não estivesse entendendo.

Não. Mas estou vomitando e cagando líquido há dois dias.

Ela assentiu com a cabeça, como se isso fosse óbvio.

Tem que sair por algum lugar. Beba um pouco de água e cominho, depois cheire uma cebola, ela me instruiu em tom prático. Se não fosse Berta, eu teria pensado que era um tom maternal.

Os remédios de bruxa não são suficientes para resolver isso, murmurei. Eu tinha medo de olhar para ela, medo de vê-la se desfazendo diante de meus olhos.

Não há nada para resolver, disse ela. A vida é injusta.

Ela voltou à sua posição e retomou a prática, respirando ruidosamente. Eu a odiava, a odiava por seu egoísmo e sua insensibilidade — e a odiava porque ouvir sua respiração ritmada pela casa me confortava como um bálsamo.

6.

No trabalho eu disse que precisava tirar licença por motivos familiares. Ninguém fez perguntas. Eu era assistente do gerente na filial de Angel de uma cadeia de fast-food muito popular no Reino Unido, a *Bagels*, famosa por sua torrada de avocado e pelo entusiasmo com que os caixas cumprimentavam os clientes ao entrarem. Todos os trabalhadores com jornada de oito horas consideravam essa uma opção saudável e econômica: uma torrada de frango e avocado custava 5,45 libras; acrescentando uma fruta ou uma sobremesa, e talvez uma bebida de gengibre, ficava em torno de 10 libras.

Comecei na cozinha: limpando e preparando sanduíches. No primeiro dia de trabalho, recebi um folheto com tudo o que eu deveria saber, desde o que e quanto de detergente usar para limpar as superfícies até fotos detalhadas de como montar saladas. Na parede, havia um cronômetro que tocava a cada cinco minutos para nos lembrar de lavar as mãos e desinfetar todas as superfícies. *Bagels* é um lugar muito limpo, é perfeito. Se a gema de um ovo não estivesse bem amarela, jogávamos o ovo inteiro fora. As folhas murchas de salada eram descartadas. Sempre tive a impressão de que, mais cedo ou mais tarde, eu também seria jogada fora, como aquelas folhas de alface levemente amarronzadas.

Depois de alguns meses, passei a trabalhar no salão: caixa, depois bartender e, finalmente, *assistant manager*. Cada promoção era vista como um reconhecimento não do meu trabalho, mas do meu valor como pessoa.

No início, eu mal falava inglês, mas sabia sorrir quando me mandavam e repetia minhas falas de cor. Havia um roteiro a ser seguido, movimentos precisos. O cliente tinha que se sentir amado como se fôssemos uma mãe ideal que nunca repreende, nunca abandona, nunca comete erros. Meu único desejo no mundo tinha de ser dar ao senhor de meia-idade, que estava com a mão dentro da calça — imóvel sobre o pau —, seu cappuccino de soja. Não importava o tom lascivo com que ele se dirigia a mim, *darlin'*, nem como suas mãos agarravam as minhas ao me entregar as moedas: eu estava apaixonada pelo cliente, por todos os clientes, e também pela vida, pela cidade e, acima de tudo, pela *Bagels*.

É um trabalho fundamental, um trabalho humano, um trabalho de acolhimento, como meu gerente costumava dizer. Para alguém, você pode fazer a diferença entre um dia bom e um dia ruim. Ele também nos avisou que todo cliente em potencial poderia ser um funcionário disfarçado da empresa, que avaliaria nosso desempenho e nos daria uma nota. Pontuação alta: no final do mês, todos nós receberíamos um voucher de desconto ou até mesmo um bônus em dinheiro. Nota baixa: demérito para toda a equipe. Era uma grande responsabilidade, pois eu sabia que, na cozinha, Conchita tinha cinco filhos e seu marido os havia abandonado, e que Eddie sempre precisava de dinheiro, pois tinha de comprar cocaína para cheirar no banheiro e dar conta do turno das cinco da manhã.

Havia uma competição entre os vários *Bagels* da cidade, pois todo mês o melhor local recebia um bônus generoso. Uma vez conseguimos ganhar e, adicionando uma parte do nosso próprio bolso, compramos ingressos para um show da Florence and the Machine. Foi a primeira vez que ganhei algo em minha vida, fiquei muito feliz. Era também a primeira vez que eu saía com meus colegas e, por algum motivo, acreditava que algo aconteceria — que eu seria valorizada por ser quem eu realmente era em um grupo de iguais e que, dessa forma, eu mesma saberia, finalmente, me dar valor.

Mas não foi assim. Conversamos sobre as coisas de sempre. Éramos pessoas muito diferentes, um grupo heterogêneo em termos de idade, formação, educação, e o esforço para encontrar tópicos em comum rapidamente nos cansou. Aquela nova série da Netflix, o restaurante peruano em Shoreditch que era o lugar certo para frequentar e estar na moda, fofocas de trabalho. Acabamos reclamando do nosso chefe por uma hora e depois entramos na casa de shows, gratos pelo tempo ter passado e por não termos que conversar durante o espetáculo.

Foi meu primeiro show, se não contar as quermesses do vilarejo. Antes de começar, eu estava muito animada e tentei imaginar como aquilo me afetaria. Mas quando Florence subiu ao palco, aconteceu uma coisa estranha: senti tantas emoções ao mesmo tempo — decepção, alegria, nostalgia, tristeza — e, embora estivesse cercada por muitas pessoas, não sabia com quem compartilhar essas contradições, suspeitava que ninguém entenderia. Eu não queria olhar nos olhos dos meus colegas, nem mesmo queria deixá-los adivinhar o que eu estava sentindo. Não tinha mãos para apertar, não sabia o que fazer com meu corpo, como interagir com a massa de estranhos ao meu redor. Via os outros gritando, batendo palmas, balançando a cabeça e os ombros, até mesmo se abraçando e se beijando. Existindo naquele momento. Pensei que meu coração pararia, ali, no mesmo instante, e que eu cairia dura no chão, e percebi com uma clareza assustadora que ninguém saberia para quem ligar. Voltando de ônibus para casa, comecei a chorar alto e de forma deselegante, ofegante. O muco caía em meus lábios e eu o limpava com a manga da jaqueta, já que ninguém me notava ou me oferecia um lenço.

Pensei em ligar para você naquele momento. Talvez você também tivesse se sentido assim. Mas já era tarde, eu não queria acordá-lo. Não queria lhe dizer que havia escolhido aquela vida. Que talvez eu tivesse cometido um erro, que estava com medo de estar vivendo mal, que todos ao meu redor pareciam estar se saindo bem e eu estava fracassando. Você havia conseguido construir uma vida com muito menos. Teria me dito que as pessoas que se machucam sozinhas não podem chorar?

Eu evitava pensar sobre isso. Essa era a minha vida e ela tinha que continuar.

Eu mantinha uma relação de subordinação com a cidade, como um amor não correspondido. Eu a amava, mas não sabia exatamente por quê. Às vezes, eu corria sozinha no parque, subia uma colina e olhava o horizonte a meus pés. Sentia os batimentos do meu coração nos ouvidos. Depois do trabalho, fazia um curso de inglês e, com o tempo e a ajuda de Liz, fiquei boa. Era emocionante ter sucesso em alguma coisa. Quando o curso terminou, me matriculei em outras aulas noturnas. Jardinagem, cerâmica, coisas aleatórias. Mais do que tudo, gostava da ideia de me redimir de uma educação que sempre rejeitei. Ia à primeira aula gratuita e então desistia. Não queria aprender — queria observar e estudar a vida e os outros.

Havia momentos em que as ruas estavam silenciosas. Certa noite, passei por uma raposa, ela me encarou e eu a encarei. Ela também, como eu, era uma estrangeira escondida à vista de todos. Sempre me senti sozinha, e agora me sentia sozinha entre muitos. Caminhava pela cidade sem me importar com como estava vestida ou com a cor da minha pele. Acreditava que ninguém poderia me machucar ali. Absorvia o exterior até não conseguir mais definir meus contornos e, quanto mais me sentia desaparecendo na textura das ruas, nos tijolos aparentes, nos parques, no burburinho intermitente que chegava por alguns segundos através das portas abertas e depois fechadas dos bares, mais eu me sentia segura.

Assim, meus dias fundiam-se uns nos outros, como uma casa de espelhos na qual eu não sabia — não queria — distinguir-me dos meus reflexos. Eu pagava o preço para andar no carrossel. Dizia a mim mesma que poderia continuar me perdendo e me inventando para sempre, sem nunca me procurar de verdade. Sem peso, sem aderir a nada, flutuando pelo tempo e pelas coisas, tanto as que me interessavam quanto as que não me interessavam.

Às vezes, Aisha ligava para perguntar como eu estava. Eu lhe respondia que estava tudo bem e que não estava fazendo nada, porque era verdade.

7.

O vilarejo era pequeno, mas, mesmo assim, todas as coisas que eu descobriria mais tarde na cidade — por exemplo, a importância da forma que as coisas assumem — podiam ser percebidas ali mesmo com uma clareza surpreendente. Uma família tinha que ter um formato quadrado, em que nenhum canto ficasse escondido dos outros. Do lado de fora, ela tinha de parecer forte e inatacável, como um castelo cercado por uma vala. Nós éramos assim. Era importante nos protegermos dos outros, de sua malícia e *"malanove"*, más notícias. Aparecer era importante, e igualmente importante era não aparecer. Nem muito feliz nem muito triste. Elegante, comportada, modesta, sem chamar atenção para si. A arrogância provoca inveja, e a inveja traz azar. O azar atraído pela arrogância é o azar reivindicado, merecido, predestinado. Certas regras tinham de ser seguidas para não atrair esse tipo de olhar, o mau-olhado. As roupas eram importantes. Jeans combinavam com suéteres de cores lisas, ou um agasalho de grife, Nike ou Adidas, ou até mesmo um vestido de cor sólida com um casaco macio por cima, preto ou bege. Outras coisas também eram importantes: cabelo, sobrancelhas, pelos, unhas das mãos, cheiro. Tudo tinha que ser bem cuidado nos detalhes, mas não *demais*. O corpo tinha de ser magro, mas não muito magro. O modo de falar era importante — evite o dialeto se você for de uma boa família. E havia regras de senso comum, de decoro: comer com a boca fechada, não mascar chiclete em público, rir com a mão na frente da boca ou, melhor ainda, sorrir, não rir demais, não fazer muito barulho. À pergunta "como vai?", nunca responda "bem", melhor dizer "tudo indo" — melhor ainda: "não posso reclamar". Não reclamar, mas também não se alegrar. Todos na cidadezinha tinham medo do olhar julgador e malévolo dos outros. Berta não conseguia obedecer a essas regras, então se escondia. Ela não saía para fazer compras, não nos buscava na escola nem ia às reuniões de pais e mestres. Se alguém a visse no jardim ou à beira-mar, ela ouvia os murmúrios vindo de longe e talvez quisesse desaparecer, por isso não comia. Eu sentia vergonha dela, ela nunca estava arrumada. Era eu a criança, mas ela também era. Aisha também sabia disso e, assim que teve idade suficiente, tentou compensar todas as suas faltas, aprendeu a cozinhar, limpar e remendar as roupas, me levava para a escola de bicicleta. Eu ia na garupa com as pernas para um lado e a segurava com força.

Certa vez, Berta veio me buscar na escola. Eu estava com minha coleguinha de carteira, que eu pensava ser minha melhor amiga. Na verdade, eu lhe era indiferente, ela mal me tolerava. Às vezes, ia estudar com ela à tarde. Sua mãe me tratava com generosidade excessiva, imbuída de um senso de superioridade que eu não conseguia entender. Sempre me perguntava se eu tinha o que comer e dava um sanduíche extra para minha coleguinha me entregar todos os dias. Ela o trocava por um docinho que eu levava e que ela não podia comer em casa. É por isso que ela me tolerava, porque a compaixão que eu despertava em sua mãe lhe trazia algo bom.

Estava com ela naquele dia quando a vi. Berta tinha aquelas tranças odiosas e olhos escavados, a cara magra sem maquiagem, exceto por uma sombra azul elétrica e um batom vermelho demais que se destacava em seu rosto pálido. Parecia um palhaço, talvez tivesse se maquiado assim de propósito para ir até lá, na saída da escola. Queria que ela não fosse minha mãe. Não queria que os outros a vissem, eu sabia que as crianças podem ser muito cruéis com as palavras, e de fato foram.

Ela não era uma mulher simples, minha mãe, não só pelo jeito como se vestia, como ria e se movia e pelo cheiro que exalava, mas, acima de tudo, porque nasceu fora do casamento e sua mãe não a vestia como menina quando era pequena. Depois se casou com um marroquino e enlouqueceu. Ou talvez já fosse louca antes de se casar com ele. Havia diferentes versões de sua história no vilarejo, e eu não sabia qual delas era verdadeira.

Na cidadezinha, as mulheres simples eram as únicas aceitáveis. "Simples" era o maior elogio: significava esposa, significava mãe, significava serva, significava muda, significava insignificante, invisível. Para se tornar uma mulher simples, era necessário muito trabalho, que variava de acordo com a classe social. Uma mulher de origem modesta era simples por definição, se tivesse o cuidado de não ser vulgar — vulgar era alguém que ostentava sua miséria com maldade ou sua riqueza com escárnio.

Uma moça de boa família, por outro lado, para se tornar uma mulher simples, tinha de ser estudiosa antes de tudo, mas sem ambições extravagantes. Podia ser inteligente, mas somente se essa inteligência a envergonhasse. Mais admiráveis eram aquelas que se esforçavam, mas sem brilhar. As moças que saíam do ensino médio, se fossem de boa família, cursavam a universidade e eram sustentadas pelos pais em Roma ou Milão. Depois de formadas, tinham de se preparar para o grande concurso. Deveriam se tornar boas professoras que fumavam às escondidas na escada de incêndio entre as aulas.

Claro, o trabalho era importante, mas não uma carreira, porque a carreira das mulheres simples, de boa família, era o casamento: a única promoção era se tornar mãe. Os pais das moças de boa família ajudariam os recém-casados a comprar uma casa. A mãe da moça de boa família diria: fizemos muitos sacrifícios, mas as crianças são felizes, não reclamamos. Visitaria com frequência para ajudar. A filha de uma boa família ficava grávida no primeiro ano de casamento. Tinha passado a vida inteira estudando e talvez se perguntasse por quê. Ou talvez não. Assim, as filhas de boas famílias se tornavam mulheres simples. Alguns anos mais tarde, o casal faria o possível para voltar à cidadezinha, para criar os filhos perto dos avós. Ela pediria para ser transferida, ele encontraria um emprego substituindo o sogro que estava se aposentando e deixaria ao genro um negócio estabelecido ou um escritório de advocacia, contabilidade, um consultório de dentista ou clínico geral. Na pior das hipóteses, uma tabacaria.

As mães levavam os filhos para a escola, a mesma escola em que haviam crescido; levavam-nos para o mesmo parquinho onde haviam sido molestadas aos catorze anos por algum vizinho mais velho, mas nunca pensavam sobre aquilo e às vezes se convenciam de que não havia realmente acontecido, que haviam apenas sonhado.

As modas iam e vinham, e as moças de boa família as seguiam, sempre comprando na mesma loja, onde tinham uma conta aberta e pagavam em prestações. Usavam um corte de cabelo repicado, um pouco ondulado, não muito comprido. Conversavam com as outras mães sobre aspiradores de pó e receitas para a noite de Natal, se queixavam de estar sempre muito cansadas.

Seu marido não te ajuda?, perguntavam umas às outras, maliciosamente. Claro que ele me ajuda, a estender a roupa no último fio do varal porque eu não alcanço, a pôr a mesa quando está pronta a comida, às vezes a carregar a máquina de lavar louça porque ele tem um método, é melhor do que o meu! Eles riam alegremente enquanto viam seus filhos brincarem. Nas festas de aniversário, elogiavam a organização uma das outras: Você sempre tem que exagerar! Mas quantas coisas você fez?

Quem pagava um bufê era vista como preguiçosa,

quem fazia o bolo em casa era vista como mão de vaca.

Era assim que cresciam e viviam as mulheres simples no vilarejo, enquanto Aisha e eu não éramos convidadas para festas nem para o parquinho, nem para lugar nenhum. Éramos garotas selvagens, mas isso não era motivo de orgulho. Talvez fosse isso que Liz sentia e invejava em mim, ela se esforçava para imitar aquela liberdade que vinha do abandono.

Vovó queria que estudássemos, mas não fazia nada para garantir que isso acontecesse. Ela gritava quando eu chegava em casa no final do ano letivo com o boletim, tendo ficado de recuperação em latim e matemática. Ela tinha um temperamento irascível e maldoso, que precisava colocar para fora de vez em quando. Eu lhe dava oportunidades frequentes de expressar sua raiva, o que me fazia sentir no direito de guardar secretamente a minha. Quando me via respondendo a uma questão ou fazendo uma prova na escola, sentia-me em ebulição e acabava sendo reprovada. Não sei se essa reprovação era predeterminada por nossa condição socioeconômica ou se eu simplesmente a desejava por motivos que não conseguia explicar.

Todos culpavam Berta — a culpa é sempre da mãe —, mas ela não sabia de nada. Acordava de manhã depois de eu já ter saído e, quando voltávamos para casa, muitas vezes a encontrávamos ainda na cama, na escuridão do quarto, e mesmo que seus olhos estivessem abertos, tínhamos de tirar os sapatos para não fazer barulho.

Você teria preferido uma garota de boa família? No entanto, a escolheu — ela era muito grata a você, talvez até demais. Você a amava? Gosto de pensar que nasci, se não do amor, pelo menos da esperança.

8.

Estar em casa fazia com que meu rosto inteiro coçasse pela manhã. Sentia-me abafada e pensava sempre na cidade: os tijolos aparentes, as avenidas arborizadas cor-de-rosa na primavera, a pressa composta das pessoas, sua indiferença. Entrar em lojas sem poder comprar nada, mas observar a beleza dos objetos, dos bens.

Eu estava sempre de olho no perfil do Instagram da Liz. Era importante para mim manter-me atualizada sobre o que ela estava fazendo. Eu tinha saído havia apenas alguns dias, mas já sentia uma tensão estranha se formando entre nós. Não contei a ela que você tinha morrido, embora ela me escrevesse pedindo notícias o tempo todo. Ela me mantinha atualizada sobre todas as coisas fantásticas que estava fazendo e eu inventava o máximo que podia, porque de repente não queria ficar para trás: senti que a distância possibilitava uma competição que teria parecido ridícula quando estávamos juntas. Mas agora eu estava na Itália e, até onde ela sabia, eu praticava ioga e meditação todas as manhãs com minha mãe hippie, trabalhava como voluntária no centro de migrantes, jogava xadrez com idosos na praia ao pôr do sol e todas as outras coisas que poderiam ser resumidas com a hashtag *#vidalenta*. Eu sabia de cor sua rotina, que era tão perfeita quanto ela.

***

Liz levantava às cinco da manhã, saía para correr, depois voltava para casa a pé e ligava para uma velha amiga de infância, com quem fazia aula de dança quando era criança. É importante manter amizades, disse ela, especialmente as femininas. Em casa, entrava no chuveiro, ouvindo algum podcast de mulher falando sobre ser mulher em um mundo de homens — mas com uma franqueza tranquilizadora, para não parecer irritada ou desagradável. Essas mulheres reclamavam de tudo o que acontecia com as outras — mas nunca com elas — e sempre tinham algo incisivo, irônico e brilhante a dizer. Havia um podcast em especial que Liz havia me recomendado em uma de suas listas, no qual pessoas bem-sucedidas falavam de seus fracassos — sempre infinitesimais em comparação a suas conquistas. Eu não sabia dizer se era a única pessoa que via a contradição ou se era simplesmente uma fracassada.

Naquele ponto, num dia típico de Liz, já eram sete horas e ela podia se dedicar à leitura enquanto tomava seu café. Eu a fotografava com frequência nesse horário, com os raios de luz entrando pela janela, o corpo transparente enrolado em uma poltrona como se fosse um berço. Ela fingia não perceber. Eu publicava a foto em meu perfil e me sentia orgulhosa por ter uma amiga como ela.

Certa vez, tivemos uma conversa que me marcou, pois ela reagiu quase com medo quando perguntei se gostaria de comer uma fatia de pão com Nutella no café da manhã que eu estava preparando para mim. Ela disse, surpresa: Eu sempre como muesli com leite de amêndoas orgânico pela manhã.

E se uma manhã você sentisse vontade de comer outra coisa? Um croissant, talvez.

Depois de correr, sempre tenho vontade de comer muesli, me dá energia e me faz sentir limpa.

Ok, mas... e se em uma manhã você não tivesse vontade de correr? Se uma manhã não tivesse vontade de fazer nada?

Ela deu um sorriso controlado, tão tenso quanto uma corda de pipa nas mãos de uma criança ansiosa, e continuou: Nem todos podemos viver como você!

Perguntei-lhe como eu vivia, ao que ela respondeu que eu vivia mal.

Você não se importa de verdade com nada, disse. Você come besteiras, não se exercita, não se informa....

Encolhi os ombros. Há coisas com as quais me preocupo, murmurei.

Ah é? Como o quê?

Eu me preocupo — respondi em um ato de rebeldia atípica e feroz — com comer o que tenho vontade quando tenho vontade.

Eu ainda não tinha percebido, mas queria que ela invejasse minha liberdade radical, minha suavidade, minha diversidade. Eu tinha algo que ela não tinha: o fundo do poço para sentar enquanto ela ascendia incansavelmente em direção ao corpo ideal, à carreira ideal, à vida ideal, ao ideal ideal.

Liz teria então ido de bicicleta para o trabalho, chegado alguns minutos adiantada, tempo suficiente para ir ao banheiro, despir-se, lavar as axilas, olhar-se nua no espelho de um banheiro asséptico e estranho, no qual ela nunca teria se perguntado onde estão as tesouras, onde estão as lâminas de barbear. Sabe-se lá o que ela pensava quando se olhava. Ela colocava um sutiã que comprava na Urban Outfitters, os desconfortáveis sutiãs de renda sem ganchos, sem armação ou enchimento, para se sentir livre. Depois, a blusa com estampa geométrica, aberta apenas o suficiente para mostrar a renda por baixo, para que todos soubessem que ela não usava sutiãs tipo gaiola, apenas sutiãs feministas. Ela colocaria a camiseta de exercício em uma ecobag da revista *New Yorker*, que ela assinava, mas só lia as charges, e a teria posto dentro de sua mochila Fjällräven no verão, em sua mochila Rains no inverno. Cumprimentaria a todos com um sorriso. Liz sorria sempre, como alguém que sabe que agrada. Viver dentro de sua cabeça deve ser como estar em uma daquelas banheiras cheias de bolas de plástico brancas.

Longe da cidade e de Liz, parecia que eu não tinha mais uma identidade na qual me apoiar para existir. Olhava ao redor e o que via não me continha mais. Na imagem de um vaso se espatifando no chão, eu não era o vaso, mas a água. Se eu ficasse no vilarejo por muito tempo, corria o risco de me descobrir diferente do que havia construído na cidade. A perspectiva me aterrorizava, tudo me fazia lembrar de outra coisa. O mar, como me irritava, com seus cheiros familiares, suas texturas de infância. Eu não suportava as horas lentas, não queria sentar com Berta de olhos fechados, não queria ler Morante com minha avó, não queria reconhecer a praticidade, a sabedoria dos gestos bruscos de Aisha, e não suportava minha vontade de ajudá-la, minha vontade de fazer parte da reconstrução de um mundo, nosso mundo, no qual você não estava mais, mas do qual eu, lamentavelmente, fazia parte. O espelho do banheiro, lascado no canto esquerdo, no qual eu ainda me via como uma criança, refletia um olhar maligno. Será que eu olhava para todos assim ou só para mim? E aquela pia, de onde a água escorria com gosto de sal, ressecando minha pele e meu cabelo, e Berta com seus anéis batendo no aço da cozinha nas raras vezes em que lavava a louça, sussurrando para si mesma *shanti, shanti, shanti*. A louça tinha de ser lavada até as sete horas, porque no verão a água acabava. Quando voltávamos tarde do mar, dormíamos com a pele enrugada pelo sal. Deitávamos no carpete da sala de estar, encharcados de areia, e jogávamos buraco. Você nos ensinou.

À noite, eu espiava Berta com atenção, pois tinha medo de que ela morresse e eu não me lembrasse da última vez que a vira. Ela sentava na cama com sua camisola florida. Era tão baixinha que os pés ficavam balançando, só o dedão do pé conseguia tocar o chão de parquet. Sussurrava mantras para si mesma, coisas que não serviam para nada. Ficava ali sentada por um momento, depois se enrolava sob as cobertas e adormecia assim, com a luz ainda acesa, sem fazer nenhum barulho. Suas fotos a cercavam, mas ela não olhava para elas.

Eu rejeitava a familiaridade instintiva com que meu corpo se movia dentro daquele espaço prisional. A hortelã no jardim, os gatos empoleirados na minha barriga nua enquanto eu dormia à tarde, o calor sufocante do final de junho, o pôr do sol sobre o mar, o encontro com minha professora do ensino fundamental no supermercado, que me cumprimentou com carinho, sem hesitar, porque me reconheceu de longe. Você sempre teve aquele passo de alguém que sabe para onde está indo!, disse. Se ao menos isso fosse verdade. A solidão é uma forma de ausência e, no meu caso, era eu quem se ausentava: sentia esse vazio no centro do meu corpo e agarrava, agarrava de forma violenta as coisas para me preencher. Começava a me lembrar de quem eu era antes de ir embora e descobria dolorosamente que não havia nada de especial em minha dor: eu fui uma adolescente quebrada, e uma adolescente quebrada não se conserta nunca.

***

No entanto, havia coisas a fazer que me davam o prazer secreto e surpreendente de cuidar. Secreto porque revelá-lo teria me exposto demais. Na cozinha, vivia uma colônia de borboletas de arroz, entrando e saindo do armário, insensíveis ao nosso luto. Elas comiam às escondidas o alimento do qual nos privávamos, como uma silenciosa e poética cadeia da natureza que nos substituía naquele período em que não sabíamos como viver nossas vidas. Um dia, Aisha e eu decidimos nos livrar delas, porque queríamos cozinhar arroz com leite, como você costumava fazer nas noites de domingo quando éramos crianças. Sua mãe, como você nos contou, costumava fazer uma espécie de sopa com leite e farinha de milho, pimenta-do-reino e óleo, mas aqui não era fácil encontrar sêmola e o arroz absorvia mais, ficava cremoso. Era nosso prato favorito no mundo e você tinha muito orgulho disso. Às vezes, na simplicidade das pequenas coisas, você nos levava para o seu mundo.

Seguimos, então, esvaziando toda a cozinha. Foi um ato de libertação meticulosa, um expurgo, mas também foi a exumação de um cadáver, o esqueleto de algo que um dia foi uma família.

Trabalhamos em silêncio. De vez em quando, eu a olhava pelas costas, esperando que ela começasse a chorar, quebrasse algum vidro ou gritasse como uma louca. Queria que ela expressasse o que eu estava sentindo por dentro, o que me era difícil continuar a manter em segredo para não incomodar ninguém. Mas tivesse sido ela a primeira a ceder, eu poderia ter feito a mesma coisa sem ser acusada de ser muito emotiva. Aisha, entretanto, não dava sinais de estar sentindo nada. Seu rosto estava concentrado e seu cabelo estava puxado para trás em um coque desconfortável, suas luvas iam até os cotovelos, ela parecia tão normal, tão comum. Lindíssima.

Às vezes, eu me lembrava de quando éramos meninas e conversávamos em nossas camas sobre coisas que poderíamos fazer para parecer mais rebeldes. Pintávamos as unhas de preto e fingíamos fumar cigarros de goma de mascar. Aí eu continuei rebelde, ou seja, sozinha, e ela desistiu. Nós nos traímos ou simplesmente nos afastamos demais para nos reconhecermos.

Talvez estivéssemos pensando a mesma coisa, porque depois de um longo silêncio, eu a ouvi rir com aquela risada triste.

Lembra quando cortamos nossas franjas com uma tesoura de unha?

É claro que sim. A professora quase teve uma síncope.

E você assumiu a culpa, disse que a ideia foi sua, mas não era verdade, fui eu quem quis.

Dei de ombros. Eles não se importavam com minha aparência, eu já era estranha.

O olhar de Aisha se suavizou e eu desviei o meu, com medo de ler nele uma tristeza, uma compaixão que eu não poderia aceitar por nada. Fui inundada por imagens dolorosas. Meu boletim escolar esquecido no meio da bagunça. Eu havia ficado de recuperação em matemática, só a vovó havia gritado comigo. Eu teria me explodido para chamar a sua atenção, mas vocês me assistiam como se assiste à TV em um sábado à noite, pensando em outra coisa. Às vezes, Berta não saía da cama por dias, e você nos dizia que ela estava doente, e eu tinha medo de que ela morresse, e à noite eu ia me certificar de que ela ainda estava respirando, colocava meu dedo sob seu nariz e sentia o ar fazer cócegas em minha pele com alívio. Quando fui embora, Aisha se recusou a sair do quarto e minha mochila ficou na soleira da porta. Eu ia pegar o ônibus. Me despedi pela porta, silêncio do outro lado. Eu tinha vinte anos, ela vinte e três. Ela já estava trabalhando com papai. Havia terminado o ensino médio com as melhores notas, mas não tinha condições de continuar estudando, porque papai precisava de ajuda. Era ela quem deveria ter ido embora — era mais inteligente do que eu, mais orgulhosa, não teria desperdiçado anos olhando os reflexos nas vitrines das lojas.

Mas Aisha era muito leal, ela nunca o deixaria. Eu, por outro lado, uma filha desnaturada, o abandonei e agora, para me punir, você morreu sem aviso prévio.

Depois de alguns segundos, aventurei-me a olhá-la novamente — ela estava procurando alguma coisa embaixo de uma prateleira, uma babel trêmula de louças e tigelas.

O que você está fazendo?

Eu escondi um maço de cigarros em algum lugar.

Quase trinta anos e ainda escondendo coisas?

Quase trinta anos e ainda usa sarcasmo quando se sente vulnerável?

Bem, não há nada para beber nesta casa.

Aisha encontrou o maço, entregou-me um cigarro, acendeu-o e soprou a fumaça lentamente, encostada na parede da cozinha. Foi ali que aprendemos a andar. Ali contamos a Berta sobre peças de teatro escolares que ela não veria, sobre as notas do boletim das quais ela não se lembraria, aqui mamãe tinha dor de cabeça, lá ela ia se deitar.

Essa personagem que você gosta de interpretar, disse ela, com calma. Não é cansativo?

Me senti ofendida. Não é uma personagem de forma alguma, respondi. Nem todo mundo é uma freira boazinha como você. Algumas pessoas conseguem viver sem um deus todo-poderoso que lhes diga o que comer, como se vestir e pelo que ser grata.

Aisha me encarou de um jeito que revirou meu estômago.

Não entendo, disse ela, e por um segundo imperceptível sua voz tremeu, você sempre se vangloria de viver na cidade mais cosmopolita da Europa, não é? Diz que convive com todos os tipos de pessoas, está em contato com diferentes realidades, todas pacificamente integradas, não importa. Seu Instagram parece uma campanha publicitária. Por que você não suporta minha fé? O que Alá te fez?

A ideia de que as mulheres devem se cobrir para não deixar os homens caírem em tentação é simplesmente uma forma de opressão, você não pode negar isso.

Ela sacudiu a cabeça. É só um símbolo. Por que você se veste assim? Você também não tem algo que quer que os outros vejam? Lamento desapontá-la, mas eu sou assim. Não me sinto oprimida.

Vamos lá, Aisha, você não pode afirmar que o Islã seja progressista em relação às mulheres...

Mas não se trata de uma questão religiosa! Alguns governos usam o Islã para manter o poder e promulgar suas ideias preconceituosas, mas a religião é apenas um meio. Se seguíssemos os Evangelhos ao pé da letra, aqui também seria um inferno. O patriarcado é um sistema e usa tudo o que pode para alimentar a si mesmo. Não sou menos livre porque uso o hijab, sou menos livre porque não sou incentivada a estudar, porque tenho que esconder minhas ambições sob uma camada de modéstia sóbria. Sou menos livre porque ninguém pergunta minha opinião sobre os acontecimentos políticos do dia, mas apenas o que cozinhei para o almoço, onde comprei minhas botas e quando vou encontrar um cara legal. Porque os absorventes custam uma fortuna, porque não há estudos suficientes sobre endometriose, porque os airbags são calibrados para o corpo de um homem e porque, quando éramos criança, nos ensinaram que Einstein era um gênio e que precisamos ser magras para sermos bonitas. Você acha que é livre? Por favor, eu estava lá quando...

Sim, eu me lembro, obrigada.

Tivemos que ir para outra região.

Eu disse que me lembro.

Um silêncio cheio de rancor caiu entre nós. Aisha limpou o lábio superior com o dedo. Ela sempre suava ali quando estava com raiva.

Desculpe, eu não deveria ter falado sobre isso. É que às vezes eu não sei quem você é. Na cidade, você nunca teria feito um discurso tão superficial e maldoso. Aposto que lá você sempre demonstra respeito por todos os credos e minorias quando lhe convém. Não sei quem te criou.

Ninguém. Ninguém me criou.

E por isso você se sente no direito de... de...

De quê?

Aisha balançou a cabeça. De julgar.

Garanto que me julgo muito mais do que julgo qualquer outra pessoa.

Ela olhou para cima, observando a fumaça que subia. Isso não me consola. A maneira como você se vê é um reflexo de como você vê os outros. Por alguma razão, você precisa fazer com que eu me sinta inadequada — e não há nada que justifique isso. Não me importa se você se sente uma vítima. Todos nós somos vítimas de outra pessoa. Mas eu não preciso disso, não vindo de você, não agora. Se você tem algum problema com meu véu, guarde-o para você.

Desculpa, murmurei humilhada. Tinha problemas com o véu dela. Tinha problemas com o fato de ela ter ficado. Tinha problemas com o pensamento — persistente, rosnando como uma fera faminta — de que você a amava mais do que a mim, porque ela havia se aliado e eu havia fugido. Ela era mártir, eu fugitiva. Ela devota, eu traidora. Eu fugi e me perdi, perdi tudo.

A verdade?, suspirei e me virei para ela. Pelo modo como me olhava, percebi que ela me via. Senti-me invadida por seu olhar. A verdade é que é bom que você tenha o véu, para que eu possa achar que você é menos feminista do que eu, menos livre do que eu, menos moderna, menos independente e menos sei lá o quê. Porque, caso contrário, eu me sentiria como uma ameba, uma lesma sem casca, enfim, uma coisa viscosa que enoja a todos e que ninguém ama.

Senti minhas mãos trêmulas e as coloquei entre as coxas, como costumava fazer no ensino médio para esconder ataques de pânico. Aisha percebeu, mas fingiu não ver. Fiquei grata por essa delicadeza.

Não sei se Deus existe, mas gosto de conversar com ele. Ele sempre perdoa, sempre entende. É como falar com a parte mais bondosa de mim. Ninguém nos ensinou a amar uns aos outros — essa é a única maneira que conheço.

Não estava se justificando, estava me falando, talvez pela primeira vez, sobre si mesma. Então, continuou: Como é, de fato, ir embora?

Pensei sobre isso e depois disse, hesitante: Quando eu estava aqui, sabia exatamente quem eu era, porque via a diferença nos outros e não me sentia compreendida. Eu não me aceitava, não me amava, não conseguia me ver, mas sabia quem eu era. Então fui para lá e foi como… começar de novo como uma pessoa completamente diferente, uma versão mais verdadeira da realidade. Sentia-me perdida, mas era uma escolha minha, e gostava do meu sofrimento, porque estava viva e sozinha, e podia decidir me jogar fora e ninguém me impediria de fazê-lo. Há momentos, às vezes, em que eu me sento em um parque ou em um pub e ouço o burburinho das pessoas, fecho os olhos e me sinto livre, mesmo. Não sei mais quem sou. Todo dia é diferente. Ninguém me reconhece, ninguém olha para mim. Ninguém se importa com meus pelos, se saí de pijama ou se arrumei meu cabelo. Portanto, essas coisas não existem mais. Às vezes, olho para a beleza lá fora e me sinto bonita também, mas apenas por reflexo.

Está tudo fora de mim, e eu apenas admiro a imagem que criei, minha vida, mas nunca sei se é real. Olho para ela e digo: essa é uma bela imagem e, se a estou vivendo, deve ser real, não é? Pelo menos faço um pouquinho parte dela. Às vezes faço uma piada em inglês e as pessoas riem porque me entendem, e sinto como se tivesse crescido dez centímetros.

E como é ficar?, perguntei a ela. Nunca me perguntava isso, descobrir me assustava. A única coisa que eu me permitia pensar era que, se tivesse ficado, teria morrido de tédio, presa em um lugar que nunca me entenderia. Mas não queria pensar no luxo do tempo, em como o passaria. Com quem.

Ela deu de ombros. Ficar é como o tempo que passa, e você o vê passar e talvez mude, talvez não. Ela apagou o cigarro e se levantou, estendendo a mão para mim. Venha, vamos até o bar, vou lhe mostrar.

9.

O café se chamava *Tangerinn*. Ficava a algumas quadras de casa e tinha vista para a praia. Desde que me lembro, sempre foi barulhento, lotado, cheio de cheiros sempre novos. Era frequentado por todos os imigrantes da região — e somente quando fiquei mais velha percebi que, se um lugar era frequentado por imigrantes, não era frequentado por mais ninguém. Me pergunto se isso o desagradava, mas você certamente não dava muita importância. Isso lhe permitia recriar a atmosfera da casa que havia perdido, tentar reproduzir seus cheiros. Pela manhã, você servia *msemmen* com queijo e mel, no almoço kafta, *tajine* de frango, limão e azeitonas, e às sextas-feiras fazia cuscuz. Cozinhava dia e noite, passando os segredos adiante. A hortelã crescia exuberante em nosso jardim, o que significava que você sempre tinha um bule de chá no fogão.

No começo, o café era meu lugar favorito, justamente porque as pessoas de lá não se pareciam com Berta, com os professores ou com meus colegas de classe. Elas se pareciam mais conosco, com você e comigo, que tinha herdado sua pele. No entanto, à medida que crescia, percebia que você, eu e os outros erámos errados. Seus amigos me pareciam sujos, eu sentia a mesma coisa em relação a mim, e por isso me lavava obsessivamente. Eu não entendia por que Aisha e Berta eram mais claras e você e eu éramos mais escuros, mas sabia que isso era ruim por algum motivo. Seus amigos usavam roupas velhas e desgastadas, e cheiravam a feira, a peixe. Mas estavam sempre rindo e, quando eu chegava no bar, me abraçavam como se eu fosse filha de todos eles. Eu tinha medo de que o cheiro deles fosse também o meu. Me ensinaram a jogar xadrez e buraco. Gostavam de mim e eu gostava deles. Mas eram diferentes, e eu não queria ser diferente. Não queria ser como eles, como você. Eu queria ser normal.

Aos olhos dos moradores do vilarejo, os imigrantes eram todos iguais, mas o fato de serem diferentes dos brancos não os tornava semelhantes uns aos outros. Os frequentadores do café tinham vivido as mais diversas experiências, falavam idiomas tão distantes entre si, às vezes tão distantes quanto o italiano e o finlandês — e, ainda assim, todos se viam amontoados na mesma categoria. Os membros de uma minoria não têm o luxo de serem eles mesmos: quando confrontados com o poder, incorporam sua diversidade. Conter multidões é um privilégio, ser inconsistente é um privilégio, ser único e irrepetível é um privilégio. E, ao mesmo tempo, pertencer é um privilégio.

Quando Aisha e eu éramos pequenas, você era um extracomunitário. Era assim que se dizia. Naquela época, os cidadãos de fora da UE eram, em sua maioria, albaneses ou marroquinos, ou seja, qualquer pessoa da antiga Iugoslávia era chamada de albanesa, e qualquer pessoa do norte da África era marroquina. As mulheres que vinham da Europa Oriental cuidavam dos avós de todos, porque eram brancas e aceitavam ganhar pouco. As mulheres árabes tinham dificuldade para encontrar trabalho, porque os moradores ricos não as queriam em casa: diziam que elas perdiam muito tempo rezando e se recusavam a lavar a louça e limpar o carrinho de bebidas. No máximo, conseguiam limpar as escadas dos prédios. Os marroquinos vendiam lenços nos semáforos ou, na melhor das hipóteses, mantinham uma barraca na feira.

Alguns estavam de passagem — seguiam para o norte —, mas muitos ficavam porque reconheciam nas contradições do mar um lugar onde poderiam viver, sofrer e morrer em paz. A interação entre os moradores da cidadezinha e os imigrantes só acontecia no mercado, e em nenhum outro lugar. Os marinheiros eram acolhedores, mas apenas com o povo que era temente ao mesmo deus: desconfiavam dos outros. Não queriam nem ouvir que seu deus era o mesmo que o dos outros.

Além disso, eles já tinham seus próprios problemas, com o lixo nas ruas, os empregos abusivos, as propinas e as lojas que de tempos em tempos explodiam. Com pessoas sendo mortas por acidente, por azar. E depois com os processos, sempre injustos, diziam, sempre há alguém sendo usado como exemplo para assustar os outros, mesmo que não tenha nada a ver com isso, na verdade. Conhecidos, vizinhos, pessoas decentes, peixes pequenos. Os empresários não podem fazer nada sem ir para a cadeia, diziam. Basta uma assinatura para se ferrarem. Depois, tudo continuava como sempre. De vez em quando passava um filme ou uma reportagem na TV. A classe média falava sobre isso, ficava indignada, dizia: nós não somos ruins, sempre falam mal daqui, por isso o turismo não decola, mas também temos beleza. O orgulho da comunidade só parecia despertar quando era criticada, nunca para se defender de si mesma.

Acontecia de até mesmo alguns imigrantes se envolverem nessas coisas, porque dinheiro fácil é bom para todos. Depois desaparecia um marroquino e ninguém fazia nenhuma pergunta.

Nós não percebíamos — os peixes não sabem o que é água. Você não era diferente. Acreditava na sobrevivência a qualquer custo. Nunca perguntei quais sacrifícios você havia feito, porque não queria manchar minha consciência com a verdade.

E você nunca nos contou sobre isso. Nunca nos contou sobre nada.

10.

Assim que entrei no café, seu cheiro me envolveu e senti meus joelhos fraquejarem. Vi você cair no chão centenas de vezes por dia, e agora tinha até seu cheiro para aumentar a cena realista que eu relembrava insistentemente: você caiu, me chamou, eu não consegui ouvir, distante, paralisada, observadora inerte e incapaz de alcançá-lo; você já era um fantasma.

Atrás do balcão trabalhava um garoto que eu não conhecia. Era negro como breu e tinha olhos brilhantes e muito doces. Eu o cumprimentei em italiano, ele me olhou timidamente e se virou para Aisha, que explicou em inglês que eu era sua irmã.

O inglês de Aisha tinha fluência, era natural. Ela sempre foi boa em idiomas. O garoto lhe sorriu, confiava nela. Ele tinha todos os motivos para não confiar em ninguém, mas confiava nela. Aisha era voluntária no primeiro abrigo de acolhimento para imigrantes e, quando podia, dava emprego a algumas pessoas. Você e ela tentavam criar uma comunidade em torno daquele pequeno centro de almas transitórias, culturas incompreendidas, línguas maternas e madrastas. Você, com seu francês, árabe e alemão, e Aisha, com seu inglês e árabe aprendidos aos poucos, conseguiam se fazer entender, abrir espaço, abraçar. Nos últimos anos, haviam chegado muitos, cada vez mais assustados, com os olhos apagados, já velhos aos vinte anos. Eram homens e mulheres que, para se salvarem do monstro, haviam se jogado como se suas vidas não valessem nada. Humilhação, dor e, apesar de tudo, sempre a esperança, sempre. Ao mar, que une a vida e a morte.

Ele havia chegado à Itália algumas semanas antes em um bote vindo da Tunísia. Seu nome era Mahdi e ele me deu as boas-vindas a minha casa. Era eu a estrangeira.

Seu pai sempre falava de você, Mahdi me disse timidamente.

Não é verdade, respondi, provocando. O que você poderia ter dito sobre mim, o que você sabia?

É verdade, sim. Ele disse que estava orgulhoso por você ter ido embora para fazer sua própria vida, como ele fez, como nós fizemos.

Não exatamente como vocês fizeram, pensei.

Como você chegou aqui?, perguntei, desconfortável. Passei meu peso de um pé para o outro e não sabia para onde olhar. Me sentia sitiada.

Ele sorriu, triste: Eu vim a pé. Demorei mais de um ano.

Arregalei os olhos. Achei que ele estivesse brincando, mas Aisha me advertiu com um olhar. No entanto, ele me disse, sem ironia, que éramos iguais, que ambos tínhamos ido embora para construir nossas próprias vidas.

Há jornadas e jornadas, murmurei, e me forcei a segurar seu olhar, a me espelhar naqueles olhos negros tão tristes e tão doces, porque algo dentro de mim sabia que a vergonha que eu sentia era correta e não devia ser evitada.

Houve um verão em que decidimos passar um fim de semana em um vilarejo na Ilha de Wight. Era uma comunidade de "refugiados" europeus, pessoas assustadoramente ricas que, tendo alcançado uma compreensão superior do que torna os homens infelizes, decidiram abandonar o estilo de vida capitalista. Eles se recusavam a se nomear "expatriados", como teriam sido chamados na cidade, sendo imigrantes "premium". Eles formam um grupo de pensadores radicais que querem revolucionar a maneira como concebemos o consumo, explicou Liz em um tom de voz melífluo. Fogem do que todo mundo corre atrás. São pessoas que abriram mão de tudo, coberturas, carros e viagens malucas, sem falar nas roupas. Há um documentário no YouTube, vou enviar para você, mas você precisa ver antes de irmos, caso contrário, não vai entender nada.

No vilarejo, eles cultivavam os frutos da terra, que no Reino Unido correspondiam apenas à categoria de tubérculos; colhiam cogumelos, bagas e as poucas frutas que podiam crescer naquele clima educadamente hostil, e viviam em contato próximo com cocô de galinha, um animal considerado sagrado porque fornecia ovos. As vacas também eram sagradas e, ao beber seu leite, era preciso agradecê-las.

Os ricos têm o hábito de se fazer de patrões onde quer que estejam. Os "refugiados" se vangloriavam de ter estabelecido uma relação de total respeito com a natureza, mas a concebiam como algo acomodado e domesticado que poderia simplesmente ser aproveitado. A consequência direta dessa concepção era que o estilo de vida bucólico acabava não sendo suficiente para sustentá-los e que — acostumados a se demorar sobre suas torradas de avocado —, embora tivessem a ambição de usar as próprias fezes para produzir energia e fazer todas aquelas coisas que se vê em programas de sobrevivência na televisão, eles eram muito preguiçosos ou burros para realmente realizá-las. Então, para compensar o que não podiam obter da natureza, criaram uma área reservada para os "curiosos", para dar a outras pessoas privilegiadas, ricas e infelizes a chance de considerar uma mudança radical. Eles construíram lindos *yurts*, teceram cobertores, compraram colchões e todo o resto da mobília *boho-chic* na Maisons du Monde e abriram o albergue da comunidade. Um *yurt* para seis pessoas custava três meses do meu salário, mas incluía todas as atividades das quais éramos chamados a participar: ioga com os cabritos no alvorecer, caminhada meditativa e estudo de ervas da floresta, colheita de frutas, aulas de culinária vegana, tempo de silêncio, limpeza da latrina para humilhar o espírito. O dinheiro de nossa taxa de participação, nos disse Liz, seria usado, em parte, para fazer melhorias na própria comunidade, e também destinado a um fundo para a construção de uma escola na África.

É claro que o fim de semana em Wight havia sido ideia dela. Para a experiência, Liz havia escolhido outras mulheres interessantes, quase amigas, de quem se cercava para nunca se sentir sozinha. Levou um papelote de MDMA para aprofundar as nossas relações.

Nos encontramos na estação King's Cross. Reconheci suas escolhidas a metros de distância, eram todas iguais: brancas, magras e finas como *fettuccine*, pareciam estar ali para participar de uma sessão de fotos. Tinham o nariz empinado, mas pareciam conscientes de todos os olhares que se dirigiam a elas. Nas costas carregavam mochilas Patagônia ou North Face, o símbolo dos espíritos aventureiros. Eu tinha uma bolsa gasta, a mesma com a qual havia partido, a mesma com a qual você havia partido. Você a deu para mim quando decidi ir embora, quase como que passando o bastão. Ninguém mais da família a usaria novamente.

Eu gostava daquela ecobag mais do que de qualquer outra coisa e, no entanto, naquele momento me senti tola por usá-la e por não gastar dinheiro que eu não tinha para comprar uma mochila como todo mundo. Elas estavam com

Birkenstocks de inverno nos pés, daquelas peludas, com meias de lã xadrez — as que postavam no Instagram à luz da manhã com uma caneca, um livro e a hashtag *#wintering*. Usavam roupas leves ou shorts de lycra justos, como os ciclistas, com enormes suéteres em cores terrosas por cima, os cabelos amarrados em tranças imprevisíveis. Da cintura para baixo, não sentiam frio. Eram etéreas e ridículas. Eu estava apavorada com a ideia de ter de fingir ter orgulho de meu corpo, que eu odiava. Toquei a barra do meu vestido, rezando para que desaparecesse o que estava por baixo.

O fim de semana me pareceu semelhante àquelas competições que acontecem nos Estados Unidos para ver quem consegue comer mais cachorros-quentes, mas ao contrário. Todas queriam demonstrar umas às outras o quanto eram indiferentes a bens materiais e confortos, como por exemplo tomar um banho quente ou fazer xixi num banheiro fechado. A privação era uma ostentação, a romantização da vida simples — que para mim parecia tão complicada — era documentada em todos os aspectos e divulgada no Instagram. Logo todos estavam tirando as botas Hunter das mochilas, os corta-vento Napapijri, e ninguém nunca sentia fome.

Quando chegamos, eles nos explicaram como usar nossos telefones celulares: podíamos tirar fotos e fazer vídeos, mas qualquer publicação nas mídias sociais teria de esperar até nosso retorno, para evitarmos passar o fim de semana contando as curtidas. Eles nos deram cordões para pendurarmos nossos celulares e uma câmera descartável para expressarmos nossa criatividade. As meninas estavam tão entusiasmadas quanto um grupo de alunos no zoológico.

Fomos visitar a cozinha comunitária. Homens e mulheres determinados a viver de acordo com a natureza colaboravam com equidade na administração da comunidade, disse Kubra, uma jovem chef nigeriana que se mudou para lá depois de trabalhar na cidade por dez anos. Parecia realmente acreditar no projeto, senti simpatia imediata por ela. Ela tinha uma nuvem volumosa de cabelos pretos elétricos e olhos brilhantes. Com muita paciência, respondeu a todas as perguntas de Liz, que queria saber como eles incorporavam os vários nutrientes essenciais em sua dieta e em que quantidades. De onde eles tiravam as proteínas? Quantos carboidratos?

Liz sempre foi magra. Isso era importante para ela, mas ela fingia que não era. Sempre repetia que não fazia nada específico para alcançar a magreza acima de tudo. Dizia que tinha um metabolismo rápido e que todos os truques para garantir um corpo esbelto eram disfarçados de ideologia. Liz não comia carne, não comia laticínios, pesava suas porções na balança. Queria que sua alimentação fosse "limpa", dizia que isso a ajudava a se concentrar, e se exercitava para se sentir mais forte. Em toda refeição ela segurava um pouco de pão entre os dedos e o comia com moderação.

Não somos tão precisos assim, disse Kubra com um encolher de ombros, mas você deveria falar com nossa professora de ioga, Esme. Ela trabalhava como nutricionista e, se há problemas de desnutrição, ela cuida disso. A próxima aula é daqui a meia hora, você pode encontrá-la na academia.

A academia era uma tenda fedorenta na qual Esme estava estendendo as esteiras e fumando um baseado. Liz perguntou se poderia entrevistá-la para seu canal e ela assentiu.

Veja bem, a cultura da dieta estava me matando, ela começou sem hesitar, como se já tivesse repetido o mesmo discurso um milhão de vezes. Conheci muitas mães que traziam suas filhas adolescentes para que eu as ensinasse a comer, e a ideia era sempre a mesma: elas deveriam aspirar a um corpo magro e abaixo do peso. Ninguém se importava com massa muscular ou com a camada de gordura que protege de inchaços ou previne o envelhecimento da pele. Acho que tenho muitos distúrbios alimentares em minha consciência, especialmente o meu próprio, que, como você pode ver, não está realmente sob controle. Nesse momento, ela levantou a camiseta. Havia algo muito estranho naquele gesto. Ela parecia estar ciente do problema e, ao mesmo tempo, queria exibi-lo. Ela gostava de seu corpo, porque era magro, mas ao mesmo tempo tinha vergonha dele, porque não era um corpo livre.

Liz olhou para suas costelas. Você não sabe o quanto eu a entendo, disse, e confessou que sofria de ortorexia nervosa. É quando uma alimentação saudável se torna uma obsessão, revelou. Eu como vegetais em exagero, me exercito demais, tenho uma vida saudável demais. Não me entenda mal, isso me faz sentir bem, me sinto ótima. Mas às vezes invejo aqueles que simplesmente comem o que gostam, como Mina. Ela não dá a mínima.

Esme olhou para mim e eu dei de ombros. Não compare sua experiência com a minha, disse a Liz, calma, mas firme, não temos absolutamente nada em comum. Ela se afastou sem acrescentar mais nada, sem sequer dar-lhe o tempo para responder.

Liz ficou em silêncio, chateada. Tive vontade de rir, mas não disse nada, e após alguns segundos ela se recuperou. Colocou o braço em volta dos meus ombros e sussurrou: Essa aí provavelmente deveria procurar ajuda, ela não me parece uma pessoa bem equilibrada. Viu como ela levantou a camiseta? Isso me impressionou. Quem quer ver aquilo?

Mais tarde, Liz disse que não queria ir jantar. Estava deitada na cama com duas rodelas de pepino nos olhos, e exalava um intenso aroma de lavanda de seu corpo seminu.

Tirei uma foto dela com a câmera descartável e ela sorriu para mim com satisfação. Perguntei se poderiam nos dar comida para fazermos um piquenique ali. Ela apontou para uma cesta cheia de queijo, ovos e várias iguarias. Fiquei imaginando se quem a montou estava pensando nas avaliações do Tripadvisor.

Liz pegou o MDMA e tomou uma dose. Em seguida, entregou o papelete para Ashley, que a imitou sem hesitar. Eu tinha medo de drogas e, como ninguém estava olhando, escondi minha porção no bolso.

Meia hora depois, as meninas estavam nuas e dançando ao som de uma música triste do Blood Orange. Eu estava sentada na cama, sem roupas e tentando parecer confortável.

Mina, você está tão quieta!, disse Tara de repente, sentando-se aos pés da cama e olhando para mim com olhos curiosos. Você ainda não nos contou o que faz.

O que você faz — o que você faz da vida. Em qualquer conversa, em qualquer contexto, essa era *a* pergunta, a única que realmente importava, a única cuja resposta as pessoas lembravam. Tara, por exemplo, tinha graduação em história da arte e era responsável pelos projetos humanitários de uma empresa de tecnologia. Ela havia acabado de voltar do Nepal, onde supervisionou a construção de uma escola de canto para órfãos. Na foto que nos mostrou, as crianças a rodeavam alegremente usando a camiseta com o logotipo da empresa estampado no peito.

Eu trabalho na Bagels, sou assistente do gerente, respondi, e tossi porque percebi que minha voz estava fraca e denunciava meu senso de inadequação.

Oh, *cool* — respondeu Tara e desviou o olhar.

Mina não é uma pessoa ambiciosa — não é super *refreshing*?, disse Liz. Todas se aproximaram de mim e me olharam curiosas.

Para realmente explicar o que eu pensava sobre ambição, teria que falar do meu eu de antes, e eu nunca falava do meu eu de antes. Teria que falar de você, de Berta, de Aisha, de como a escola foi para mim — um lugar cruel onde nunca me sentia segura, onde cada olhar poderia ser seguido por uma palavra, um riso desdenhoso, um julgamento, uma violência. Eu tinha medo da maneira como as pessoas me olhavam. Certa vez, uma professora me disse que eu era como o motor de uma Ferrari num Fiat Panda. Um potencial desperdiçado. Talvez ela quisesse me estimular a me esforçar mais, mas na época interpretei aquela afirmação como um fato imutável, que selava a suspeita doentia de que eu era um alienígena: minha carcaça estava errada e meu motor ia quebrar. Quando me mudei para a cidade e conheci Liz, pensei: é isso, estou pronta para o desmanche.

Eu não disse nenhuma dessas coisas, é claro — em vez disso, citei um artigo da *Atlantic* que Liz havia me enviado algumas semanas antes e do qual só havia lido o infográfico no Instagram. Disse que a ambição é um privilégio, que o Ocidente atrai imigrantes com promessas de realização pessoal, vendendo-lhes uma narrativa de sucesso a todo custo em troca de força de trabalho. Meritocracia não existe. Liz olhou para mim com a satisfação de uma mãe em uma peça escolar. Aceitei esse olhar com uma gratidão provavelmente excessiva. Berta nunca tinha ido às minhas peças.

Emma, que veio da Polônia e recebeu uma educação soviética, da qual sempre se vangloriava, apesar de suar em roupas que custavam o equivalente a dois salários meus, assentiu com entusiasmo. Ela era uma fotógrafa de moda. Tinha cabelo rosa claro bem curto e se vestia como nas revistas, com óculos retangulares de armação grossa, blusas curtas mesmo no inverno e jaquetas de tweed dos anos 1980 dois ou três números maiores do que o seu. Por baixo, usava calcinha ou o que parecia, para todos os efeitos, ser o pijama de seu pai — o efeito era o mesmo, extraordinariamente sensual.

Liz sorriu. Era graças a ela que essas trocas aconteciam, graças a ela que nossa conversa inútil nos iludia, nos fazendo pensar que estávamos contribuindo para uma mudança teórica. Tudo ao seu redor não passava de um espelho.

Com todo respeito, eu discordo disso, disse Ashley, que eu conhecia porque já tinha vomitado várias vezes na lavanda do nosso jardim depois de misturar álcool e linhas de cocaína. Ela trabalhava no departamento de vendas de uma marca de luxo.

Era uma conversa que já havíamos tido muitas vezes, mas todas adoravam repeti-la, pois as fazia se sentirem inteligentes. Todas elas, assim como eu, desempenhavam seus papéis.

Acho que a magia de viver na cidade é que aqueles que têm um sonho podem realmente cultivá-lo, realizá-lo e serem recompensados por seus esforços, continuou Ashley. É claro que concordo que o sistema base é injusto — se todos não tiverem as mesmas chances, não poderemos falar de uma *verdadeira* meritocracia. Mas é possível emparelhar-se ao avançar na corrida. Veja o seu caso: você chegou aqui mal falando o idioma e, com toda a probabilidade, daqui a um ano, será gerente.

Acredito que todos devemos nos esforçar para melhorar, porque o nosso bem-estar flui para o bem-estar de todos, disse Liz, conciliadora.

Por melhorar, você quer dizer melhorar nossa condição financeira?, perguntei em voz baixa. Ela não esperava por isso. Ficou me olhando de boca aberta por um segundo.

É da natureza humana mudar e evoluir, respondeu, e se você não tiver esse instinto, permanecerá preso e infeliz.

As pessoas infelizes gostam de culpar os outros por sua infelicidade, mas aqueles que estão satisfeitos com suas vidas estão satisfeitos porque sabem que se esforçaram por essa vida, que a conquistaram...

... que a mereceram?, concluí, com um sorrisinho. Liz ficou em silêncio.

Mas vocês percebem que a ambição é uma característica que é inculcada nas crianças de acordo com a classe social?, interviu Emma, inquieta. Ashley apertou a mão dela com uma afeição condescendente. Estavam juntas há dois anos, Ashley havia comprado uma casa para as duas, uma casa enorme com um quarto que Emma havia transformado em seu quarto escuro. Não é um instinto inato, é aprendido. As famílias de classe baixa não ensinam aos filhos que eles podem ter tudo na vida, porque sabem que isso não é verdade. É fácil para os pais ricos mandarem os filhos para escolas particulares, matriculá-los nas melhores universidades e pagar para que realizem todos os seus sonhos, e chamamos isso de mérito? É privilégio puro e simples!

É claro, Emma, não diga coisas banais. Todas nós concordamos, cortou Ashley.

Houve um momento de silêncio em que Ashley certamente pensou que Emma podia se dar ao luxo de ser uma artista boêmia porque ganhava 200 mil libras por ano. Todas nós estávamos pensando nisso, especialmente Emma, que depois de alguns minutos voltou a defender o próprio ponto de vista, com o qual todas concordávamos, sem nunca tocar na contradição entre ideais e estilo de vida. Ashley e Liz sorriram, e Emma, humilhada, voltou-se para mim: O que você acha, Mina?

Liz respondeu rápido por mim: Mina não é politizada, né? Não se trata de uma questão ideológica para ela, ela é apenas preguiçosa. No bom sentido, é claro. Ela não se interessa em ser bem-sucedida.

Senti que estava corando e queria que elas parassem de me olhar. Baixei os olhos e assenti com a cabeça. Liz decidiu que o tempo de confronto havia acabado e mudou de assunto. Depois de alguns minutos, saí para fumar um cigarro. Andei pelo acampamento ouvindo os ruídos da noite. De repente, vi a luz inconfundível de uma tela no escuro: era Kubra jogando Candy Crush em silêncio, as costas apoiadas num muro baixo, ao lado de um enorme saco plástico preto. Eu me aproximei e olhei o que tinha lá dentro: eram embalagens vazias de comida pronta da Marks & Spencer.

Não conte a ninguém, ela sussurrou sem tirar os olhos da tela.

Eu comecei a rir.

Posso lhe fazer uma pergunta?, disse, sentando ao lado dela. Por que você está aqui?

Ela continuou a jogar.

Eu me sentia sozinha, disse. Estar sozinha é a pior coisa, você não acha?

Assenti lentamente.

Por que ser inteligente e ambicioso é mais importante do que ser bom, generoso ou gentil?, perguntei.

Kubra suspirou, desviou o olhar do jogo e me encarou por um momento. Não sei, disse. Mas se você está se referindo às suas amigas, elas não parecem exatamente tão inteligentes.

Elas não são exatamente minhas amigas, especifiquei. São apenas pessoas que conheço.

Gostaria de ter sido forte o suficiente para pegar aquele episódio e fazer algo de bom para mim, talvez perceber que estava teimosamente continuando a seguir a vida de outras pessoas, e não me perguntando o que eu queria fazer da minha própria vida.

Em vez disso, o que fiz ao voltar para casa depois daquele fim de semana foi gastar metade do meu salário para comprar uma mochila nova.

Aisha me observava ansiosa, queria minha aprovação, mas nunca a pediria. Olhei em volta: o aroma da hortelã e das especiarias encheu meus olhos de lágrimas. Tudo estava muito diferente da última vez. O balcão era o mesmo, um longo e pesado tampo de madeira, com as ranhuras e os nós de uma árvore viva. Mas atrás dele, as paredes estavam decoradas com *zellij*, azulejos marroquinos de maiólica, e a pia e o tampo da cozinha eram feitos de cobre. Havia um piso de parquet claro e mesas baixas e coloridas. As cadeiras, todas diferentes, pareciam ter sido retiradas de antigas cozinhas dos anos 1970. O ambiente era descontraído, talvez sob o silêncio houvesse raiva, mas também gratidão. Tudo coexistia. Algumas mesas quadradas tinham um tabuleiro de xadrez desenhado nelas. Eu o vi jogando contra si mesmo — você fazia isso com frequência, sabe-se lá com quem você falava em sussurros. Você estava sozinho? Será que o deixamos sozinho em suas memórias? Ou você se trancou do lado de dentro, forçando-nos a sempre olhar para você de fora?

Você se saiu bem, sussurrei para Aisha, que já havia se posicionado atrás do balcão e enviado Mahdi para nos preparar torradas com *kafta*. Sentei-me no balcão, no mesmo lugar em que costumava me sentar quando criança, pela manhã, antes da escola.

Aisha sorriu para mim, os olhos brilhando como se ela tivesse recebido uma estrela Michelin. Eu engoli em seco. Me senti ao mesmo tempo culpada e inadequada: Aisha permanecera ali, mas tinha feito algo bonito com seu tempo. Eu, por outro lado, na época não pensava em nada, obcecada como estava por outros lugares.

Mostrou-me os cardápios, que mudavam de acordo com os ingredientes sazonais, tudo comprado direto do produtor. Tinha estabelecido contatos com empresas locais e até me mostrou fotos de vacas felizes pastando no campo do fazendeiro que lhe fornecia leite e carne.

Mas também temos opções vegetarianas, se apressou em dizer. Fazemos encontros de intercâmbio de idiomas em cooperação com a Universidade para Estrangeiros, e várias iniciativas muito boas com os Médicos sem Fronteiras e a Save the Children. Somos um ponto focal para as várias comunidades que chegam de Lampedusa. Também organizamos torneios de vôlei de praia e coisas do gênero...

Com a voz embargada, acenou com a mão, como se quisesse dizer "deixa pra lá". Você não se importa com essas coisas, né?, perguntou. Eu a vi tão frágil que parecia uma criança novamente. Ainda estava com o lábio inferior inflamado pelo nervosismo e tinha uma ferida latejante na boca carnuda. Eu me inclinei sobre o balcão e a abracei.

Você foi bem, repeti, você foi bem, você foi bem, você foi bem, você foi bem...

Ela me afastou, enxugando os olhos rapidamente.

Estou suada, disse, não me abrace.

Quando éramos criança e tomávamos banho juntas na banheira, você sempre soltava um cocô, que ficava flutuando até que a mamãe percebia e começava a gritar como uma histérica.

Sim, bem. Nós crescemos desde então.

Dei de ombros. Ela ainda era a mesma — teimosa, brilhante, leal. Não sentia falta dela. Eu tinha minha vida. Olhei em volta e não reconheci nada. Disse a mim mesma que talvez o lugar fosse uma bolha agradável: Aisha o havia tornado aconchegante, colorido, as vozes de idiomas que eu não conhecia me faziam pensar na cidade. Mas essa não era a realidade, eu sabia. Sabia como Aisha era vista na rua. Sabia o que diziam sobre ela, sobre nós, sobre você. Do que eles nos chamavam.

    Sentia isso no fundo do meu estômago, quando na adolescência eu andava cabisbaixa. Aisha, ao meu lado, se destacava como um arranha-céu, as costas retas e cheia de orgulho. Eu, por outro lado, sentia medo. Sentia que minha pele era diferente de uma forma que eu não conseguia explicar; eu era uma mistura de coisas que não tinham nada a ver umas com as outras. Era misturada, mestiça, poluída. Ouvia-os sussurrando que minha mãe era estranha, que havia levado um africano para a cama, que era uma prostituta, que era louca, que você se aproveitava dela, que nós íamos contra a natureza. Eu os ouvia, mas talvez fosse eu mesma sussurrando. E você dizia que não importava o que as pessoas diziam, mas eu não era como você e Aisha. Eu me sentia constantemente vigiada, o julgamento dos outros era um tique-taque paranoico em minha cabeça.

    Aisha olhou para mim, incerta.

    Temos que conversar sobre isso, você sabe, não é?

    Sobre o quê?

    Sobre o que fazer. Com o papai. Com tudo isso aqui. Abriu bem os braços se referindo ao bar.

    O que você quer dizer com isso? Você continua fazendo o que vem fazendo, e eu volto para o lugar de onde vim.

    Aisha suspirou e, de repente, percebi o quanto ela estava sofrendo. Carregava o peso de uma família inteira devastada, seus ombros estavam curvados, ela tinha sulcos pretos sob os olhos, pareciam cicatrizes de tinta.

    Tirou um envelope de papel de debaixo do balcão e o entregou para mim.

PARTE DOIS

1.

Quando você era criança, nunca se perguntou se havia sido desejado. Não eram perguntas a serem feitas; você não dava espaço ao que não fazia parte de suas necessidades básicas. A vida era extraordinariamente simples, e o pouco que havia era o que você sabia. O cheiro que saía da cozinha na sexta-feira. Jogar futebol. Tirar sarro da Zahra porque ela chora por qualquer coisa boba. Como sua irmã Iman havia se casado com um egípcio e se mudado com ele para os Estados Unidos, Zahra era a única mulher na casa além de *jidda*. Você nunca lhe agradeceu por livrá-lo da responsabilidade de sentir o que ela sentia tão intensamente: que vocês estavam perdidos ou, mais precisamente, órfãos.

    Seu pai era um fantasma mesmo quando estava vivo. Ele era um homem altivo e silencioso, e tê-lo em casa os inibia. Você falava baixo na frente dele e comia com os ombros rígidos. Nunca o via rir, não havia uma linguagem secreta entre vocês, nenhum código que pudesse ser interpretado à vontade para lhe dar as respostas que uma criança de oito anos gostaria de ouvir do próprio pai. A única lembrança que você tinha dele era a do momento em que o encontrou em frente à casa, pouco antes de ele morrer. *Jidda* pediu que você fosse buscar pão na loja da esquina, e você obedeceu com orgulho, como um soldado enviado para a guerra pela primeira vez; você devia ter pelo menos seis anos de idade. Para ajudar em casa, *jidda* geralmente recorria aos irmãos mais velhos, mas dessa vez ela pediu a você, e você gostou de ajudá-la, porque para você *jidda* era uma rainha e você queria servi-la. *Al-jidd* estava voltando do trabalho para casa — você queria perguntar o que ele fazia o dia todo, para onde ia, se tinha seu próprio escritório, se a cidade fora de Derb Sultan era tão grande quanto dizem, com estradas de quatro pistas — mas não tinha coragem. O bairro era tudo o que você conhecia: um cruzamento com duas ruas perpendiculares, blocos de apartamentos baixos de dois andares e, mais adiante, uma estrada de terra batida, um posto de gasolina e alguns barracos. Vocês estavam tão distantes do mar que precisavam pegar dois ônibus para chegar lá. *Al-jidd* subiu as escadas ao seu lado, em silêncio, e de repente colocou a mão na sua nuca, apertou a pele do seu pescoço entre o polegar e o indicador e o chamou de *puce*, pulga, em voz baixa e serena, como se estivesse sorrindo. Foi um aperto firme, mas não doeu. Com o polegar, ele desenhou um círculo em sua pele, pressionando um nervo que você não sabia que tinha, mas que depois o incomodou a vida toda — quando afastou a mão, foi como se tivesse tirado um pedaço para si. A partir de então, aquela mão era como um membro fantasma. Você a sentia em seu pescoço, às vezes o mantinha acordado durante a noite.

Você tinha uma foto dele. Guardava-a escondida como um tesouro secreto. Quando você partiu, deixou-a com Idris, o mais novo. Ele não tinha lembranças de *al-jidd*, que morreu no momento em que ele nasceu, e por essa razão Idris foi talvez o que mais sofreu. Você e os outros sabiam que tinham um pai, embora fosse um fantasma; Idris, por outro lado, suspeitava que ele havia brotado como um cogumelo, que não era filho de ninguém. Era esquivo com *jidda*, não confiava nela. Por conseguinte, *jidda* o mimava em uma tentativa de fazê-lo se sentir seguro. Não era uma boa estratégia, mas não era culpa dela: ela não sabia o quanto Idris estava zangado, zangado e ferido pelo simples fato de ter nascido assim, uma folha sem galho.

Só se festejava o aniversário dele. Esse era o privilégio que você mais invejava. Também queria ser celebrado, mas não queria pedir por isso. Quando ficou velho o suficiente para conseguir um emprego na loja, comprou um ingresso de cinema e foi sozinho no dia do seu aniversário, sem contar a ninguém. Escolheu um filme de guerra porque, pelo mesmo preço, os efeitos especiais pareciam mais caros, então você estava lucrando. Pensou com arrogância em como eram burras aquelas pessoas que pagavam cinco dirhams para assistir a um desses filmes em que os atores ficam sentados em volta de uma mesa o tempo todo — como pagar para ver pessoas em um bar! Era mais inteligente do que eles, pensou, e até comprou pipoca, uma coisa completamente revolucionária e ocidental. Com o dinheiro que sobrou, no caminho de volta, comprou um daqueles sucos de iogurte, de chacoalhar antes de beber, e bebeu tudo de uma vez, como se tivesse medo de que alguém pudesse tirá-lo de si, e depois se juntou aos outros no bar. Todos ficaram felizes em vê-lo como sempre, Samir o desafiou no carteado e não o deixou ganhar, mas você ganhou mesmo assim. Sentia-se um rei.

Idris provavelmente nunca teve essa sensação, nem mesmo em seu aniversário. Sempre lhe faltava algo.

Al-jidd não era o único fantasma. Dos oito filhos, logo ficaram em seis: Iman, a mais velha, a mais bonita, que fugiu às pressas para terras distantes, ninguém esperava vê-la novamente; Malik, o homem da casa, um emprego nos Correios que os salvou da miséria; Zahra, que não era tão bonita quanto Iman e sempre chorava; Boubakar, o louco, o bom; você, o talentoso, o arrogante; e Idris, o revoltado. *Jidda* criou vocês praticamente sozinha, com seis filhos e duas pessoas mortas que povoavam a casa com espíritos chorões. Conseguia juntar um pouco de dinheiro aqui e acolá, consertando e costurando roupas sob medida, trajes cerimoniais feitos de seda, enfeitados com rendas e pérolas, que as pessoas da vizinhança pagavam em prestações; roupas que eram usadas e reutilizadas e depois eram passadas para primos e parentes. Mas ela não era boa só nisso: seu verdadeiro talento, mais do que qualquer outra coisa, era sobreviver. *Jidda* veio do interior. Na zona rural, as mulheres eram iguais aos homens na família e na labuta, trabalhavam no campo, não usavam véu e, muitas vezes, eram mais fortes que os maridos. *Jidda* não lia nem escrevia, mas sabia fazer contas e carregava consigo uma certa memória histórica, uma sabedoria popular que ensinava por meio do exemplo, sem dar palestras. Só falava para dizer o que precisava ser dito. Quanto ao resto, trabalhava e, quando estava cansada, fechava os olhos e sorria, o que significava que mais um dia havia passado, que todos estavam vivos e que, se Alá quisesse, haveria comida na mesa e ela poderia se entregar ao próprio cansaço. Ela nunca julgava ninguém, porque o julgamento traz o mau-olhado, e ela temia ambos. Não era ingênua nem superficial, conhecia a verdade simples do ser humano, que é o fato de que querer é perigoso e que se vive bem, mas muito bem, simplesmente fazendo o que precisa ser feito e tirando pequenas pausas para tomar chá.

Houve alguns anos, entre a morte de *al-jidd* e o momento quando Malik foi contratado nos Correios, em que a família passou fome. A fome era como um sentimento: uma tristeza profunda que se instalava no estômago. Física, visceral e mental. Ela muda você — aquela sensação de estar quase morrendo sem morrer. Às vezes, quando se prolonga no tempo, você se torna uma pessoa má.

Quando crianças, você e Idris brigavam com frequência. Havia uma diferença de seis anos entre vocês, anos demais para se entenderem e anos de menos para se ignorarem. Ele o seguia constantemente, como uma sombra — estava naquela fase em que procurava uma figura para imitar e havia decidido que essa figura era você. Mas você não era capaz de assumir tal responsabilidade, pois ainda não sabia quem era: ver-se refletido na versão pequena de si mesmo fazia com que você se sentisse ameaçado. Idris o via de um jeito, enquanto você desejava ser de outro: duas versões muito diferentes de Omar, o que fazia com que você se sentisse quebrado, insatisfeito. Em uma época em que você só queria definir sua identidade por meio de pequenos atos infantis de rebeldia, Idris seguia todos os seus passos e depois os repetia de forma um pouco mais incerta, vagamente mais elegante. Aquilo lhe dava nos nervos. Odiava quando ele olhava para você com os olhos arregalados, como se dissesse: Estou te vendo. Mas você não queria ser visto, pelo menos não por ele, que o conhecia bem demais. Queria ser anônimo, para poder ser qualquer coisa. Não tinha nada de seu, exceto seus pensamentos — e Idris também os queria, queria ler sua mente, ser você. Pediu que *jidda* lhe costurasse uma calça jeans que combinasse com a sua e esperava até que você se vestisse pela manhã para copiar a cor da sua camiseta. Começou a frequentar o mesmo colégio, queria estudar as mesmas matérias que você.

A ideia de que, em um verão, suas roupas ficariam apertadas demais para você e, assim, passariam para ele, fazia você se sentir mal. Ele se fundia com você, achava que sua personalidade acolhedora era confortável. Você era popular entre os amigos da vizinhança, respeitava *jidda*, era talentoso, gostava de correr e cantar. Era uma criança levada, mas carinhosa. Idris, que não era uma criança levada, se esforçava para causar problemas, mas depois se sentia culpado e confessava tudo a *jidda* em detalhes, esperando que seu arrependimento a conquistasse. Queria ser amado mais do que todos, e você tinha pavor de que fosse mesmo — especialmente quando *jidda* lhe dizia que ele se parecia com o pai. À medida que crescia, você pensava que talvez ela dissesse isso para que ele tivesse uma imagem do pai, e que pudesse vê-la todos os dias no espelho. Isso lhe aquecia o coração e o consolava. Mas ao se lembrar da foto que deixou na mesa de cabeceira de Idris antes de partir, ainda doía admitir que talvez *jidda* dissesse aquilo simplesmente porque era a verdade.

 Pai, onde você está quando penso em você? Que tipo de homem você era? Um homem para amar ou um homem para temer?

2.

Lembro-me exatamente de quando percebi que tinha que ir embora. Estava trancada no banheiro e não conseguia respirar havia horas. Eu sabia onde estavam as lâminas de barbear e as tesouras, e tive vontade de vomitar. A professora lhe disse que havia algo de errado comigo, que você tinha que me levar para ser examinada por alguém — eu tinha feito uma cena na escola porque Gianna, minha colega de carteira, disse que eu tinha roçado sua bolsa com o cotovelo e, como vingança, tinha me manchado com o marcador preto. Agora minha pele estava contaminada, disse ela, e eu podia sentir a tinta penetrando sob minha pele e entrando em minha corrente sanguínea. Quando ela atingisse meu coração, eu morreria instantaneamente. Então, raspei a mancha preta com minhas unhas. Havia sangue por toda parte e a professora começou a chorar. Berta não viera me buscar — ela nunca ia a lugar algum —, mas a professora insistiu que era necessário o pai ou a mãe, e você então fechou o café mais cedo, perdendo dinheiro. No carro, você não disse nada, eu estava apavorada por tê-lo decepcionado, mas também preocupada por não ter conseguido tirar o veneno a tempo. Talvez ele já estivesse em algum lugar dentro de mim. Pensei, pela primeira vez, que talvez fosse melhor se eu nunca tivesse existido, e comecei a me imaginar morta. No entanto, eu não queria morrer e, por isso, no final, fui embora.

Em casa, Berta estava com uma forte enxaqueca e tínhamos que ficar quietos. Você simplesmente não olhava para mim. Acho que estava com medo de mim. Éramos como dois estranhos que se pareciam.

Seu exílio autoimposto foi uma expulsão lenta, muitas vezes inconsciente. Você não percebeu o que estava acontecendo até acontecer, embora suas lembranças estivessem repletas de pistas, como quando termina um caso de amor.

Aos dezesseis anos, você achava que tinha o mundo em suas mãos. Sua vida dividia-se entre a escola, a pista de atletismo e o bar: era um mundo pequeno e despretensioso, mas era seu, e era um mundo bonito.

Você frequentava um colégio com enfoque em idiomas, estudava francês e alemão. Gostava de falar outras línguas, era como fingir ser outra pessoa. Não era mais Omar, o filho do meio, o menino travesso, aquele que voltava correndo para casa. Você era Omar, o atleta da maratona de Berlim. Omar, o cantor marroquino no bistrô do Marais. Omar, o jovem talento conquistando a Europa, a terra prometida. Para você, era tudo a mesma coisa: ruas estreitas, pessoas condescendentes, porções pequenas, riqueza. Você a descobriria um dia, e a comida pareceria triste, as janelas abertas silenciosas e os bares limpos demais — mas um dia você a viveria e aprenderia a enrolar espaguete com um garfo sem cortá-lo com os dentes, e descobriria um mar calmo e gentil no qual poderia nadar sem medo, e perceberia que as pessoas também eram gentis e como você em todas as coisas que importam. Mas, naquela época, a Europa era apenas um jogo entre você e Samir, uma fantasia sobre a qual vocês não se debruçavam por muito tempo.

Na escola, você treinava para os 400 metros. Praticava atletismo no colegial havia alguns anos e tinha se tornado muito bom, mas podia ir mais longe. Tinha uma largada suave e explosiva e boa potência. Mas não era isso que o tornava bom. Era a fome de ser o melhor em algo que nenhum de seus irmãos conseguia fazer, e ver uma mistura de admiração e inveja nos olhos deles. Isso fazia com que você se sentisse mais alto do que todos. *Jidda* nunca veio vê-lo correr, o que o magoava, mas você nem sabia disso — olhava ao seu redor e sentia um buraco no estômago. Fome. Quando chegava em casa, *jidda* o ouvia com um sorriso triste e dizia que você estava se tornando um homem. Dizia aquilo com orgulho, porque até mesmo envelhecer exige talento e dedicação.

Se ganhar o campeonato, vou comprar uma bicicleta, você dizia, todo orgulhoso, e levar você na cesta!

Ela ria e passava os dedos curtos por uma montanha de semolina, soltava-a distraidamente, uma mecha de cabelo ruivo saindo do hijab. Você olhava para ela como as crianças olham para as vitrines de um museu, as mãos sujas agarradas ao vidro e os olhos bem arregalados. Ela era a mais bela, a melhor, a coisa mais pura que também era sua.

Vocês tinham um relacionamento especial. Seus irmãos eram muito rígidos, ou muito mais velhos, ou zangados demais; viam nas mulheres nada além de uma instituição a ser reverenciada e protegida em silêncio. Com afeto, distanciamento e certa percepção de superioridade. Você não. Ainda era uma criança quando *al-jidd* morreu. Cada um, à sua maneira, pensava apenas em sobreviver. Você, você buscava algo um pouco diferente — uma mistura de resiliência e paz. Por trás das máscaras, você tinha uma sensibilidade profundamente feminina. *Jidda* era a pessoa em quem você se refugiava quando não queria ser forte, quando precisava daquele afeto que não depende do carisma. Não as risadas que o cercavam quando estava com amigos, mas o silêncio confortável de quem não precisa falar. Não se importava em perder no jogo de baralho com ela. Não se importava em aparecer — claro, queria impressioná-la, queria que ela se orgulhasse de você, mas pelo que era, não pelo que fazia. Ela sempre se orgulhou, desde sempre.

E você a amava da mesma forma — a melhor pessoa que conheceria na vida, o oposto do que você admirava nos outros: taciturna, reclusa, sacrificada. Não, talvez você não a visse assim, sou eu quem a julga como tal, porque não suporto que alguém seja feliz em uma vida diferente da minha. É muito difícil para aqueles que fazem da liberdade absoluta seu único credo admitir que há pessoas que não precisam ser resgatadas de suas vidas e que talvez até mesmo a liberdade absoluta seja, em si, uma prisão invisível. *Jidda* cozinhava e trabalhava, trabalhava e cozinhava, não tinha outra ambição a não ser fazer com que todos sobrevivessem até atingirem a maioridade. Carregava consigo todos aqueles que havia perdido, como se fantasmas se agarrassem às suas pernas e a mantivessem firmemente plantada no chão. Deslocando-se de um cômodo a outro, cada movimento a reconciliava e, ao mesmo tempo, a comovia. Fazia as pazes com a terra andando com os pés descalços, os calcanhares secos. Ela movia algo dentro de você que a observava, e dentro de mim que a imaginava. Você a ajudava a pôr a mesa, a lavar a louça, sentava-se ao lado dela quando se cantava durante as festas, observava-a fechar os olhos e bater na pele de camelo com seus dedos retorcidos, e não se perguntava o que aquilo queria dizer.

Você passou a vida procurando aquele desespero divertido que ela carregava, de uma vida feliz vivida na luta.

Para Liz, a infelicidade é uma derrota. Costuma dizer: Aquela pessoa teve uma vida difícil, e diz isso sentindo piedade, como se quisesse justificar algum fracasso. Há sempre julgamento em seu olhar indulgente; e assim eu também aprendi a ter vergonha da minha vida. Mas você não vivia assim, não é? *Jidda* não vivia assim. Você já teve um momento feliz que não fosse também triste? Tudo contém seu oposto.

3.

Tinha um cara, um branco, que foi vê-lo quando você estava treinando. Ele ficava do lado de fora com uma câmera cara, observando você. Você fingia não se dar conta, mas fazia tudo o que podia para derrotar seus companheiros. Não o conhecia, mas queria que ele não se esquecesse de você. Queria dizer: olhe para mim, sou especial, sou um fenômeno. Você nunca olhava em sua direção; outros se aproximavam, conversavam, mas você cuidava da sua vida.

No vestiário, os rapazes lhe disseram que ele era um treinador. Vinha de Berlim.

Você fala alemão — Samir olhou para você com inveja — e é o mais rápido nos quatrocentos. Ele perguntou sobre você, mas você nunca se aproxima.

Uma careta indiferente, como se tivesse coisa melhor para fazer. Seu coração batia descontroladamente.

Voltou para casa a pé, Idris trotando atrás de você. Havia roubado um walkman de um turista, e dentro havia uma fita cassete de Jimi Hendrix. Ele passava o dia todo escutando. Você ficou com ciúmes, mas não quis lhe dar a satisfação de pedir para ouvir. Você pensava obsessivamente no alemão. Como poderia atraí-lo sem que ele percebesse que você queria tudo que ele podia lhe dar? Como surpreendê-lo, como conquistá-lo? E depois, o que aconteceria? Você iria para Berlim. Conquistaria a Europa. Sairia andando de manhã com seu próprio dinheiro no bolso, olhando as vitrines das lojas com os olhos de alguém que pode entrar nelas. Viveria como um ocidental: teria uma namorada sem ter que se casar com ela, só por diversão. Você a levaria ao cinema. Talvez experimentasse salsichas. Só a ideia já lhe dava um embrulho no estômago, mas isso tinha de ser acrescentado à lista de coisas que o tornariam livre: fazer o que quisesse, e até o que não quisesse, só porque podia.

Idris o puxou pela manga. Você se virou para olhá-lo, distraído com suas fantasias. Ele segurava o fone carcomido em sua direção.

Quer ouvir?, perguntou com seu sorriso sempre tão inocente. Ele também só queria ser notado. Ao som da guitarra de Hendrix, todos os seus músculos se derreteram. Você sentiu seus dedos pulsando. Nada existia além do presente: o sorriso de seu irmão, a poeira em seus sapatos, aqueles sons arranhados que lembravam a vida suja e real que você conhecia tão bem, seu corpo se movendo. Era uma coisa estranha, aquela música — ela lhe dava permissão para ficar com raiva e triste, sem que ninguém percebesse.

Naquela noite, você limpou bem seus tênis de corrida. Era seu primeiro par de tênis de corrida, fora um presente do seu irmão Malik. Naquela época, ele namorava em segredo uma garota, Karima, que mais tarde se tornaria sua esposa e uma pedra em seu sapato, já que vocês viam Malik como um pai e ela como uma madrasta malvada. Ela era uma grande fofoqueira e se metia em suas questões familiares. Dizia que, se você quisesse um tênis de corrida, teria de merecê-lo — mas Malik trabalhava nos Correios, levava para casa um salário fixo e era distante, mas bom. Distante, mas bom, foi o que você aprendeu a ser também. Quando ele lhe deu os tênis, você não sabia o que dizer. Teve raiva, porque se sentia em dívida e porque estava convencido de que Malik nunca o amara, que preferia Idris a você, e aquele gesto súbito de generosidade e consideração o envolveu em sentimentos confusos: gratidão, medo de não merecer o amor de ninguém, orgulho ferido de ainda precisar dos outros. Depois, ao limpar os sapatos, pensou que estava indo atrás de algo que ninguém lhe daria por pena, ou por espírito fraterno ou senso de responsabilidade, mas somente por mérito.

No dia seguinte, você estava nervoso — nunca tinha ficado nervoso antes. Sempre pensou que pudesse vencer qualquer competição sem esforço. Sentia-se superior, e não porque achava que os outros eram burros ou incompetentes, mas porque estava convencido de que era especial e que, com o esforço certo, poderia fazer o que quisesse. Quando via os outros conquistarem algo, via-se desejando o mesmo, independentemente do que fosse, em especial se fosse um talento. Em suma, você era ambicioso, mas não sabia o que isso significava, pois havia sido ensinado a nunca querer nada por completo.

Foi um desempenho mediano, não extraordinário. Você sabia que ele já tinha visto coisa melhor e sentiu que isso era um grande fracasso. Decidiu olhar para ele de qualquer maneira: queria mostrar-se destemido e dizer-lhe que não se importava com seu julgamento.

Ele sorriu para você e pediu que se aproximasse; você desviou o olhar por alguns instantes, esfregando o rosto na camisa para enxugar o suor, para tomar coragem, para estabelecer um tom. Mas finalmente cedeu, aproximou-se dele e o cumprimentou imediatamente em alemão. Ele não pareceu surpreso, o que o deixou lisonjeado — ele sabia quem você era.

Você é bom, disse ele apressadamente.

Posso fazer melhor — você foi desdenhoso, mas, ainda assim, estava ansioso para agradá-lo.

Tenho certeza, com o treinamento certo. Você mora aqui perto?

Sim, a duas quadras.

Você nasceu e cresceu lá?
Sim.
Quantos irmãos você tem?
Cinco.
E os seus pais?
Minha mãe é costureira.
E seu pai?
Já não está — e encolheu os ombros.
Entendo.
Ele ficou em silêncio por um tempo e depois lhe perguntou por que escolheu o alemão e não o inglês.
Todo mundo estuda inglês.
E você não é como todo mundo?, sugeriu com um sorriso. Ele tinha cabelos longos e pretos, presos em uma trança — isso e os traços delicados de seu rosto, seus olhos claros com cílios e sobrancelhas escuros, davam-lhe uma aparência muito feminina. Aquilo deixava você confuso.
Não, respondeu resoluto, baixando o olhar. Até as mãos eram delicadas, bem cuidadas, sem calos, limpas.
Você o odiou imediatamente, mas já havia jurado tirar dele tudo o que ele pudesse lhe dar, então, quando ele o convidou para almoçar, você aceitou e perguntou se seu irmão Idris poderia ir também. Ele concordou imediatamente, frio e afável ao mesmo tempo.
Você esperava que ele os levasse a algum lugar frequentado pelos ricos, mas em vez disso, acabaram no bar perto da escola. Você ficou desapontado e aliviado, em meio à contradição de querer uma coisa que o deixava extremamente desconfortável, ou seja, riqueza.

O bar tinha uma pequena televisão. Vocês passavam horas naquele cômodo, tomando chá e jogando buraco só pela glória. Às vezes, passavam filmes franceses, com personagens fumando e bebendo vinho em pequenas taças arredondadas. Havia uma grande distância entre a vida retratada nesses filmes e o seu mundo. Essa distância o fascinava, como um desafio. Você tinha grandes ambições que tinha vergonha de revelar. Na vizinhança, a ambição era recebida com escárnio, como todo o resto. Tragédias de todos os tipos eram motivo de riso — qualquer coisa que não fosse a morte escondia uma hilaridade secreta. Certa vez, o botijão de gás de um vizinho explodiu, ele foi jogado da varanda do primeiro andar e se salvou por um milagre, mas ficou com o rosto todo queimado. Aqueles que tiveram a sorte de testemunhar a cena, nos anos seguintes, contavam-na com lágrimas nos olhos, a mão sobre a barriga de tanto dar risadas. Era a coisa mais engraçada que havia acontecido nos últimos anos. Ainda me lembro da sua risada de cachorro quando você contava essas cenas com um gosto pelo sofrimento alheio que me assustava um pouco. Sua infância parecia repleta de erros cometidos em boa fé, disfarçados de más intenções — de alguma forma, era mais fácil aceitá-los, mais fácil disfarçar a maldade do que admitir a ingenuidade.

 O garçom era um velho amigo de escola de Boubakar. Quando o viu sentado com aquele cara branquelo e engomadinho, percebeu imediatamente que aquela era uma oportunidade única de tirar sarro de você. Aproximou-se um pouco emproado, se fazendo de dândi, e falou em francês formal, arrastando os erres como um maître do *Hôtel de Ville*.

 Idris imediatamente começou a rir, recebendo um chute que quebrou sua risada e a transformou em um grito. Ele ficou em silêncio e escondeu o rosto atrás de um bocejo. Você continuava a olhar para o alemão, sem desviar, de cabeça erguida. Queria que ele soubesse que você não estava envergonhado. Não se sentia inferior.

Na mesa ao lado, dois homens na faixa dos sessenta anos jogavam damas e tomavam café. Ficavam em silêncio por muito tempo, mas depois, toda vez que um deles fazia uma jogada, o outro começava a rir alto, pareciam duas hienas. Por alguns minutos você ficou perdido, com o olhar concentrado no jogo. Eles não eram muito bons, ou talvez quisessem fazer com que o jogo durasse mais tempo.

A conversa havia mudado e Idris, o alemão e o garçom estavam agora falando em inglês, um idioma que você não conhecia. Você ficou irritado, pois não havia como chamar a atenção dele sem parecer infantil. O alemão o levara para almoçar, estava interessado em você, mas de repente você se viu excluído, não podia intervir, assim como não podia se inclinar para a mesa ao lado e ganhar o jogo de damas de outra pessoa. Idris parecia perfeitamente à vontade, o que o surpreendeu. Aquele walkman cheio de músicas americanas havia treinado seu ouvido, ele falava bem inglês e imitava o sotaque alemão com muita naturalidade. Você riu da ingenuidade dele — o alemão, é claro, tinha sotaque alemão.

Esperou alguns minutos, depois entrou, falando com voz firme em marroquino: Bamou, traga-nos uma *taktuka*, *zaaluk* e um *tajine* de frango. E nos deixe em paz.

Bamou soltou uma gargalhada gorda, catarral, cheia de fumaça. O que vai fazer com tudo isso?

Idris deu de ombros, ele adorava ser seu cúmplice. Vamos comer.

Ele está pagando?

É claro que sim.

Yallah! E com as palmas das mãos voltadas para você, ele ergueu as mãos até a altura do peito, como se dissesse: Eu me rendo, abençoado seja você que tem alguém que lhe paga a comida enquanto eu estou aqui servindo.

Você se dirigiu ao teutão num alemão perfeito. Pedi para todos nós, espero que não seja um problema. Ele olhou para você por alguns segundos, depois estendeu a mão: Não fomos apresentados. Meu nome é Karl, sou o procurador esportivo da Universidade de Berlim.

Um arrepio subiu por sua espinha. Você não disse nada, mas a tensão se acumulou em seu pescoço, em sua testa. Estava quente, você se sentia pegajoso e, de repente, não estava mais com fome. Sentiu os dedos de *al-jidd* em sua nuca.

Você é bom.

Posso ser ainda melhor do que você viu. Eu estava desconcentrado. Posso fazer melhor.

Eu sei.

E então?

Você tem planos para depois do colégio?

Começou a rir. Planos. Que tipo de planos você poderia ter? Por acaso você nasceu em Derb Sultan: o plano era sobreviver. Não havia muitos caminhos possíveis, e os que você tinha na cabeça, não tinha coragem de seguir. O único plano realista era trabalhar, encontrar uma boa moça, casar-se com ela, ter dois ou três filhos, vê-los crescer do canto da sala sem poder chegar muito perto. Seus filhos cresceriam com os filhos dos outros, como os filhos dos outros. O cuscuz de sua mulher nunca seria o cuscuz de *jidda*. Você iria ao bar à noite. É isso — a vida.

Exceto que, assim que ele lhe perguntou e você começou a rir, aquela vida passou diante de seus olhos e você sentiu um medo de gelar o sangue. Sentiu as mãos enrijecerem e o riso morrer em sua garganta.

O que você tem para mim?, perguntou, escondendo-se atrás da arrogância que só um adolescente assustado consegue colocar na mesa.

Um visto, respondeu ele. Você poderia ir para a Alemanha com um visto universitário e participar do circuito de atletismo. Você é um garoto inteligente, corre como um trem e consegue manter a concentração. E, pelo que me disseram, você não é uma pessoa que causa problemas. Não usa drogas, não bebe, faz compras para sua mãe antes da escola. Suas notas são medianas, mas você pode melhorar. Se quisesse, seria brilhante. Poderia até ter as notas necessárias para conseguir uma bolsa de estudos e vir para a Alemanha sem ter que pagar por nada além da sua comida.

Os olhos de Idris estavam arregalados. Ele havia captado apenas o suficiente da conversa. Você se sentia enojado e não sabia por quê. Ficou ali sentado e não sabia o que dizer, mas, acima de tudo, não sabia mais quem era — o que desejar, pelo que orar. Seu Alá o estava colocando nas mãos de um perfeito estranho que olhava para você como só ele conhecesse as coisas do mundo e você se sentiu, talvez pela primeira vez na vida — e não aconteceu com frequência depois disso —, inadequado.

Queria se livrar daquela insegurança imediatamente, mas era óbvio que não podia se dar ao luxo de ser arrogante e tinha que, em primeiro lugar, agarrar aquela oportunidade, e só depois entender se a queria ou não. Se recompôs secretamente, peça por peça, endireitando as costas, olhando para cima, ouvindo o ritmo de sua respiração. Como num lampejo, viu seu pai abrir a porta da frente. Nada mais. Apenas o som do clique da chave e o rosto de *al-jidd* na meia-luz do hall de entrada que levava diretamente para a sala de estar, onde os pequenos já estavam dormindo com os pés cruzados sobre os sofás que ficavam ao longo do perímetro da sala. Apenas um fio de luz entrava pela janela, mas você o observava atentamente debaixo do cobertor — esperava por ele, acordado, como sempre, como eu esperaria você trinta anos mais tarde. Ao ouvir a chave no buraco da fechadura, ficava imediatamente sonolento — papai estava de volta e você estava livre para sonhar. Não esperava por ele porque tinha algo a lhe perguntar — ele nunca respondia às suas perguntas, não podia correr até ele, tocá-lo, exigir seu tempo, mas porque tinha medo de que, em uma daquelas noites, ficaria acordado inutilmente até de manhã e nunca mais o veria. Essa noite que você temia nunca chegou, porque *al-jidd* morreu durante o dia e em casa. Mas, desde então, todas as noites você ficava acordado esperando por ele. Talvez eu também pare de dormir agora.

O rosto de seu pai surgiu em sua mente à meia-luz e você percebeu que ele falecera havia quase dez anos e que, por uma década, você só adormecia vencido pelo cansaço, perdendo uma guerra silenciosa contra suas pálpebras todas as noites. Era algo que você carregou consigo por toda a vida: forçara Berta a colocar a TV no quarto e, enquanto ela dormia, ficava ali olhando para a tela por horas a fio, tanto que seus olhos ardiam.

Você não sonhava há quase dez anos. Se perguntava: será que Idris vai dormir quando eu partir, se perguntava se *jidda* choraria, se perguntava quem protegeria sua irmã. Partir é como morrer no coração de quem você deixa para trás.

Naquele momento, talvez você tenha percebido que querer ou não querer nunca é uma resposta fácil e que todo desejo concedido exige um sacrifício. No entanto, você precisava agarrar aquela coisa. Ao observar Idris mergulhado no *tajine*, descartando cuidadosamente as azeitonas, pensou que poderia salvar a todos, botar comida na mesa de todos.

Posso estudar mais, posso ser melhor, você repetiu. Posso querer mais, posso sonhar mais, posso ter mais. Melhor do que o quê? Melhor do que o amor de sua mãe? Melhor do que a vizinhança? Melhor do que as risadas com os amigos, melhor do que o cheiro de carne às sextas-feiras, melhor do que o chá de hortelã? Melhor do que o oceano, melhor do que ganhar no baralho, melhor do que a *harira* no inverno? Muito melhor. Melhor do que o *adhan*, melhor do que ouvir os lobos uivando na casa da *ammiti* na beira do deserto, com as estrelas a um sopro de distância, deitado no terraço com Boubakar e Idris, você o único acordado, sozinho com o universo? Você tinha certeza, pai? Diferente é melhor, mais é melhor?

Karl pegou um pequeno caderno, rabiscou algo, depois rasgou a página e entregou a você. Lá estava o nome dele, endereço, número de telefone e outras referências. Disse para você ligar para ele quando recebesse o diploma e enviar-lhe um fax com seu boletim escolar. Você não sabia onde conseguir um fax, mas não disse nada além de sim, sim, é claro.

Ele olhava para você de forma estranha, o alemão. Você poderia chegar a 48 segundos, disse sem ironia.

Acho que já cheguei uma vez, você respondeu, muito sério.

Ele levantou uma sobrancelha, desconfiado. É mesmo? No treino ou numa competição?

Você balançou a cabeça, segurando um sorriso. Não, na rua. Estava sendo seguido por cachorros. Você ergueu desajeitadamente um joelho e mostrou as marcas de mordida.

Nunca tinha corrido tanto, continuou. Mas eles me pegaram mesmo assim. Aquela foi uma corrida diferente.

O alemão ficou parado por um momento, o olhar fixo em sua perna, na qual se destacavam três sulcos brancos em que já não cresciam pelos. Finalmente, ele balançou a cabeça, entre entretido e resignado.

Nunca se foge de algo, disse ele lentamente, só se corre em direção a algo.

Foi então que Idris falou em inglês, em seu tom tímido, mas peremptório: dá para perceber que você nunca sentiu fome. E fitou Karl com olhos cheios de dignidade. Idris havia desenvolvido uma raiva séria, talvez mais feroz do que a sua, porque era mimado. Ser mimado e ser pobre é uma combinação ruim. Você só quer coisas que não pode ter.

Karl olhou para vocês sem rancor, mas também sem piedade. Quando criança, ele provavelmente tinha visto a guerra, tinha visto o horror, e disso não há como escapar, não importa o quão rápido você corra. Talvez fosse isso que ele quisesse dizer, ou talvez fosse apenas no que ele precisava acreditar.

Não, ele respondeu, talvez não.

Você queria mudar de assunto, então pediu-lhe que falasse sobre a Alemanha, sobre Berlim. Havia um muro que dividia a cidade em mundos opostos. Um tinha tudo e o outro não tinha nada, um era feliz e o outro era triste, foi o que ele disse. Ele explicou que a culpa era dos russos.

De que lado você está?, perguntou com curiosidade.

Ele sorriu e acenou com a mão como se quisesse indicar uma direção. A parte da qual se pode sair.

Os dois velhos que jogavam damas tinham ido embora e vocês já não tinham mais assunto, tomavam seu chá em silêncio. Karl olhou para o relógio e se espreguiçou. Tenho que ir, disse. Tirou do bolso uma carteira de couro escuro, que você olhou com imensa inveja; passou os dedos por várias notas e, com um gesto instintivo, você o agarrou pelo pulso e empurrou as mãos dele para baixo da mesa. Nunca mostre seu dinheiro, você disse. Sem nem mesmo se virar, você sabia que quase todos no restaurante haviam notado que ele tinha um punhado de cédulas no bolso, uma confirmação mais do que uma surpresa. Karl deu de ombros com indiferença, colocou cerca de vinte dirhams na mesa, depois se levantou e enfiou a carteira no bolso de trás da calça.

Auf Wiedersehen, disse na porta do local, com um sorriso. Seja bom!

Você olhou em silêncio para a porta que se fechou atrás dele. Foi Idris quem o acordou com sua risada rouca — já naquela idade era um grande fumante.

O que foi?, você perguntou irritado, segurando na mão o pedaço de papel que um dia talvez lhe abrisse as portas do mundo.

Idris levantou a mão e lhe mostrou a carteira de couro de Karl.

Você nunca mais o viu.

4.

Era verão, e vocês estavam acampando. Tinham apanhado o trem para o litoral norte, perto de Melilla, carregavam uma barraca enorme que a *jidda* havia costurado — vocês a armavam direto na praia e não saíam de lá pelo resto do verão. Ficavam por um mês ou dois, até não terem mais dinheiro nem comida. Trabalhavam o ano inteiro para economizar o suficiente para sobreviver. Levavam consigo um fogareiro portátil a gás, no qual você preparava o café no estilo marroquino para os rapazes pela manhã, acrescentando pimenta preta em pó. O café era forte e picante e, quando o bebia, lhe queimava um pouco o nariz. Sentir esse cheiro de manhã cedo, enquanto os outros ainda estavam dormindo, e observar o mar sentado na areia — coisas pequenas, mas preciosas.

Mesmo antes do café, você saía para correr ao amanhecer. Correr na praia era uma alegria e uma dor. Seus pés afundavam na areia macia e você se esforçava, mas o sol surgia do mar e o horizonte se tornava cada vez mais definido, à medida que os azuis do céu e da água se iluminavam e mudavam. Uma luz tímida que lhe dava paz, você sentia o ar frio e salgado entrar pelo nariz, seus pulmões explodirem, seu coração pressionava insistentemente contra a caixa torácica, como se estivesse abrindo caminho em meio a uma multidão. Você adorava o aspecto metódico da corrida, o conforto de sempre saber o que aconteceria em seguida, mas também o risco emocionante de cair, tropeçar e se machucar. Podia parar de forma repentina e se jogar na água, aumentar a velocidade e sentir o corpo se alongar, se expandir, disparar no tempo. Não pensava em outra coisa que não fosse respirar, não podia ser ávido de ar, tinha que, ao contrário, sentir que chegava lentamente ao estômago, aos joelhos, às panturrilhas, até as pontas dos dedos dos pés e, depois, devagar até a boca. Você tratava seu corpo como um canal de energia. Era sua oração. Quando você corria, dizia, Alá o observava.

Você chegava ao pequeno porto e via os marinheiros que, depois de terem despejado baldes cheios de todos os tipos de peixes na praia, levavam os barcos para o abrigo sob um pavilhão. Ajudava-os a puxar os barcos para cima e amarrava-os com cordas para que não caíssem no mar. Conhecia os nós — outros marinheiros haviam lhe ensinado em outras praias, sempre ao amanhecer. Os homens, cansados, não recusavam sua ajuda, mesmo sabendo que não tinham dinheiro para pagar. Por fim, colocavam alguns peixes vivos em uma sacola, ainda se debatendo, e os entregavam a você. Voltava para a barraca com os pés na água. No início da manhã, a água era gelada, fazia cócegas em seus tornozelos.

Você não pensava em nada.

Cavava um buraco à sombra, na areia úmida, e colocava o saco de peixes ali. Depois preparava o café.

Vocês estavam perto da cidade de Melilla, um enclave espanhol. Era preciso ter um visto para entrar na cidade e Samir era o único que o tinha, então podia fazer compras uma vez por semana. Certa manhã, voltou com um saco de peras, do tipo crocante. Pegou uma, cortou-a em pedaços pequenos e distribuiu um para cada. Você olhou para ele como se tivesse crescido uma segunda cabeça.

Está brincando?

Não, se comermos um por dia, será suficiente para o resto das férias.

Samir tinha autoridade, era o mais velho, tinha uma voz grave de homem. Você olhou para ele com irritação, mas não disse nada. Comeu lentamente seu farelo de pera.

Naquela noite, deitado na barraca, ouviu o concerto da respiração dos outros. Sentia fome. Odiava Samir, vestindo a carapuça de líder, sua inteligência na manutenção do controle sobre quanto e quando podiam comer um pouco de açúcar, para perpetuar seu poder dia após dia, dando-lhes um pedacinho, a seu critério. Você o odiava porque ele tinha sido esperto e você nunca tinha pensado em fazer o mesmo com os peixes — nunca tinha especulado sobre a fome dos outros. Por alguma razão, esse senso de superioridade moral não o consolava: você servia o café e oferecia o peixe, mas como não dava muita importância para aquilo, eles também não davam. Samir, por outro lado, tratava aquelas malditas peras como joias de uma coroa, e era o que elas eram, e você também queria uma coroa, pelo simples fato de ele ter uma e você não.

Você sentia as dores da fome. Tinham comido feijão enlatado e, dentro da barraca, o mau cheiro era insuportável. Idris estava roncando ao seu lado. Seu estômago fez barulho e você se conteve para não soltar o ar, com medo de que alguém estivesse acordado e o ouvisse. Pensou no alemão e em seu momento, que dia após dia parecia cada vez mais distante. Pensou no homem que poderia ter se tornado, em todas as coisas que teria feito quando tivesse dinheiro. Queria ficar muito rico e comprar um milhão de peras.

Nesse meio-tempo, porém, havia um saco do lado de fora da barraca e era de graça. Uma mordida, só uma, e não aconteceria nada. Talvez apenas um tapa do Samir, mas você teria aceitado. Há certa dignidade em pagar o preço sem recriminação. Uma mordida. Ela fez *crac!*, como quando você pisa em um galho seco. Segurou-a na boca, em parte para fazê-la durar mais, em parte para amolecê-la, de modo que fizesse menos barulho ao mastigá-la. Sugou o açúcar e a água se enrolou sob a língua.

Deu outra mordida.

Quando os outros acordaram no dia seguinte, o saco de peras havia desaparecido. Idris olhou para você e um lampejo de compreensão surgiu nos olhos dele. Não disse nada, mas coçou o nariz com o pulso para esconder uma careta de satisfação — era como se tivesse sido ele a comê-las, porque era seu irmão. Seu estômago também era dele.

Onde estão as peras? Samir estava cavando na areia como um cachorro. Virou-se freneticamente para olhar para vocês e parecia uma criança, assim como você, uma criança cujo chocolate havia sido roubado. Aquela sacola o elevava, fazia dele, de alguma forma, o pai de todos. Todos vocês queriam ser pais uns dos outros, talvez porque ninguém soubesse como ser filho.

Você estava pronto para levar uma surra. Não negou nem por um segundo. Não há vergonha em passar fome: é a experiência mais terrena que existe. A fome é tudo. É tudo o que você quer e tudo o que você tem. Ela une o interior com o exterior.

Você disse: eu as comi, e seu peito esvaziou como um balão no final de uma festa. Desculpe-me, eu não conseguia dormir, não pensava em mais nada, não consegui me conter.

Houve um momento de silêncio em que você teria dado um soco em si mesmo pelo sentimento de culpa: tinha comido as peras, mas não tinha nada para dar em troca. Estava em dívida. Olhava para os pés como um servo. Queria expiar a culpa e parar de se sentir tão mortificado. Em vez disso, o silêncio o pressionou como um calcanhar em seu pescoço, tirando-lhe o fôlego.

Odiava, odiava, odiava ser o culpado.

O mais estranho foi que, quando você finalmente olhou para cima, viu-os sorrindo, quase dando risada. Não entendeu o que estava acontecendo. O que era? Havia algo nas peras? Instintivamente, tocou a barriga para verificar se não estava prestes a explodir. Foi Samir quem respondeu: também tinha pensado nisso. Eu sonhei que as comia, sabe quando você está dormindo e meio que quer, mas não consegue se levantar do sono. Eu teria feito o mesmo se tivesse acordado, e jogou as mãos para o alto, como se quisesse expressar frustração em relação a ele mesmo e não a você. A questão não era você ter comido as peras, mas você ter chegado lá antes dele. Tudo era uma competição. Tudo, até mesmo as traições.

Eu também estava prestes a me levantar..., disse um outro, e assim por diante. Idris colocou a mão em seu ombro e sussurrou: Ainda bem que não acordei, assim você não precisou dividir com ninguém.

Talvez, então, quisesse ter a coragem de dizer a ele que teria prazer em dividi-las com ele porque o amava, que ele era a única razão pela qual você ainda não tinha ido embora, que queria ter certeza de que ele ficaria bem, que não jogaria a vida aos cães sem você. Ninguém mais se preocuparia com ele, cabia a você criá-lo e protegê-lo. Era seu irmão mais novo, você tinha que se preocupar com ele. Era seu irmãozinho, você não tinha outros e não encontraria outros na Europa.

5.

Não é que você tivesse desistido completamente da ideia de ir embora, mas sempre havia algo atrapalhando no caminho. Você não queria deixar *jidda*, que naquela época estava sempre chorando porque Zahra tinha se metido numa encrenca. Se casou com o primeiro estranho que foi gentil com ela — mas estava errada, não era um homem gentil. A culpa, é claro, era de vocês, que sempre lhe deram tão pouca atenção, e ela então tinha colocado na cabeça que não merecia muito e que precisava sair dali o mais rápido possível. Talvez não de forma consciente, mas vocês eram maldosos, tinham medo dela; ela usava o próprio coração como um casaco: ficava por fora e não por dentro, ela o usava para se proteger em vez de protegê-lo. Vocês a provocavam e riam de suas lágrimas, e agora ela não sabia como lidar com uma dor que, até mesmo para seus próprios olhos, parecia irrefutável: apavorados e inadequados diante de seu rosto desfeito, mais uma noite sem dormir olhando para a porta, certificando-se de que ela permanecesse fechada. Mas todas as noites ele voltava.

Casaram-se um ano antes. Ele viera até em casa com os pais e disse-lhes que a queria, a "sua" Zahra. Ele a viu no mercado, comprando tecidos, e depois na entrada do hamam. Eles conversaram. Ele não era um amigo, mas era da vizinhança, você o conhecia de vista, parecia ser um cara legal, de boa família, modesto, educado, parecido com você nas coisas que importavam. E Zahra trabalhava como costureira junto com *jidda*, mas a renda não era suficiente para sustentar as duas e ela sabia disso, como todo mundo, que tinha de se tornar autossuficiente o mais rápido possível, para não sobrecarregar Malik, que a essa altura era casado, tinha filhos pequenos e não podia pensar sempre em todos. Em suma, vocês entregaram Zahra a um estranho, é o que eu diria. Mas isso não é totalmente verdade. O fato é que a própria Zahra pensou que estava apaixonada pelo homem que era gentil com ela, e isso foi o suficiente para vocês, porque o resto é construção, aprendizado. Aprende-se a amar independentemente da pessoa, aprende-se assim como se aprende um ofício. Sem pretensão, com modéstia e dedicação.

É difícil admitir ter magoado quem mais amamos. Naquela época, Zahra não tinha muitas pessoas com quem conversar, e certamente não tinha você. Você estava com raiva de todo mundo, sentia-se preso e só pensava em si mesmo, convencido de que estar fisicamente presente para *jidda* e os outros era sacrifício suficiente e que podia, pelo menos, manter sua mente em paz.

Ela estava sozinha e você não se importava. Quando, um mês após o casamento, numa tarde em que você achava que estava sozinho em casa, a ouviu chorar, não sabia por onde começar a se preocupar com ela.

Entrou na cozinha como se nada tivesse acontecido.

O que está fazendo aqui?

Maman está na casa de Malik, Karima está gripada e não pode tomar conta do bebê. Alguém tem que cuidar de você.

Eu não sabia nada disso.

Agora você sabe.

Estava curvada sobre o fogão, movendo-se rapidamente entre os potes de temperos e a velha geladeira, que tinha de chutar para fechar porque sempre ficava entreaberta. Você não conseguia captar a expressão dela; notou que não estava usando o hijab e que seu rosto estava escondido pelo cabelo, mas havia algo mais estranho em seu tom e em seus ombros, rígidos como se ela estivesse segurando um fio invisível entre as omoplatas que a mantinha inteira na terra. Você observou seus solavancos trêmulos como os de um animal assustado e, de repente, um pensamento passou por sua cabeça. Estendeu o braço em direção a ela, agarrou seu pulso e fez com que ela se virasse em sua direção. Ela deu um pulo para trás e esbarrou na panela no fogo, espirrando água fervente por todos os lados. Gritou, assustada — com a água, com você, com o mundo.

 Zahra, acalme-se, o que você está fazendo?
 Não me toque! Estava tremendo toda. Não me toque, não me toque, eu disse!
 Mas o que está acontecendo? Agora você estava assustado. Nunca tinha visto uma mulher levantar a voz com tanta raiva.
 Aproximou-se dela novamente, devagar, e tentou segurá-la perto de si. Ela soltou um grito lento, doloroso e ofegante.
 Zahra, você pode me explicar o que está acontecendo com você?
 Agarrou-a pelos ombros e tentou olhá-la no rosto. Seu coração saltou para a garganta, sentiu suas mãos formigarem, Zahra chorava ainda mais alto, seu corpo estava como que entorpecido.
 Depois de um tempo, ela começou a se contorcer, virou-se e voltou para o fogão, puxando ar com força pelo nariz. Você não, você ficou olhando imóvel para o rosto inchado de sua irmã.
 Passaram-se alguns minutos antes que um dos dois encontrasse forças para falar. Zahra o empurrou em direção à mesa, gentilmente, com uma mão em seu ombro, mas sem

arrogância. Ela colocou um copo de chá de hortelã na sua frente, e o aroma fresco o despertou por um momento.

Foi o Khaled?

Omar. Não tem sentido falar sobre isso.

Ele bateu em você. Sabe o que Boubakar vai fazer assim que te ver? Ou o mata ou se mata. Não sei qual, mas um dos dois ele fará com certeza.

E o que eu ganho com isso? Certamente não vou comprar um novo rosto!

Você nunca a tinha ouvido falar assim, mais dura do que frágil, mais irritada do que sofrendo.

Ele continua sendo meu marido. Eu o quis, eu o conquistei. Como é que diz a maman?

Não pode chorar se estiver se machucando sozinha, você respondeu instintivamente. Você a observou bebericar o chá com toda a dignidade que as mulheres têm quando estão sofrendo. O olho esquerdo estava machucado, o lábio inferior rachado, inchado. Ela estava parada naquele momento, seu corpo parecia flutuar elegantemente no ar. Você olhava para ela como se fosse a primeira vez, pensando que ela se parecia muito com *jidda*, mais do que qualquer um de vocês. Só agora você reconheceu que a ternura dos seus gestos, os movimentos lentos de *jidda*, seus olhos um tanto tristes e silenciosos — todas essas coisas, em suma, que você confundia com uma doçura dedicada a você, da qual você era a causa e o efeito — não eram doçura. Ela era triste, a *jidda*. Orgulhosa e triste.

Algo tem que ser feito, você sussurrou, e se sentiu como uma criança sob o seu olhar resignado. Isso não pode continuar assim.

Terei que ser mais cuidadosa, disse ela, assoprando o chá, com os lábios apertados.

Com o quê?

Não falar quando não for solicitada.

Não falar...?

Omar, você não entende, não é como nossa casa lá fora. Nós só crescemos com a maman. Ela sempre foi o centro de tudo para nós, mas isso não é normal. Você já perguntou a seus amigos como eles tratam suas mulheres? Como vocês me tratam? Vou te dizer: vocês me ignoram. Eu não existo para ninguém além da maman, e agora para Khaled. Mas tenho de segurar minha língua, porque quando ele chega em casa não quer nada comigo, só quer comer. E depois de comer, vamos dormir. Na manhã seguinte, quando ele está com mau hálito e eu ainda estou dormindo, é quando eu existo para ele. À noite, é como se os pratos se colocassem sozinhos na mesa. Mas de manhã, de repente, tenho todas as mãos dele em mim, e sempre parece que são mais de duas... Mas tenho que ficar quieta, sabe, porque se eu falar, nada de bom vai acontecer.

Eu sabia que casar com ele era má ideia. Você nem o conhecia!

Ela ficou em silêncio por um tempo e depois perguntou: Você sabe quantos anos eu tenho?

Você não sabia.

Vinte e seis anos, Omar. Aos vinte e seis anos, a maman já tinha dado à luz metade de uma família. Não sei como explicar a você que meu destino nesta vida não é fazer o que eu quero. Entendo que é difícil para você conceber, porque é só nisso que você pensa, dia e noite: como fazer o que quer, como conseguir, como deixar todos para trás e dormir em paz à noite. Eu não tenho esse luxo, nunca me perguntei o que eu quero. Mas sei o que não quero, não quero sobrecarregar a maman. Não quero me ver sozinha e sem filhos, com as pessoas da vizinhança olhando para mim e dizendo "pobrezinha". Ninguém é pobrezinho aqui, porque somos todos pobres, mas as pessoas olham para mim com pena e ninguém ri comigo. Não quero ser a única alma em Derb Sultan que é digna de dó.

Zahra, ninguém tem dó de você. Só não sabemos o que dizer, porque você é muito diferente de nós.

Se vocês tivessem me levado ao café com vocês, de vez em quando, eu não seria tão diferente...

Mas você não pode ir ao café conosco, você sabe disso. Não fui eu que criei as regras, a situação é essa: você é mulher.

Omar, você me acha bonita?

Encarou-o nos olhos com um olhar sombrio e satânico; forçou-o a pensar sobre a pergunta. Bonita não era a palavra que você usaria para descrever Zahra. Nunca fora despreocupada o suficiente para ser bonita — para você, naquela época, beleza significava ter uma expressão de leveza. A verdade é que Zahra havia nascido cansada. Ela tinha um corpo cansado, envolto em si mesmo — a expressão, os gestos, tudo nela parecia expressar uma sensação de resignação submissa ao passar do tempo, como se ela estivesse sofrendo os dias em vez de vivê-los. Talvez todo aquele cansaço tenha sido imposto a ela por vocês, colocando-a como pano de fundo de suas existências, a ouvir suas histórias e aventuras sem nunca participar delas, sendo sempre espectadora da vida familiar, nunca protagonista.

As pessoas existem se ninguém as vê?

Sem esperar sua resposta, Zahra começou a rir. Está vendo o problema? Você teve que pensar, porque talvez nunca tenha olhado para mim antes. Khaled me notou. Entre todas, ele me notou. Sabe de uma coisa? Minhas expectativas quanto ao que eu merecia eram extraordinariamente baixas. Sabe o que eu pedia quando era pequena, noite e dia? Eu não pedia a Alá que trouxesse *baba* de volta. Não pedia que nos tornasse ricos. Só pedia uma coisa, cinco vezes por dia, todos os dias.

O quê?

Que eu virasse homem.

6.

Nos meses seguintes, enquanto você ponderava sobre seus próximos passos, Zahra começou a ganhar peso. Boubakar não se aproximava mais dela porque ela tinha um espírito na barriga. Khaled também não se aproximava mais dela — melhor ainda. Agora, ela caminhava pelo bairro de cabeça erguida, pois havia vencido a guerra: nunca mais ficaria sozinha. Sua pele brilhava e seu corpo finalmente parecia enraizado na terra como algo magnífico e divino. Ela não precisava mais justificar sua presença, seu lugar era em todos os cômodos — exceto naquele em que os homens fumam e tomam chá. O chá dos homens é diferente do das mulheres: é preparado separadamente, em um bule especial que as mulheres não podem tocar. A infusão é mais longa, com muito pouco açúcar e mais folhas de hortelã.

De repente, a barriga de Zahra parecia ter resolvido uma série de coisas. Malik e Karima, que geralmente ficavam apartados, voltaram a se relacionar com a vizinhança, e *jidda* parecia vinte anos mais jovem, agindo como se Zahra fosse uma criança novamente, abraçando-a o tempo todo. Zahra começou a dormir na casa de *jidda* novamente, porque Khaled tinha sono leve e não suportava acordar toda vez que Zahra levantava para ir ao banheiro. Na verdade, você e Idris suspeitavam que Khaled simplesmente não suportava Zahra; aos olhos dele, ela havia esgotado seu papel de esposa. Isso foi um consolo por algum tempo, mas você o via com cada vez mais frequência no café, os olhos vermelhos e o olhar sombrio. Ele o cumprimentava apenas com um aceno da cabeça, não como se faz com a família.

Nesse meio-tempo, coisas aconteceram ao seu redor e vocês só notavam os efeitos. O Marrocos havia entrado em guerra com a Argélia por causa dos territórios anexados no Saara Ocidental. Ninguém na vizinhança foi embora, mas sofreram com a fome da guerra: naqueles meses, o preço da farinha dobrou, ninguém mais conseguia comprar pão. As pessoas estavam nervosas.

Era dia 20 de junho de 1981. Você, Boubakar e Idris estavam no café com Samir. Jogavam xadrez. Há dias você era forçado a comprar tudo fiado. De manhã, iam ao café tomar chá, bebiam meio bule e guardavam o resto para a tarde. O dono do café, atrás do balcão, o aquecia sem dizer nada: vocês não eram os únicos, e se ele não tivesse feito esse favor, talvez não voltassem no dia seguinte, e ele não podia correr esse risco.

Boubakar não tinha nada para fumar e estava intratável, murmurando obscenidades.

Merda!, você exclamou quando Samir, zombando, anunciou o xeque-mate. Não consigo pensar com o estômago vazio!

Amigo, estamos todos com o estômago vazio. Ah! Você nunca perde no xadrez! Gostaria que houvesse mais pessoas para testemunhar minha vitória. Foi a única coisa boa que me aconteceu esta semana...

Boubakar rosnou entre os dentes alguns insultos contra o rei Hassan II, e ninguém o contrariou. A essa altura, vocês não saíam mais do bairro, estavam todos muito cansados e irritados. O silêncio caiu. Samir tamborilou nervosamente os dedos sobre a mesa. Ninguém conseguia pensar em nada que pudesse dizer ou fazer para se distrair da fome. Você não gostava daquela atmosfera, sentia-se desamparado, impotente.

Lembra de quando íamos aos jogos?, você perguntou assim, só para dizer alguma coisa.

Idris revirou os olhos, irritado: Aquela história boba sobre ter roubado os caras no estádio? Você já contou isso um milhão de vezes, não é nem um pouco engraçada.

Só o incomoda o fato de não termos deixado você vir conosco, retrucou com um sorriso. Ele o encarou com má vontade e, por alguns segundos, parecia de novo uma criança. Boubakar caiu na gargalhada, nostálgico dos tempos em que Idris era um molequinho caprichoso e os pensamentos de todos eram leves e flutuavam sem muita certeza, e depois iam embora sem deixar rastros.

Vocês conheciam um cara que tinha um quiosque no estádio e, durante o jogo, vendia sanduíches, batatas fritas e outras coisas de americanos. Vocês iam até lá pela manhã e o ajudavam a descarregar as mercadorias. Ele então os escondia em uma salinha no estádio e vocês ficavam quietos por horas até que tudo ficasse calmo novamente. Então, um de vocês saía sorrateiro, colocava uma bela placa de plástico em uma dúzia de assentos nas arquibancadas dizendo "RESERVADOS", e imediatamente voltavam a se esconder na salinha. Quando as pessoas começavam a entrar, vocês saíam e se misturavam à multidão. Todos sentavam sem se falar, como se não se conhecessem. Então Samir, que era o mais descarado entre vocês, saía do estádio e vendia os assentos "reservados" pelo triplo do preço.

Ele não estava nem aí para o jogo, mas gostava de contornar o sistema e gostava de dinheiro. Aquele dinheiro em seu bolso era a certeza de que, independentemente do que acontecesse, estaria com a barriga cheia naquela noite. E isso, para alguns de vocês, não era garantido. Ele sabia disso melhor do que ninguém e, apesar de estar envolvido na parte mais perigosa do esquema, dividia o lucro igualmente com todos vocês que assistiam ao jogo sem fazer nada. Você pensava nisso toda vez que passava pela casa dele, mesmo tempos depois.

Os sanduíches que a gente comia depois disso, murmurou Samir, esticando os braços com um bocejo. Ele parecia um gato bravo.

E pipoca!, exclamou Boubakar. Tomávamos até Coca-Cola!

De repente, o dono do café, um senhor de idade chamado Jamal, que os viu crescer, aproximou-se de vocês de forma conspiratória. Silenciou-os de súbito, porque era um homem idoso e as pessoas idosas devem ser respeitadas acima de tudo. Olhou-os por baixo das sobrancelhas espessas, com os olhos escuríssimos: Vocês sabem o que vai acontecer amanhã?, sussurrou.

Vocês sacudiram a cabeça, confusos.

A revolução, continuou em voz baixa, curvado como um velho salgueiro, a sua longa barba acariciava o peito raquítico sob a túnica leve.

A revolução?

A revolução. Contra o rei.

Alhamdulillah!, exclamou Boubakar, os olhos arregalados.

Shhh!, Jamal o silenciou, olhando torto para ele. Você vai matar todos nós com essa sua boca grande. Então curvou-se ainda mais sobre vocês: amanhã, ao meio-dia, estejam em frente ao antigo tribunal. E apertou seu ombro com força, com os nós dos dedos branquíssimos. Você assentiu com a cabeça, sério.

No dia seguinte, suas vidas mudaram.

7.

No início eram poucos. Alguns garotos tinham barras nas mãos, outros tinham pedras. Armas de pobres, armas de crianças. Disseram-lhes que começaria no norte, mas deveriam estar prontos. Vocês se sentiam prontos, pensavam estar lá por um motivo. Você pensava que estavam lá para obter justiça. Mas a verdade é que não se interessava nem pela justiça e nem pelo pão. Você só sentia raiva. Raiva por ter nascido ali, ali e não lá. Raiva porque você era bom em tudo o que fazia e não adiantava nada. Raiva porque cantava em casamentos, mas não conseguia estudar música, porque corria como o vento, mas não rápido o suficiente para escapar da miséria. Raiva porque sentia como se estivesse sufocando à noite, dormindo com todos aqueles outros corpos quentes, barulhentos, incômodos e pesados. Eram seus irmãos, mas você não os conhecia e eles não o conheciam, mas as pessoas os confundiam e parecia que isso não fazia diferença alguma para ninguém, talvez nem mesmo para *jidda*. Boubakar tinha um olhar vítreo, Samir era capaz de decorar todas as cartas de pôquer, Zahra ficava acordada à noite olhando para o teto porque tinha medo do homem que roncava ao seu lado — ninguém se importava. Perde-se um filho, perdem-se todos os filhos. Vocês eram intercambiáveis. Não suportava que seus contornos fossem borrados. Sua voz era mais grave que a de Idris, mais firme que a de Boubakar. Suas mãos, apertadas em torno de uma pedra, eram grandes e suas unhas, lisas. Você ouvia sua respiração. Ouvia a terra pulsar. A cidade tremia.

Chegaram juntos do centro da cidade, os guerrilheiros e a polícia. Um caldo de sangue e barulho. Um garoto, irmão mais novo de alguém da vizinhança que você não reconheceu no momento, correu em sua direção com o rosto sujo e disse que estavam virando a esquina, que tinham jipes, que tinham armas e gás. Você olhou para Samir, estava assustado, mas não queria admitir. Algo nos olhos dele o assustou ainda mais: estavam brilhando. Ele estava animado, quase em êxtase. Parecia que durante toda a sua vida estivera esperando pelo momento em que finalmente exigiria uma prestação de contas pelas injustiças que sofrera, por ter abandonado a escola aos dezesseis anos, por ter de trabalhar em uma loja de merda quando tinha inteligência para ser qualquer coisa, engenheiro, matemático, trapaceiro. É perigoso, você só aprendeu mais tarde, ter consciência de seu potencial inexplorado: você tende a idealizar todas as vidas não vividas e odeia a única que realmente conta, a vida que você tem. Isso o consome por dentro.

Samir era uma bomba-relógio. Você baixou o olhar, seus dedos agarravam uma pedra com tanta força que havia sangue no chão. Queria lhe dizer algo naquele momento. Algo que gostaria que alguém tivesse lhe dito: vá embora. Deixe estar. Tranque-se em casa. Pense em sua mãe. Há outras maneiras. Não se arrisque. Você ainda é jovem.

Em vez disso, você não disse nada. Porque, naquele momento, não lhes importava nada de suas vidas. Vocês queriam mandar tudo para o espaço.

Começaram a correr, a princípio compactos como um esquadrão romano, depois mais incertos. Você e Samir andavam um ao lado do outro. Pelo canto do olho, você viu Idris arrastando Boubakar para longe. Sentiu alívio e inveja. Você e Samir tinham um plano, sempre tiveram um plano, seriam ótimos juntos, na Europa.

Era possível ouvir os tiros, os policiais apareceram virando a esquina como um bando de andorinhas, todos vestidos de preto. Os jipes em seguida. Atiravam para todos os lados: em vocês, nas vitrines térreas, nas janelas das casas, em vocês, para o céu, nos postes de luz, nas grades, no chão, nas crianças mais crescidas, em vocês, nos idosos com corpos frágeis, nas placas, nos carrinhos de frutas, nas portas, nos telhados, em vocês.

Depois que as pedras foram atiradas, não havia muito mais o que fazer. De repente, você se deu conta de que era um tolo e que não havia entendido nada sobre a vida até então. Que seu ego só o prejudicara, que você não era especial e que, se havia algo que Alá havia lhe dado, eram pernas rápidas. Só que ele as havia lhe dado não para ganhar algo, para conquistar Berlim, mas para salvar sua pele naquele exato momento. Tudo começaria e terminaria naquele único ato de sobrevivência, de apego amoroso à vida.

Tudo ao seu redor era um borrão — haviam disparado o gás. Tateava o ar como um cego, na esperança de encontrar Samir e arrastá-lo consigo. Mas em segundos você desistiu. Quem se vira está morto, você pensou. Saiu correndo na diagonal, indo para trás, curvado, rastejando, tudo para não os perder de vista enquanto procurava uma rota de fuga. Enfiou-se em uma rua estreita, sabia que o jipe não passaria por ali, mas havia homens a pé, e você pensou que eles os pegariam um a um.

Você corria como alguém que tem medo de morrer. Gritava como um louco, corria e batia nas portas, mas ninguém as abria, seu nariz escorria, sua visão estava embaçada, você pensava em *jidda*, que não merecia outro filho morto. Finalmente, encontrou uma porta entreaberta e entrou, subiu as escadas correndo, ouviu barulhos atrás de si, mas não se virou, havia um terraço ensolarado, nem mesmo um canto para se esconder naquelas casas baixas da vizinhança, você podia ser visto da rua. Alguns metros abaixo havia outro pequeno terraço. Deu um pulo. Seus ouvidos estavam zunindo, atrás de você todos os tipos de ruídos, gritos, tiros, vidros quebrados. Entrou no prédio, outro lance de escada, havia uma sala muito quente, como uma sauna.

O que está fazendo aqui?, perguntou uma senhora idosa. Ela estava sentada em um colchão no chão e tinha duas agulhas na mão, estava tricotando.

Se me encontrarem, me matam, disse. Em seguida, esfregou o rosto com a camisa, envergonhado por sua voz embargada. Ela tinha o corpo de uma criança, parecia tão frágil. Tudo parecia prestes a se quebrar, a se amassar: as paredes descascadas daquele cômodo estreito, os copos de chá vazios na bandeja no chão, o céu vislumbrado pela janela aberta, ela, os ossos porosos, seu corpo desajeitado, grande demais. Se me encontrarem, me matam, repetiu. Você estava tão cansado que não conseguia nem secar as lágrimas.

A idosa se levantou cambaleando, pareceu levar uma eternidade. Apontou para o colchão sem falar. Você olhou para ela, mas ela apontou novamente, um olhar impaciente. Você se arrastou para baixo dele, esmagando-se como uma barata. Sentiu-a sentar-se em cima de você e ajustar os cobertores para cobrir a protuberância do seu corpo.

Alguns minutos depois, eles chegaram.

Alguém passou por aqui?, perguntou um dos dois policiais de forma ríspida.

Eu não vi nada, ela declarou sem hesitar, em um tom ressentido. Mas estou ouvindo o inferno vindo da rua — tiros na hora da oração. Que muçulmanos são vocês? Não é possível nem mesmo rezar em paz nesta cidade? Você não sabia qual era a aparência do policial, que olhares ele estava lançando. Prendeu a respiração, todos os músculos do seu corpo se contraíram em um esforço para se tornar pequeno. Ouviu-o se aproximar, dar uma olhada ao redor. Se vir alguma coisa, ligue para nós. Ela se moveu, afundando no colchão, esmagando-o com todo o seu peso. Eu não ligo para ninguém, disse laconicamente. A violência não agrada a Alá, e a mim também não. Você ouviu o policial murmurar alguma coisa, depois suas botas pesadas se afastaram. Permaneceu embaixo daquele colchão, em silêncio, esmagado pelo corpo daquela mulher idosa sem nome que acabara de salvar sua vida, pelo que pareceram horas. Era a segunda vez que um estranho perturbava seu caminho. Você se perguntou se realmente existia o livre-arbítrio, se a razão de estar tão irritado era o fato de não ter seguido as migalhas de pão que Alá lhe dera para que fizesse o que tinha de fazer na vida. Pensou no alemão e em como havia deixado escapar aquela oportunidade por pura covardia, por medo de fracassar. Agora Alá o havia salvado novamente e, desta vez, você tinha de ser grato e seguir a palavra dele. Fuja, disse ele. Vá para o mais longe possível deste bairro.

Nesse momento, a idosa se mexeu, você sentiu o peso aliviar e seus pulmões incharem de alívio. Você não se mexeu. Gostaria de um chá?, ela sussurrou, levantando uma aba do colchão com um sorriso. Estava escurecendo lá fora. Tudo doía.

Você bebeu seu chá em silêncio.

O que aconteceu na rua?, perguntou-lhe olhando de esguelha através do copo que segurava com as duas mãos.

Pessoas passando fome, pessoas morrendo de espancamento...

Você deu de ombros.

Pessoas sobrevivendo, concluiu ela, como se quisesse fazer as pazes com a realidade.

Isso foi tudo o que vocês disseram um ao outro. Depois de terminar o chá, aproximou-se dela, beijou-lhe a palma e o dorso das duas mãos — como costumava fazer com sua mãe. Olhou ao redor uma última vez: aquele quarto apertado parecia um palácio, e ela, uma rainha, porque você estava vivo.

Chegou em casa no escuro, com os restos de uma guerrilha sob os pés. Olhava perplexo para a bagunça que haviam conseguido criar — uma parte sua pensava que tinha sido um pesadelo. Não conseguia aceitar que tudo havia acontecido de verdade, os tiros, o tumulto, os cassetetes, o gás. Não sabia onde estavam seus irmãos, e eles não sabiam onde você estava. Suas pernas, exaustas, seguiram seus pensamentos sem interrupção, e então você se viu correndo novamente. O portão da frente estava aberto, você subiu as escadas de dois em dois degraus, abriu a porta e encontrou todos lá: *jidda*, Zahra, Idris, Boubakar, até mesmo Malik e a esposa Karima. Não entendia mais nada, tinha feito *jidda* chorar, seus irmãos mais velhos o olhavam quase com desdém, você se sentiu estúpido por ter deixado todos preocupados. Então, encontrou os olhos de Idris, que estava obviamente convencido de que você estava morto — ele tinha poças negras no lugar dos olhos, como se tivesse perdido toda a paz —, e o abraçou. Era a primeira vez desde o funeral de *al-jidd*, quando você o segurou perto de si porque ele era tudo o que você tinha. Ainda era assim. Por um momento, sentiu-se feliz por estar em casa, mesmo quando, alguns segundos depois, Malik lhe deu uma surra. Poderia ter se defendido, mas quase levou a surra com gratidão. Fez você se sentir vivo.

Temos que ir até os Khadar, disse Malik depois que todos se recompuseram. Os outros assentiram e você olhou para eles confuso: Na casa de Samir? Onde? Por quê?

Foi nesse momento que você notou um buraco em forma de bala na janela. Ao redor do buraco, uma rede de rachaduras havia se formado.

Presas nessa trama estão as lembranças de um amigo com quem você jogava buraco nas horas vagas, com quem competia por tudo, com quem sonhava com uma vida diferente.

Samir nunca veria a Europa.

8.

Depois de rasgar as roupas, depois de passar dias sufocando a raiva de dezenas em uma sala, soluçando rios de orações, exorcizando o senso de injustiça, acolhendo a morte em sonhos, cumprimentando-a quando acordados, reconhecendo-a nos olhos opacos das pessoas no café, em que havia parado a jogatina — depois de tudo isso, você, Idris e Boubakar se retiravam para o pequeno campo cercado da pista, à noite, quando o sol já estava baixo. Fumavam o pouco tabaco que lhes restava, conversavam quase nada. Idris não suportava aquela atmosfera. Havia crescido com o coração enlutado e agora ver aquele mesmo vazio ao seu redor o assustava. Normalmente, ele era um garoto irritado, como todo mundo, mas complacente. Agora, nada mais parecia acalmá-lo. Mesmo quando estava parado, tremia. Tinha um tique nervoso na perna e, no silêncio, limpava a garganta continuamente, como se quisesse se livrar de um caroço que não subia nem descia.

    Você trabalhava em tempo integral no comércio, queria ganhar algum dinheiro a mais para dar à família de Samir, economizava tudo o que podia, mesmo que ganhasse alguns trocados. Ficava acordado à noite, revirando entre os dedos um velho pedaço de papel com o número de telefone de um alemão cujo nome você mal conseguia lembrar. Os anos haviam se passado, e ainda mais anos pareciam ter se passado desde a revolta do pão. Você já não pensava que era especial — não pensava que era quase nada, naquela época. Sua mente estava nublada, às vezes sentia como se não estivesse realmente presente em seu corpo, mas como se estivesse olhando a realidade como um dos fantasmas de seus irmãos mortos. Nos momentos em que se sentia vivo, preferia não estar — tinha novos sentimentos, que o assustavam porque não conseguia nomeá-los. Sentia-se preenchido por uma tristeza moderada e profunda, como um poço que esvaziava as entranhas; por um sentimento de culpa pelo simples fato de respirar; e, acima de tudo, por aquela rendição nostálgica dos idosos que olham para trás com os olhos enevoados e pensam que é hora de chutar o balde, porque já tentaram tudo o que havia para tentar na vida.

Você é jovem demais para essa cara que arrasta por aí, repetia *jidda*. Pela primeira vez, você não estava se esforçando para bancar o super-herói na frente dela. Não se importava mais em impressioná-la, surpreendê-la ou consolá-la. Não tinha nada o que provar, não porque estivesse num lugar de sucesso, mas porque não sabia mais para onde ir.

Zahra estava prestes a dar à luz sua filha. Movia-se muito lentamente, com a barriga do tamanho de uma melancia, e não havia saído de casa desde o dia do levante. Tudo a assustava, especialmente Khaled: quando ele vinha visitá-la, ela se encolhia na cadeira com os olhos baixos, como se estivesse olhando para o rei. Você os observava — ele se empanturrando de comida, ela olhando para baixo, as mãos nervosas sobre a barriga — e pensava que aquilo não ia acabar bem.

Você já não rezava mais. Não conseguia mais sentir a energia e a sensação de conforto que costumava, como se estivesse realmente conversando com alguém. Parou de ir à mesquita, magoando a *jidda*. Ela nunca lhe contou, mas você sabia que isso a fazia sofrer. Estava com raiva de Alá, pois durante vinte anos você recorreu a ele, dia após dia, como o pai que não tinha: contava tudo a ele, pedia que o protegesse, que lhe desse força. Sua fé não era um assunto comunitário. Não, era uma coisa íntima, só sua, uma das poucas coisas que você sentia que não precisava compartilhar com ninguém. Assim como com *jidda*, você sentia que tinha um relacionamento especial com Alá. Depois da morte de Samir, você não conseguia mais se sentir especial: era apenas um entre muitos que tinham uma vida boa, enquanto outros tinham uma vida ruim. A aleatoriedade da morte o desintegrara, era sua principal fonte de ansiedade. Não havia um único motivo para você ter ido para a direita e ele para a esquerda. E se a morte pode vir assim, do nada e a qualquer momento, qual é o significado do sofrimento e da ambição, da tenacidade e até da paciência? Esperar pelo quê?

Você sempre falava sobre isso com Boubakar e Idris, fumando nas arquibancadas do campo onde, anos antes, o alemão o viu correr.

Irmãozinho, você entendeu tudo errado, disse Boubakar uma noite, soprando a fumaça lentamente. Ele usava um solidéu verde-escuro e óculos redondos. Parecia um John Lennon marroquino. Esperamos sabe-se lá o que da vida, esperamos e esperamos e esperamos pelo dia em que faremos ou teremos algo. Mas a vida não é nem fazer nem ter, não é? Você não tem, não faz — você é. E enquanto você for, deve se concentrar em ser feliz, não especial. O que você faz com o fato de ser especial?

Não sei, respondeu, ainda com aquele estranho nó na garganta.

É como a música, disse Idris baixinho. No final das contas, não importa onde você está ou quanto dinheiro tem no bolso. Mesmo que você fosse rico, ouviria Hendrix com os mesmos ouvidos.

A carne é sempre a mesma e é sempre boa, continuou Boubakar.

A carne não é sempre igual, você retrucou, há cortes que custam mais do que outros. Você não gostaria de comer a melhor carne do mundo?

Boubakar encolheu os ombros. Qualquer corte de carne, se você cozinhar por tempo suficiente, derreterá em sua boca. Irmãozinho, não lhe falta dinheiro — o que lhe falta é paciência.

9.

Depois houve uma noite em que Zahra gritou em meio ao silêncio. O bebê estava chegando. *Jidda*, que havia tido tantos bebês, preparou a água morna, os lençóis brancos e as toalhas. As mulheres da vizinhança se reuniram. Foi um ir e vir constante. Os homens tomavam chá sentados em uma sala fechada. Até mesmo Boubakar evitou se intrometer. Mas você e Idris queriam ver, porque tinham aprendido a admirar aquela irmã chorosa que agora estava prestes a fazer algo milagroso e aterrorizante, e vocês, com vinte e tantos anos, na presença de tal mistério, sentiam-se como crianças.

Zahra não queria saber.

Me levem para o hospital, ela sibilou, rangendo os dentes. Se agarrou à mãe, apavorada: "Maman, ninguém precisa morrer hoje". O rosto de *jidda* estava muito pálido.

Por favor, ofegou Zahra, chorando lágrimas quentes. É uma menina, maman. Uma menina. Eu te imploro.

Não se sabe se foi essa última frase que resolveu a indecisão de *jidda*. Uma mulher deve ser protegida desde o primeiro momento. Ou, talvez, uma menina seja quem não podemos nos dar ao luxo de perder, será só o que teremos quando aqueles que estão na outra sala nos deixarem à nossa própria sorte.

Você correu para a sala dos homens: Khaled, você está com o carro? Temos que levá-la ao hospital.

Khaled olhou para você, irritado: Quem é você, o mensageiro das mulheres? Caiu um silêncio. Ele foi, como sempre, o primeiro a desviar o olhar. Por que o hospital, então? Aqui há vinte mulheres para ajudá-la, murmurou ele, sem graça, tamborilando os dedos no copo de chá.

Você se virou para Malik, que já havia se levantado e estava remexendo nos bolsos. Ele acenou com a cabeça, com o olhar firme, e depois levantou o canto da sobrancelha esquerda daquele jeito que só vocês, irmãos, sabem fazer. Seu aviso tácito era: não vale a pena. Vocês caminharam em direção à porta sem dizer mais nada, e então tudo aconteceu muito rapidamente. Você viu, pelo canto do olho, Idris se movendo atrás de você. Rosnados de cachorro e o inconfundível estalo de um nariz quebrando.

Há carne congelada na cozinha — você murmurou. Boubakar deu uma risadinha, passando por você agitando as mãos no ar, os pulmões tremendo com um cântico arranhado de gratidão. As mulheres batiam palmas, as crianças rolavam no chão, no predinho as portas estavam todas abertas e os preparativos estavam a todo vapor. O cheiro de hortelã, cominho, carne e suor. Zahra estava chorando, havia sangue nas mãos de Idris, mas talvez fosse a carne; lá estava a terceira para última almofada do sofá, que tinha uma costura visível no canto, um fio branco, você o arrancou com os dentes. Dentro estava o seu dinheiro, pegou tudo, *jidda* não gostava de entrar no carro, Zahra perguntou: Onde está Khaled? Boubakar apertou sua mão e continuou a cantar, você também cantou, tinha a voz de uma criança, aguda e trêmula. Na sala de espera, a fumaça se espalhava pelo teto baixo, as luzes frias de neon piscavam intermitentemente, parecia um sonho, até mesmo *jidda* pediu um cigarro a Boubakar. As mulheres nunca fumavam em público. Mas há muitas coisas que as mulheres não fazem e que *jidda* fazia.

Agora Zahra estava sozinha, sozinha com Alá. Tocou o dinheiro em seu bolso.

Inshallah, inshallah.

Passaram-se horas, então eles vieram e disseram a *jidda* que ela podia entrar. Somente ela. Você se aproximou para perguntar quanto eles queriam, mas o médico sorriu para você. Filho, este hospital é público, você não precisa pagar. Você se perguntou por que não o levaram para lá quando os cachorros arrancaram metade de sua perna ou quando um dos burros de sua tia o jogou de mau jeito em uma planta de figo da índia. Eles tiraram os espinhos com goma de mascar. De graça, é? Você começou a rir. Que Alá o abençoe, exclamou, enxugando as lágrimas. Com Malik, Idris e Boubakar, você foi para casa buscar Khaled.

Encontrou a casa cheia de pessoas vestidas de branco, alguém devia ter convocado a vizinhança toda. Havia os que tocavam e os que cantavam canções berberes. Vizinhos, vizinhos de vizinhos e seus filhos. Não havia Khaled. Em lugar nenhum.

Malik os chamou de lado com o rosto sombrio. Por um momento, o fez lembrar de seu pai: tentei detê-lo, fazê-lo ouvir, mas ele fugiu. Ele é um inútil, mas é marido dela. O que diremos às pessoas?

Era com isso que se preocupava aquele irmão estabelecido que não vinha mais ver *jidda* porque sua esposa tinha nojo dos ratos em Derb Sultan. Você e os ratos eram todos iguais, assim como Malik. Sobreviventes. Mas ele fingia ter nascido no dia em que entrou nos Correios.

Vamos dizer a verdade, que ele não merecia nossa irmã. Melhor assim, você interrompeu a conversa sem olhar para ele. Sentiu novamente aquela raiva que, como uma doença, fazia seu sangue ferver.

Omar, fala sério. Quem é que vai sustentar as três agora?

Você amava Malik. Amava-o porque ele lhe deu seu primeiro tênis de corrida, e você sabia que ele não era tão pão-duro quanto parecia. Era apenas egoísta e ingrato. Naquela noite, você só mordeu a língua, estava amadurecendo uma decisão que não precisava mais de palavras.

Você ainda tinha dinheiro no bolso.

Eu vou sustentá-las.

Como?

Deixe isso comigo. Não se preocupe.

Boubakar e Idris estavam sentados na calçada fora de casa. Por alguma razão, não conseguiam estar felizes com aquele momento. Sentiam, cada um de sua maneira, que tudo havia mudado naquela noite.

Você vai embora, disse Idris de repente. Não era uma pergunta.

Sim, você respondeu.

Boubakar acenou com a cabeça. Estava lúcido, pela primeira vez, e parecia mais velho do que você: Conheço um cara no porto. Posso embarcá-lo em um navio para Tânger, e depois você segue viagem.

Você queria dizer tantas coisas, mas sentia um nó na garganta que não subia nem descia. E eles também, porque ficaram em silêncio por muito tempo.

Quando?, perguntou Idris, lapidarmente.

Espero para ver a menina, você respondeu sem pensar. Por anos, você vinha adiando, adiando, adiando.

Sim, zombou Boubakar. Então, espere pelo primeiro aniversário dela. E depois que a maman pare de chorar. E depois que Idris consiga um emprego decente. E depois... que eu pare de fumar! E ele ria, e chorava de rir, ou talvez não.

Você voltou para casa. Ninguém o notou, sentiu-se invisível, como se Alá tivesse lançado um feitiço sobre você. Colocou todos os seus pertences em uma bolsa velha que poderia ter pertencido ao seu pai. Naquele momento, foi o que você quis pensar, para se fortalecer. Colocou a foto de *al-jidd* embaixo do walkman de Idris, junto com algum dinheiro. A cópia do Alcorão de *jidda*. Tirou um *hawawashti* da geladeira, para a viagem. E os tênis de corrida, que não usava há meses, desde a morte de Samir, para ser exato, e finalmente o baralho francês.

Ao passar pelo quarto de *jidda* e Zahra, sentiu que ia desabar. Sentou-se por um momento na cama delas, que cheirava a limão — elas faziam água aromatizada com as cascas e a usavam para lavar as roupas. Esse cheiro, misturado com suor, sujeira e cansaço, era a essência da vida cotidiana da família, uma vida cotidiana que você considerava opressiva, mas que, agora que o momento havia chegado, sentia que não queria mais deixar. Por que ir embora? Em busca de quê? Desistindo de ver sua sobrinha crescer, de ver sua mãe envelhecer, de proteger seu irmão mais novo. O que aconteceria com eles?

Você passara anos sonhando com esse momento, convencido de que no Marrocos nunca seria realmente você mesmo, que tudo — aquela vida, aquela casa, aquele bairro, suas responsabilidades — não pararia de puxá-lo para baixo. Longe dali, poderia começar do zero, ser quem você quisesse ser. Mas escolher quem você queria ser não significava decidir se tornar outra pessoa? Era mesmo necessário atravessar o mar para se encontrar? Você já não estava lá, não tinha adiado sua partida, não tinha vencido Samir nas cartas, não tinha beijado a palma das mãos de *jidda*?

***

A escolha, na verdade, não era sua: ela, como tudo o mais, era algo que lhe acontecia. Já havia acontecido. Você não tinha como impedi-la. E não porque fosse especial, na verdade, justamente porque não era. Você não estava partindo para a glória, mas para sustentar sua família. Você não conquistaria a Europa — como todo o resto, você seria um exilado em busca de dinheiro. Como todo mundo, você se esconderia na barriga de uma balsa para Barcelona. Não conquistaria Berlim. Iria para a França para trabalhar, na melhor das hipóteses, lavando pratos em algum restaurante chique, moraria em um quarto com outros dez marroquinos e um banheiro fedorento, enviando todo o seu dinheiro para casa e esperando voltar no verão. Você não era diferente.

Para *jidda* e Zahra, você deixou um bilhete.
    Estava prestes a sair do quarto quando a porta se abriu e, por uma fresta estreita, os olhos de Idris apareceram. Você levou um susto, mas acenou para que ele entrasse. Ele fechou a porta atrás de si e se recostou contra ela, o olhar voltado para o chão.
    Está pronto?
    Não, você tossiu, escondendo o tremor em sua voz com uma risada.
    Ouça, disse ele em um tom estranhamente enérgico, você precisa me prometer uma coisa.
    Você levantou o olhar. Ele parecia ainda mais magro, uma pilha de ossos. Como é que você não tinha notado antes? Quando foi que ele perdeu tanto peso? Ele estava revirando aquele walkman estúpido e a foto de seu *baba* nas

mãos. Ele olhava para baixo. Não conseguia ficar quieto e passava o peso de um pé para o outro.

O quê?

Engoliu. Esperou um momento, depois engoliu novamente.

Que assim que você se estabelecer, você vai voltar para me buscar.

Você se levantou e foi até ele, sem saber bem o que fazer. Ele não deixou que você o abraçasse — vocês estavam se segurando por um fio muito fino. Uma mão no ombro dele, a dele no seu. Você o acompanhou até a escola. Você o ergueu do chão. Você o viu usando suas roupas e o odiou. Você o defendeu, você o acusou. Ele era seu.

Há uma senhora idosa para quem eu levo alguns mantimentos uma vez por semana, você disse, e deu a ele o endereço da senhora que o havia escondido debaixo do colchão. Idris assentiu, sem perguntar quem ela era ou por que você lhe devia qualquer coisa.

E Boubakar?

Ah! Você tem que deixar bem pouco tabaco na mesa de cabeceira dele, esconda o resto, senão ele fuma tudo de uma vez. E você tem que fazer isso todos os dias. Ele nunca vai perguntar onde está.

Começaram a rir. Ele colocou o walkman em sua mão.

Pegue-o, disse, para que você não se sinta sozinho...

As mãos dele nas suas. Outra pausa, muito longa. Você assentiu.

Bsslama, irmãozinho.

Boubakar estava esperando por você lá embaixo, em sua bicicleta. Vocês não disseram uma única palavra um ao outro.

PARTE TRÊS

1.

Minha Mina,
Sinto muito. Cuide de Berta, sei que é difícil, mas Aisha não consegue sozinha. O café é tudo o que construí na minha vida, além de vocês duas, e gostaria que vocês cuidassem dele juntas, porque talvez lá vocês possam cultivar minha memória.

Segurei seu último desejo em minhas mãos. Eram palavras que eu não buscava e não queria. Você tinha me traído mais uma vez: mais uma demonstração de que não me conhecia e que não tinha ideia do que era melhor para mim. Por que nunca me perguntou isso quando ainda estava vivo? Parei de ler depois do primeiro parágrafo e, com raiva, enfiei o papel no bolso.

Não precisamos fazer isso, murmurou Aisha, olhando para mim com curiosidade. Não pensei no quanto minha indignação a magoava, no quanto ela se sentia rejeitada. Mostrara com orgulho o que havia construído. Queria que eu tivesse gostado, talvez esperasse que eu quisesse ficar.

Eu já não tinha feito o que você queria, papai? Segui seus passos, deixei o ninho. Criei minha própria vida. Me reinventei. Ninguém ali conhecia nosso passado e eu o esqueci facilmente, como um casaco velho no fundo do guarda-roupa. Estar ali, se não era felicidade, era pelo menos um alívio. Você nunca tinha olhado para trás, por que eu haveria de fazê-lo?

***

Acendi um cigarro, com os cotovelos apoiados no balcão e o rosto desfeito. Olhei para ela, com uma sobrancelha levantada.

Ele tinha te contado, não é? Você já sabia.

Aisha balançou a cabeça. Imagina, ele nunca me contou nada. Eu não teria deixado, se soubesse. Sei que você odeia isso aqui.

Sorriu para mim, um sorriso triste e afetuoso, sincero e inocente. De repente, eu a vi como a via quando tínhamos menos de dez anos de idade e ela estava me ensinando a amarrar os sapatos, e depois quando éramos adolescentes e ela já era uma mulher. Eu a vi com suas preocupações e responsabilidades de irmã mais velha, que eu nunca tive. De quantas coisas ela havia me protegido? Quantas outras ela escondeu de mim para que eu não me sentisse culpada? O que ela via naquele momento, olhando para mim — será que ainda me via como uma criança? Será que ainda me reconhecia, apesar de minhas tentativas de metamorfose? Para onde vão as versões de nós que descartamos ao longo dos anos, as obsoletas, chatas, infantis, as que não são suficientemente interessantes, as que não têm conhecimento suficiente, as que são ignorantes, egoístas, as que são verdadeiras?

Não odeio estar aqui, eu disse lentamente, mas não posso simplesmente abandonar toda a minha vida.

Não, imagino que não, suspirou Aisha, e eu não entendo por que ele lhe pediu isso, honestamente. As coisas já estão ruins há algum tempo, o dinheiro é um problema, a renda é um problema, tudo isso é um rolo compressor. Não vejo por que você tem que se colocar nesse buraco negro, depois de ter construído sua vida perfeita. Você fez sua escolha há muito tempo. Se ele quisesse convencê-la a voltar, teria sido mais fácil enquanto vivo, não depois de morto.

Minha vida perfeita, eu pensei. Minhas caminhadas solitárias. O riso estrondoso dos outros e o meu próprio riso, mais incerto, mas alto o suficiente para me fazer parecer feliz. Dinheiro para gastar em gratificação instantânea. Eu verificava minha conta dez, vinte vezes por dia, contando o dinheiro. À noite, passava horas me inscrevendo em sorteios on-line de revistas populares, como a *Cosmopolitan* ou a *Elle*, que todos os meses davam de graça alguns perfumes, flores, livros e, às vezes, suprimentos anuais de chá ou chocolate. Bastava inserir seus dados para participar, dados que seriam usados até o fim de meus dias para tentar me vender os mesmos produtos que eu esperava ganhar. Eu digitava meu nome e sobrenome, e-mail e endereço, meu rosto iluminado pela tela; eu não sentia nada. Promoções festejadas pelos colegas com os dentes cerrados, uma foto tímida no *feed* para comemorar o fim de semana passado no campo com conhecidos, com quem rolavam umas conversas altinhas sobre a vida, tomando muito cuidado para nunca cair na armadilha da intimidade, ficando bêbada com qualquer um, rindo alto. Almoçando sozinha em lugares antissépticos onde peço uma torrada de avocado da qual nem gosto. Andar pela rua e me sentir poderosa porque posso fazer o que quiser — e assim ir ao cinema sozinha, para curtir um filme; sábado sozinha na cama depois de dançar a noite toda na sexta-feira; férias sozinha, para me encontrar, no Vietnã ou na Islândia. Os pais quase não são mencionados, só para dizer que não os vejo há dois anos, porque estou muito ocupada, muito longe.

    Vamos ver como fica, disse, virando o papel em minhas mãos enquanto olhava distraidamente ao redor.

Havia um homem sentado no terraço com outros quatro rapazes. Seus cabelos eram encaracolados e espessos e escuros, brilhavam ao sol. Enquanto os outros jogavam baralho, ele lia um livro. Tentei dar uma olhada na capa. Nossos olhos se encontraram por um segundo. Ele sorriu para mim, mostrando todos os dentes. Que coragem, pensei, sorrir daquele jeito, como se não tivesse nada a esconder.

Aisha acenou para ele e fez sinal para que se aproximasse. Mina, este é o Nazim. Ele trabalha para os Médicos sem Fronteiras e me ajuda com os projetos.

Nazim deu um sorriso um pouco triste.

Eu trabalhava, ele a corrigiu.

Apertamos as mãos. Notei que ele franziu a testa, o olhar curioso na ponta do meu queixo e nos meus pulsos enquanto eu arrumava meu cabelo, nervosa, atrás das orelhas, e de repente me senti observada em um momento de intimidade.

Ele não era muito alto, e seus olhos verdes brilhantes, um pouco distantes, davam-lhe um ar atordoado. Movia-se de forma desajeitada, como se não soubesse o que fazer com seu corpo, porque não gostava dele. Um dia, algum tempo depois, me disse que não gostava mais de corpos em geral, nem mesmo de corpos de mulheres. Tinha visto muitos deles flutuando em águas agitadas por longos segundos e depois afundando — vira-os mergulhar na escuridão. Ele não gostava de ir à praia, porque só conseguia imaginar se aquelas massas deitadas ao sol para se secar seriam, em outra vida, as mesmas que afundavam para a morte como destroços de um navio sem tesouro. Caminhando, tomando uma cerveja sozinho em sua varanda, percorrendo os corredores do supermercado, ele ainda ouvia suas vozes confusas em meio ao barulho ensurdecedor do mar. Elas o assustavam e, ao mesmo tempo, de alguma forma estranha, o confortavam.

Sinto muito por seu pai, ele me disse, era uma pessoa extraordinária, sentiremos sua falta mais do que as palavras podem expressar. De verdade.

Temo que você o conhecia melhor do que eu.

Aisha tentou colocar a mão em meu ombro, mas no último momento resistiu ao impulso e a afastou, como se tivesse sido queimada. Por que você diz isso?, ele perguntou, sem surpresa nem julgamento.

Dei de ombros e desviei o olhar. Não é da sua conta, joguei para ele.

É verdade, respondeu, imperturbável. Desculpa, ouvi falar tanto de você que sinto que a conheço. Virou-se então para Aisha com um ar questionador, ela deu de ombros como se dissesse: faça o que quiser, não vou interferir. Ele tomou uma decisão silenciosa e se sentou ao meu lado.

A primeira coisa que você precisa saber sobre mim é que sou um pouco insistente, continuou. Gosto de compartilhar. As pessoas geralmente aprendem a confiar em mim. Pergunte-me o que quiser.

Eu comecei a rir. Isso é um pouco presunçoso de sua parte.

Ele deu de ombros. Eu sou presunçoso.

Senti uma estranha sensação de orgulho crescendo dentro de mim, parecia importante deixar claro que eu era uma pessoa inacessível. Conheço seu tipo, retruquei. Os livros, a atitude indiferente, esse sorriso desenvolto que grita privilégio. Há muitas pessoas assim na cidade. Em geral, são os ricos que nasceram em Oxford e se formaram em história da música medieval ou algo assim, e que depois, inexplicavelmente, conseguem empregos em empresas enormes por causa de sua dita "flexibilidade criativa".

Nazim não pareceu incomodado com meu tom de zombaria. Ele não se envergonhava de nada, muito menos de seu sorriso. Abaixou a cabeça e esfregou o peito de forma dramática, como se eu o tivesse atingido. Seu olhar divertido me agarrou como um laço, e tive de me desvencilhar de seu aperto sutil.

Letras, confessou. Em Cambridge.

Acenei com a cabeça em sinal de satisfação. Óbvio. Nazim é um mediador cultural, trabalha em navios de resgate e em centros de recepção, interveio Aisha, que tentava, com ansiedade, suavizar qualquer tensão, como se minha antipatia natural pelo cara, de alguma forma, a colocasse em risco.

Então você é educado, rico e também um salvador branco?

Ele começou a rir. Bem, quando você coloca dessa forma, eu pareço um monstro de três cabeças. Felizmente, pelo menos duas delas foram cortadas.

Ah, não! O que aconteceu?

Ele soltou um suspiro. Observei as pequenas rugas nas laterais de seus olhos. Ele tinha várias pintas espalhadas pelo rosto — eu as estudei na expectativa de sua resposta, que não demorou a chegar. Meu pai dirigia uma agência de turismo que ganhou a licitação com a Costa Crociere: ele administrava os ancoradouros, as atividades a serem oferecidas aos turistas, os acordos com os restaurantes... Você tem razão, eu cresci numa família rica. Tínhamos uma bela casa com piscina, empregada, o carro da empresa, coisas assim. Obviamente, papai queria que eu continuasse com os negócios da família, por isso me mandou estudar no exterior. Ele queria que eu estudasse economia, mas eu não levava jeito, então ele aceitou Letras. Sempre fui uma criança inteligente — levantei uma sobrancelha com essa observação, e ele deu um sorriso atrevido que achei atraente, a contragosto —, ele tinha grandes expectativas para o meu futuro.

Parece que você não esteve muito envolvido na escolha, comentei.

Nazim deu de ombros: sou filho único, nunca tive escolha. Além disso, nunca fui bom em tomar decisões por conta própria, sou muito mimado. Quando terminei a universidade, voltei para Istambul para herdar a empresa. Foi divertido, na verdade. Eu me cercava de pessoas, de coisas. Nunca parei para me perguntar se era o que eu queria — simplesmente tinha que ser.

 Ele fez uma pausa por um momento. Aí Erdogan assumiu o poder. Houve os atentados a bomba. As pessoas pararam de ir à Turquia. As rotas de cruzeiros foram alteradas uma após a outra. Os clientes desapareceram. Em um ano, tudo estava acabado.

 Não queria sentir empatia por ele, queria achá-lo antipático e cheio de opiniões — porque ele era, como eu também sou. No entanto, havia algo na maneira como ele falava que era totalmente aberto. Parecia não se importar nem um pouco com o fato de ser ou não interessante para os outros. Exalava uma certeza de si que era diferente da confiança ameaçadora de Liz, ou dos modos obsequiosos e indiferentes das pessoas da cidade. Olhou para mim e não pareceu me confundir com seu reflexo. Não parecia estar jogando jogo algum. Não queria me surpreender, me vencer, me conquistar ou me dominar. Apenas olhava e falava.

 Meu pai adoeceu de tristeza. Decidiu vender a empresa. Eu não podia vê-lo daquele jeito... Um conhecido meu dos tempos de Cambridge me disse que estava embarcando em um navio de uma ONG e que precisavam de um mediador cultural que soubesse diferentes idiomas... E assim eu me vi em outro navio.

 Olhamos um para o outro. Ele também estava fugindo de algo, mas não sentia necessidade de esconder isso.

 Como está seu pai agora?, perguntei e percebi que meu tom de voz era baixo e suave, como se quisesse amenizar o impacto da resposta. Ele tomou um gole de chá. Tive a nítida impressão de que ele estivesse colocando as ideias em ordem. Talvez tivesse se exposto demais, talvez tivesse se machucado.

É estranho, respondeu ele após uma longa pausa. Ele nunca vai me dizer como se sente, mas eu sei, eu percebo. Eu o vejo passar o dia todo de pijama, assistindo à TV e bebendo cerveja, sem ver ninguém, sem fazer nada. Tiveram que vender a casa e agora ele e minha mãe moram no antigo apartamento de quando eram recém-casados... Mesmo que eu quisesse visitá-los, não tenho onde dormir. Não os vejo há três anos... Mas este lugar me faz lembrar deles, por algum motivo.

Você não fica entediado por aqui?

Era uma pergunta que me dava medo, como se eu estivesse considerando opções que não achava mesmo que tinha.

Ele sorriu: Às vezes sim, mas viver aqui tem suas surpresas.

Por exemplo?

Por exemplo, você. Seu sorriso se alargou e fez seu bigode avermelhado se contorcer. Você é definitivamente inesperada.

Me espantei, não sabia o que responder. Desviei o olhar.

Ele tirou um punhado de moedas do bolso e deixou algumas sobre a mesa. O restante ele colocou em um pote no qual estava colado um pedaço de papel com a palavra "Hassan".

Você vai ficar mais alguns dias?, ele me perguntou, levantando-se e vestindo uma jaqueta leve e amassada. Minha avó teria dito que parecia ter sido tirada da boca da vaca.

Não sei, respondi, não me sinto exatamente confortável aqui.

Ele assentiu. Talvez o desconforto possa lhe ensinar algo.

Sabe, antes de dizer as coisas, você devia repeti-las algumas vezes na cabeça, para perceber como soa arrogante.

Ele riu, já na porta. O que eu quis dizer é: fique um pouco mais. Fez uma pequena pausa. Quero falar com você de novo.

E já estava do lado de fora. Eu me vi olhando para ele através do vitral da porta, que fazia suas costas parecerem um arlequim quebrado.

Ouvi um riso abafado vindo de trás do balcão.

Jesus, disse, balançando a cabeça, a voz embargada pelo nervosismo. Aquele acha que tem a verdade no bolso.

Aisha riu ainda mais alto. Olhei para ela, irritada: O que é?

Vocês são iguais.

Como? Eu não sou tão cheia de opiniões.

Ah, sim, vocês vão e voltam dos lugares com a mesma inquietação e depois acham que descobriram sabe-se lá o quê e que sua verdade se aplica a todos. Não é presunção, é que vocês querem muito que alguém lhes diga que estão certos. Como se isso fosse salvá-los de alguma forma.

Olhei para ela de esguelha: Quando foi que você ficou tão sábia?

Ela me lançou um olhar penetrante, ajeitando o véu.

Eu, sábia? Não, não, eu não viajei, sempre vivi aqui, não conheço o mundo, não posso ter noção da vida real, posso? Sou apenas uma muçulmana submissa a Alá.

Peguei uma tangerina de uma cesta no balcão e joguei nela. Ela a agarrou e mostrou o dedo do meio. Havia ressentimento entre nós, mas não só.

2.

Surpreendentemente, passaram-se semanas sem que eu percebesse. Em pouco tempo, estava me movimentando pela casa novamente como se nunca tivesse saído de lá. Voltei a dormir nua pelo calor que sentia, acordar com o sol que entrava pelas persianas e sentar à mesa em meu antigo lugar, aquele que tem vista para o mar. Sabia onde as coisas estavam: prendedores de roupa, sal, temperos, café, veneno para formigas, roupa de cama limpa. Sabia que pão comprar e quanto custava, sabia que remédio a vovó tinha de tomar, sabia o horário da Aisha no Sprar* e lembrava o número de telefone do café de cor. Foram necessários só alguns dias para voltar à rotina diária que eu havia me forçado a esquecer com tanto custo.

Às vezes, eu via você jogando baralho na mesa da cozinha, sempre sozinho.

Berta estava num estado de inconsciência. Havia trinta anos. Mas, naquele momento, percebi, talvez pela primeira vez,

---

*Sprar é Sistema de Proteção aos Solicitantes de Asilo e Refugiados, um programa social italiano constituído pela rede de autoridades locais que acessam o Fundo Nacional para Políticas e Serviços de Asilo para a implementação de projetos de recepção integrada, dentro dos limites dos recursos disponíveis. [N. T.]

que sua distância da realidade não era acidental, mas uma escolha calculada. Não foi sua morte que fez com que isso acontecesse. Desde que me lembro, Berta sempre viveu em um lugar onde não podíamos alcançá-la. Mas ainda assim era minha mãe, entende? E você estava morto e eu queria falar sobre isso. Queria falar com ela sobre isso. Queria contar-lhe — e isso me aterrorizou, porque eu suspeitava que ela era a única pessoa que entenderia — que eu tinha medo de que nada do que você me disse fosse verdade. Eu tinha medo de não saber realmente nada sobre você. Que eu tivesse dado às costas para a possibilidade de conhecê-lo, de saber de onde eu vim, de onde tirei certas coisas que me assustam, se você também às vezes via coisas que não estavam lá, se você também às vezes tinha dificuldade para respirar. Queria buscá-lo nas lembranças dela e em meus defeitos, para gostar deles. Queria construir um canal de comunicação com você do passado, para lhe dizer que me esperasse, que eu voltaria.

Não me lembrava da última vez que conversamos, mas à noite suas histórias me mantinham acordada.

Certa manhã, enquanto fumávamos na cadeira de balanço no jardim, no silêncio estridente do ferro e das cigarras, perguntei a Berta quem você era de verdade. Me arrependi na hora, porque a pergunta a despertou e ela se virou para me olhar como se tivesse acordado de um longo sono. O contraste com a Berta de sempre tornou seu olhar imóvel ainda mais grave.

Seu pai era um homem bom. Na maior parte do tempo, eu sentia que não o merecia, disse baixinho, com os óculos redondos e grossos, o cabelo prateado balançando ao vento e cada movimento leve acompanhado pelo tilintar de todas

as suas bijuterias. Um homem bom, mas também difícil. Ele era taciturno, solitário. Eu gostaria de ter contado a ele mais coisas do que contei em toda a vida, e gostaria que ele tivesse me contado muito mais, e coisas mais verdadeiras. Mas os casamentos bem-sucedidos são feitos de longos silêncios. Receio que eu não o tenha conhecido de verdade.
Berta sorriu. Ah, eu também, sabe. Mas isso importa? Acho que ele foi feliz, Mina. Sempre fomos muito cuidadosos em proteger um ao outro, em nos amarmos. Eu passei por muitos sacrifícios. Ele queria uma esposa, e eu fazia o papel de esposa. Eu adorava mimá-lo. Era meu único pensamento. Quando nos conhecemos, éramos duas crianças assustadas. Eu queria segurança, porque... bem, você conhece sua avó. E ele queria uma família, queria pertencer a alguém, a alguma coisa, queria ter filhos...

Ouvi-la dizer que era você quem nos queria não me surpreendeu. Não podia ter sido ideia da Berta, ela sempre nos tratou com muito descaso. A preocupação dela era você. Nós não passávamos de um desejo realizado.

Em um lampejo de consciência, ela me perguntou que tipo de mãe ela havia sido. Falou conjugando no tempo passado, como se estivéssemos admitindo que, desde que você morreu, não pertencíamos mais a ela. Talvez nunca tivéssemos sido realmente dela. Talvez a única coisa que nos unisse fosse sua presença pesada e estrondosa.

Eu lhe disse a verdade. Que tinha sido uma mãe distraída, totalmente tomada por suas próprias questões e, às vezes, ingenuamente má. A ingenuidade não era uma justificativa; pelo contrário, para mim parecia uma desgraça adicional. Sua ingenuidade de eterna criança forçou-me a ser cínica e desconfiada. Com quase trinta anos, parecia tarde demais para acreditar em qualquer coisa — e, no entanto, ao espiar de esguelha como ela receberia minha resposta, não pude deixar de pensar em quando ela nos ensinou a abrir os olhos embaixo d'água, nas caras engraçadas que fazia e em como se parecia, em momentos que agora escapavam da minha memória, com a pessoa que eu queria ser. Sempre invejei sua leveza. Procurava-a em outro lugar, fora de mim, e a confundia com a solidão, com a superficialidade. Não entendia que minha mãe não era nada leve — pelo contrário, estava presa àquele corpo que a traiu, que não a protegeu, que fez dela uma vítima. Por isso, havia se desligado da vida para não sentir. Ao observá-la agora, senti quase uma ternura resignada por ela: éramos tão solitárias que desejávamos e, ao mesmo tempo, temíamos qualquer forma de intimidade. E isso transformava cada interação entre nós em uma pequena batalha de mal-entendidos. Talvez ela não olhasse para mim para evitar ver a si mesma. Parecia que nos dizíamos: é assim que você é? E eu? Eu não sou assim. Ou será que eu sou?

Desde que você se foi, entendi que sua presença no mundo, e sua ausência, me definirão e mudarão dia após dia. Ser igual ou diferente de você nunca foi resultado do acaso, algo que simplesmente aconteceu comigo. Talvez seja por isso que eu sempre me senti tão dilacerada, como se estivesse sendo puxada pelos dois braços com tanta força que a pele se abria no meio do meu peito.

Sobre minha conversa com Berta, não disse nada a Aisha. Protegê-la tornou-se um hábito, como tudo o mais. Rapidamente adentramos uma intimidade atemporal, sem intenção. Eu me despia na frente dela, mostrava-lhe as pintas que me assustavam, as cicatrizes, os arranhões. Quando os pensamentos em minha cabeça se tornavam insuportáveis, eu a acordava no meio da noite e os confessava como uma oração. Ela não dizia nada, pegava minha mão e esperava que eu voltasse a dormir entre os pesadelos. Ela fazia xixi de porta aberta, e falava comigo com a calcinha nos tornozelos. Seu cabelo, sob o véu, estava ficando prateado. Ela me mostrava. Estávamos testando uma à outra, observando uma à outra, esperando por um julgamento que não chegava. Olhe, olhe para os pelos nas minhas axilas, minha preguiça, meu coração taquicardíaco, olhe para mim quando choro sem motivo, olhe para mim quando não sou coerente e não consigo cozinhar. Me deixe ver seus quilos a mais e sua teimosia, suas inveja, seus rancores. Ainda sou boa o suficiente para você? Somos irmãs agora?

3.

Eu queria levar minha experiência ao café — limpeza, cortesia e marketing direcionado. Mas nada do que eu havia aprendido na cidade funcionava no vilarejo. Colocar bandeiras do arco-íris para o Pride não significava nada aqui, e ninguém elogiava os avocados, que as pessoas ali comiam de colher, sem cerimônia. Ninguém se importava com fotos de comida para o Instagram. A única maneira de fazer algo acontecer era por meio do boca a boca, e a notícia já havia sido divulgada. Éramos o café dos imigrantes, ponto final. Fazer um branding da diversidade, como qualquer outra coisa, era uma estratégia que dava frutos na cidade. Tudo parecia um pouco ridículo aqui. Nem mesmo Aisha conseguia levar a sério minha retórica de *safe space* — um lugar onde todos podem ser eles mesmos, eu explicava com um ar de sabichona.

Mas já é o que somos, disse Aisha, um pouco impaciente com minhas invasões.

Sim, mas precisamos reivindicar esse lugar.

Reivindicar a quem?

Para nós mesmas! Para o vilarejo. Precisamos dizer que não temos medo de seus julgamentos.

Me parece que as pessoas pensam menos do que você sobre nós.

Então, será que é por acaso que ninguém se aproxima do café, ninguém que seja branco, exceto Nazim e uma ou outra pessoa da universidade? As pessoas aceleram o passo ao passar pela placa.

Aisha suspirou e desviou o olhar, como se o comportamento dos outros fosse de sua responsabilidade direta.

Meu olhar foi para uma foto pendurada em uma moldura de madeira atrás do balcão. Eram você e Berta parados na porta de entrada do café no dia da inauguração. Vocês estavam sozinhos, mas sorrindo, e pareciam felizes. Não se importavam com o que os outros pensavam? Eram tão fortes, tão despreocupados? Agora o revestimento branco está todo descascado, pai, e você não estaria mais sozinho, mas já não está mais aqui.

Acha que era mais fácil naquela época?, perguntei à minha irmã.

Aisha encolheu os ombros: Tudo era mais fácil nos anos 1980.

Eu estava prestes a retrucar quando um homem corpulento entrou, usando uma camisa polo preta, óculos escuros fora de moda, e um passo pesado. Eu o reconheci imediatamente, embora não o visse há anos. Ele cumprimentou Aisha em um tom desconfiado e lhe pediu um café. Aisha enrijeceu e olhou para mim com insistência — entendi que queria que eu a seguisse até a cozinha, e foi o que fiz.

Não diga uma palavra, ela murmurou. Vá lhe fazer um café.

Fui até o balcão e liguei a máquina. Vai demorar um pouco, disse em tom neutro, ela precisa esquentar.

Ele assentiu sem tirar os óculos. Pressa e dinheiro nunca tiveram, disse. Você é a irmã, não é? A que mora fora? Meus pêsames. Que coisa ruim, não é? Muito ruim. Seu pai era o único preto com quem se podia falar como um cristão, de verdade. Ele sabia brincar.

Engoli o insulto e a bile. Acenei com a cabeça.

Ele era diferente dos outros, o cara continuou, porque ele era respeitoso, sabe? Adequar-se é importante.

Aisha saiu da cozinha segurando um envelope e o entregou a ele.

Obrigado, querida, disse ele. Ao falar, parecia grunhir. Ouça, amanhã mataremos o porco e eu lhe trarei dois bolinhos fritos, está bem? Uma copa? Vamos lá, é por conta da casa.

Servi o café, ele bebeu sem açúcar, alongando o pescoço largo e esbranquiçado. Sempre deixe a máquina ligada, disse, esse café é uma merda. *Pi chistu 'stu postu 'i merda è votu*, por isso este lugar de merda vive vazio, não é? Vocês não conseguem nem fazer a porra de um café. E coloque *paninu cu satizzu*, sanduíche com linguiça, no cardápio, droga, que dá uma animada.

Aisha disse que acrescentaria o sanduíche de linguiça ao cardápio e manteria a máquina ligada. Agradeceu sem olhá-lo nos olhos.

Ele se virou para mim e perguntou, em italiano forçado: Quanto tempo você vai ficar?

Ainda não sei, respondi.

Ele assentiu, acenou para Aisha e saiu sem tomar o café.

Em uma tentativa de atrair estudantes universitários, comecei a transformar o ambiente em um *work space*. Coloquei livros e revistas antigos nas prateleiras para dar uma aparência mais intelectual, enfeitei os móveis, acrescentei detalhes modernos e encomendei on-line uma quantidade injustificada de acessórios da *Urban Outfitters*. Enchi as paredes com plantas e macramê que me custaram os olhos da cara. Liz adorava macramê, filtros dos sonhos e todas essas coisas de cânhamo trançado. E eu também, é claro.

Gosto do jeito como você está embranquecendo o ambiente, disse Nazim um dia, com um sorrisinho indulgente. Sentou-se em um pufe no canto e tomou seu chá, observando-me regar as plantas e afofar as almofadas. Virei-me para olhá-lo, chocada. Em uma onda de orgulho, tentei responder de forma gentil, mas tudo o que consegui foi dizer algumas frases gaguejadas e sem convicção.

Primeiro, estamos fechados. O que está fazendo aqui? E você, mais do que ninguém, está me acusando de *whitewashing*, você que é mais branco do que eu? Preciso lembrá-lo de qual de nós recebeu uma educação imperialista, paga generosamente pelos pais?

Nazim balançou a cabeça, divertido. Só o que estou dizendo é que, se Emma Watson e Wes Anderson tivessem uma filha adolescente apaixonada por Noam Chomsky, esse seria o quarto dela.

Jesus, como você é pretensioso. E além do mais, o que filtros dos sonhos têm a ver com o Magrebe?

Imagino que você seja *cool* demais para seguir tendências, certo? Aposto que você compra linho no mercado e depois o costura à mão, e também aposto que em casa você não tem plantas, apenas móveis que herdou, colunas de livros empilhados no chão e nenhuma televisão, porque você é *cool* demais, ah, demais mesmo, para assistir à TV. Por outro lado, você tem uma assinatura da *Internazionale* e da *New Yorker, no* mínimo.

Ele começou a rir e eu o encarei. Sua presença me deixava nervosa. Ele era tão imperturbável, tão indiferente a todas as coisas que até um momento antes eu considerava importantes e que, uma vez sob seu olhar, pareciam superficiais e inúteis. Eu também me sentia superficial e inútil — como poderia lidar com ele de igual para igual? Ele era mais instruído, mais rico, mais altruísta, mais generoso — sentia que ele conseguiria me dobrar, e eu não queria. Não queria me conformar com sua maneira de pensar; na verdade, queria que ele soubesse que eu não estava nem um pouco impressionada. Procurava um confronto com ele. Seus olhos, tão vorazes e conhecedores quando olhavam para mim, me fascinavam, me irritavam e, acima de tudo, me viam, eu que tinha feito da invisibilidade minha marca registrada.

Estou só tentando criar um lugar que também tenha a ver comigo, disse, encarando-o.

Tudo isso... faz você se sentir mais em casa?, perguntou, apontando para as plantas e o macramê. Meu orgulho caiu por terra imediatamente.

Suspirei. Não. Fiquei em silêncio por um momento, depois acrescentei: Casa é uma palavra muito perigosa. Eu me arrisquei a olhar para ele, não parecia confuso com aquela afirmação.

A casa como uma gaiola?, sugeriu.

Como uma caixa de vidro, quando estou dentro dela, todos me olham de fora. Na cidade, pelo menos, ninguém olha para mim.

Minha voz ficou rouca. Senti uma dor no tórax e, instintivamente, uma mão voou para o peito para contê-la. Nazim se levantou, com um lampejo de preocupação nos olhos. Você está bem?, murmurou, buscando meu olhar. Me apoiei nele por um momento e depois o afastei.

Não se preocupe. Tem sido assim desde que voltei, tenho esses flashes constantes, sinto como se meu peito estivesse se retorcendo. De vez em quando, o vejo, sentado ali. Apontei para a mesinha com o tabuleiro de xadrez. Mal consigo respirar. E então me vejo criança, os pés pendurados em uma das cadeiras do balcão, e nos vejo gargarejando com chá, e penso em todas as coisas que ele me contava sobre sua vida antes, todas as coisas que não sei se existiram, e fico com a dúvida de que talvez eu também não exista.

Houve uma pequena pausa, e nenhum de nós parecia saber o que dizer. Nazim manteve distância e olhou para mim com incerteza. Então, pareceu tomar uma decisão.

A última missão foi desafiadora, começou, estranhamente sem olhar para mim. Nos seguraram em alto-mar por quinze dias à espera de autorizações. Passou a mão no cabelo e acendeu um cigarro. Era a primeira vez que o via nervoso. Veja, a adrenalina de um resgate é como uma droga. O perigo, o desespero, o medo, o alívio, a gratidão. Permanecem com você por um tempo — você se sente como um deus, responsável pela vida e pela morte das pessoas. Depois vem o tédio. A espera. Não sou uma pessoa paciente. Sei que o que faço nos navios não faço para os outros, faço para mim. Culpa, ou onipotência, não sei, mas não consigo evitar, e é difícil, então, ficar olhando para o mar vazio. Eu me torno agressivo. Então, uma noite... Os curdos estavam brigando por cigarros, não havia o suficiente para todos. Os curdos estão sempre brigando, eles têm a guerra na cabeça. E me odeiam, porque sou turco... Ninguém os ajudou quando precisaram. Eles me provocaram, e eu mal podia esperar.

Soltou uma baforada de fumaça e olhou para mim, encolhendo os ombros com uma expressão de culpa. Dei um soco em um rapaz que já havia chegado aqui sem um olho e com sarna na pele. Ele devia ter no máximo dezenove anos, estava desnutrido e desidratado. Um espetáculo doloroso: um homem adulto, privilegiado e educado no chão brigando por alguns cigarros com uma pilha de ossos. Quando atracamos, eu sabia que aquela seria minha última missão, pelo menos por um tempo. Portanto, agora estou aqui para zombar de você e fingir que não tenho nenhum problema.

Coloquei uma mão em seu ombro e senti os músculos de seu pescoço relaxarem sob meus dedos. Tocá-lo era uma coisa simples.

Contou que havia conhecido Aisha no centro de atendimento, um prédio em ruínas cheio de pessoas desesperadas e de boa vontade. Os fundos regionais sempre chegavam tarde e nunca eram suficientes. As pessoas do vilarejo mal conseguiam se ajudar, mas faziam um esforço incrível para não deixar ninguém para trás; havia algo profundamente cristão em resgatar outras pessoas do mar — algo evangélico em que as pessoas acreditavam. Os imigrantes não eram tratados como iguais, eles eram um projeto de caridade, e isso era o suficiente para mobilizar cristãos, da maneira desorganizada e desajeitada de uma população que nunca acreditou em legalidade, burocracia ou ajuda governamental, distante como sempre esteve do olhar preguiçoso de Roma. Para todas as necessidades, as pessoas contavam com os clãs e com Deus.

Uma vez fora de perigo, os imigrantes eram despejados nas ruas como água suja, ignorados, marginalizados e deixados para morrer de outras mortes. Essa era a maneira cristã de salvar o próximo.

Um silêncio confortável se estabeleceu entre nós. Era agradável estar assim com Nazim. Olhei em volta e, por um momento, pensei que não havia nada de errado com aquele lugar e que eu não tinha o direito de mudá-lo.

Meu pai lhe contou sobre o café em Derb Sultan onde ele costumava ir com os irmãos?

Nazim sorriu: Ah, sim! Ele disse que era terrível, como o café de um posto de gasolina de rodovia. Sujo, com cadeiras e mesas de plástico... Não tinha nada daquilo que nós acreditamos que seja um estilo marroquino. Me dizia...

Eu o interrompi: "A pobreza, quando você olha, é igual em todos os lugares".

Isso mesmo!, ele assentiu, divertindo-se.

Que besta, eu ri. Havia algo leve em minha respiração. Quando eu não queria comer macarrão com feijão, quando era criança, ele se aproximava do meu rosto sério e dizia num tom gélido: "Eu passava fome na sua idade".

Mas é verdade! É verdade que a pobreza é a mesma em todos os lugares, se quisermos ver.

Sim, mas por que alguém iria querer ver?

Ele pegou um macramê e o mostrou para mim, desafiadoramente. O que são esses objetos? Apenas um meio de provar alguma coisa. Mas a quem você tem que provar isso, e por quê? Você acha que alguém realmente se importa?

Não sei, admiti, e imediatamente voltei ao labirinto habitual de obsessões. Eu havia me esforçado tanto para me tornar uma pessoa que pudesse ser considerada íntegra, mas não sabia mais por que fazia certas coisas em vez de outras, por que às vezes chorava quando deveria estar feliz ou por que muitas vezes me via trancada no banheiro no meio de uma festa, me perguntando: onde estão as lâminas de barbear?

Você ficou dispersa, me despertou Nazim, pegando minha mão entre as suas. Seu toque era quente e leve. Senti aqueles dedos ásperos até meus ossos. Tudo foi amplificado. De repente, parecia que eu estava cercada por uma multidão que me observava, conversando entre si, como se estivessem em uma aula de anatomia na qual eu era o cadáver. Havia uma luz forte brilhando sobre mim e seus rostos estavam ora surpresos, ora descontentes. Diziam coisas maldosas que eu não conseguia entender. Queria saber o que eles estavam dizendo, mas também não queria.

Tem gente demais, sussurrei, escondendo o rosto entre as mãos. Eu os vejo lá também.

Emaranhada como estava, deixei-me guiar por suas mãos, que descansavam firmemente em meus ombros. Nazim me levou até o terraço, depois desceu os degraus da palafita e, finalmente, chegamos na areia, onde, com um leve empurrão, me convidou a sentar. Tirou meus sapatos e meias e passou a areia molhada nas solas dos meus pés.

Sinta os grãos de areia. Como são?

Seu cabelo caía sobre o rosto. Não me encarava, não me convidava a segui-lo. Apenas ficou ali parado. Fechei os olhos.

Molhados, resmunguei, minha voz baixa e incerta. Alguns são um pouco pontudos, me fazem cócegas.

Ele colocou as mãos em concha e molhou meus pés com água salgada. Está fria, eu disse, me faz sentir o vento.

E depois? Que barulhos você ouve?

O som das ondas.

Descreva-o para mim.

É lento, o mar está calmo e arrasta as pedras ritmicamente. É como um lamento.

E depois?

E depois... Há as gaivotas. As cigarras. Há o cheiro de sal e peixe. Alguém está cozinhando com a janela aberta. Ouço vozes ao longe, talvez uma TV ligada.

Abri meus olhos úmidos e olhei para ele com um meio sorriso: Não estão falando de mim.

Ele balançou a cabeça e sorriu de volta. Depois se levantou, sacudindo a areia, e estendeu-me a mão.

4.

Desde que voltara, não falava com mais ninguém da minha vida anterior, exceto Liz. Como se eu tivesse sido repentinamente varrida da memória da cidade, minha sombra encolhia, iluminada por um eterno meio-dia. Havia pedido demissão por e-mail, recebera uma resposta padrão copiada e colada, com meu último recibo de pagamento anexado. Meu andar invisível pelas esquinas das ruas, no barulho e no silêncio, agora resultava em uma expulsão sem resistência, com gosto de abandono — mas eu não entendia quem havia abandonado quem. Eu me senti deixada para trás, apesar de mim mesma.

Acima de tudo, sentia falta da Liz. Sentia sua influência evaporando da minha pele queimada pelo sol, e isso me aterrorizava. Agarrava-me à sua imagem como se, quando ela desaparecesse, eu também fosse desaparecer junto com tudo aquilo que eu achava que havia me tornado. Estava obcecada pelo Instagram dela. Ficava olhando as fotos do *feed*: no teatro, no museu, em parques, em mercados, em festivais de verão, nos grandes espaços ao ar livre, grandes, é claro, mas não maiores do que o mar. Eu não dava nenhum like nas postagens e via os stories com um perfil falso. Não queria que ela soubesse o quanto eu estava interessada nela, como sua vida havia se tornado a régua pela qual eu media a minha.

Ela parecia ter perdido peso. Eu fazia capturas de tela de suas fotos e, em seguida, dava zoom e as comparava com fotos do passado. Seu corpo me fazia odiar o meu. Se ela se marcava em um lugar, eu o procurava no Google Maps e me imaginava lá com ela. E também não queria falar com ela. Não queria que ela me perguntasse como eu estava. Não queria contar que você estava morto, não queria que ela me visse em minha dor. Continuamos trocando mensagens cada vez mais vazias e cada vez mais raras. Ela me ligou algumas vezes, mas eu sempre tinha uma desculpa para não atender, e ela rapidamente parou de tentar. Disse a mim mesma que o que eu queria esconder, ela não queria ver. Sempre foi assim entre nós.

No entanto, um dia, do nada, ela me escreveu dizendo que ia alugar meu quarto para outra pessoa. Eu havia desaparecido sem avisá-la quando voltaria e não me preocupei em mantê-la informada. Não era uma questão de dinheiro, eu pagava um aluguel simbólico, mas talvez outra pessoa precisasse de uma acomodação que eu não estava usando. Ela me apresentou aquilo como um gesto altruísta. Puta hipócrita. Perdi a paciência, disse a ela que você estava morto e que minha mãe não estava comendo, esperando que ela se sentisse envergonhada e constrangida e desistisse da discussão — mas a conversa tomou um rumo inesperado.

Atendi à chamada no primeiro toque e ouvi seu uivo: Eu sabia! Eu sabia! Você é uma sociopata, Mina, você é louca pra caramba!

Eu a deixara sozinha e só estava preocupada em lhe dizer como estava indo bem, mas como é que eu estava indo tão bem se meu pai estava doente? Ela sabia que algo estava acontecendo e que eu a estava mantendo fora da minha vida. Parecia irritada e magoada. Nunca pensou que nossa troca fosse tão superficial, mas talvez esse nível de proximidade fosse o único que conhecíamos.

Sinto muito, eu disse, rendendo-me ao jogo que havia ajudado a estabelecer. Desculpa, eu estava desnorteada. Enfim. Você pode imaginar.

Ela me disse com calma controlada: todos nós temos nossas dores. Minha dor, no entanto, não sabia se comportar: havia devorado tudo, até mesmo a parte da Liz — como quando eu estava na escola e meu cotovelo ultrapassava a barreira construída com os estojos. Eu havia transbordado. Minha dor tinha inchado dentro de mim e tornara-me um estorvo. Tornara-me egocêntrica, parecia não me importar com a vida que havíamos compartilhado. Éramos amigas, mas ela estava no balanço e eu a empurrava. Quem a empurraria agora? Esse era um problema que eu deveria ter considerado?

Me desculpei, me desculpei, me desculpei até ela se acalmar. Prometi que daquele momento em diante seria honesta. Perdê-la me aterrorizava. Era verdade o que ela disse: eu não me importava com ela — mas me importava comigo em relação a ela, na frente dela. Liz era a cola que mantinha unidos todos os elementos díspares com os quais eu havia me construído. Eu já não tinha muito a dizer sobre o último álbum do Haim e sobre o que ele representava para o empoderamento feminino no rock, ou sobre a autoficção de Annie Ernaux, ou sobre um feriado emendado com final de semana para fazer caminhadas na Noruega. Não podia me permitir me afastar ainda mais.

Arrastei-me até o café em um estado de confusão. Lá encontrei Mahdi, que sorriu para mim. Ele parecia feliz em me ver e imediatamente me perguntei por que, o que ele queria de mim, o que eu deveria fazer para agradá-lo. Eu estava muito triste, mas não queria esconder nem falar sobre isso. Por isso, investiguei sua dor, e ele permitiu que o fizesse com uma gentileza que eu não merecia.

Eu lhe perguntei se ele estava feliz por estar ali. Era possível ser feliz em um lugar como aquele?

É um lugar calmo, disse ele.

Calmo, eu repeti.

A calma cura... Suspirou e olhou para mim de soslaio. Mas se ao menos eu pudesse ir para casa... Sonho com isso à noite. Percebi um tremor em sua voz, e ressentimento também. Sinto isso em mim quando estou mal, quando estou com sono, quando volto a ser uma criança. Todas as coisas mais feias e mais bonitas em mim vêm de lá. Voltaria até a pé se pudesse.

Ele ficou em silêncio, e eu desviei o olhar. Ao contrário de mim, ele não tinha medo de seu sofrimento.

Sei que tenho sorte, disse ele de repente, lentamente. Tenho sorte porque estou vivo. E talvez, quem sabe, eu viva bem aqui. Estarei seguro, terei possibilidades que não teria em casa, mas serei uma pessoa completamente diferente. Já posso ver isso, está acontecendo agora. Na verdade, já aconteceu. Não sou mais quem eu era quando saí, meu corpo está diferente, minha mente está diferente. Serei outra pessoa e terei outras coisas, mas nunca terei de volta o que eu era, o que eu tinha.

Assenti, enxugando os olhos. Olhei para a mesa com o tabuleiro de xadrez, que sempre me lembrava de você. Ele me perguntou se eu pensava neste lugar quando estava fora.

Sempre, respondi, sempre penso.

Sentia falta?

Balancei a cabeça. Não era tanto uma falta, tentei explicar, mas uma presença incômoda da qual eu não conseguia me livrar.

Eu gostaria de esquecer minha mãe como a vi pela última vez, disse Mahdi, com a voz baixa e culpada. Magra, com os ossos despontando para fora da roupa, os olhos vítreos perseguindo apenas a memória. Gostaria de me lembrar dela como na época em que brincávamos de polícia e ladrão, quando éramos crianças e ela nos perseguia rindo e sempre nos deixando ganhar. Os olhos dela brilhavam, ela era linda e a vida era simples. Gostaria de pensar na minha casa desse jeito. Mas quando fui embora, já não era assim.

Contudo, você voltaria.

Sim, mas não faria sentido, pois a casa não existe mais. Ele queria ter sido arquiteto, disse, esperava se inscrever na universidade. Disse-lhe que ele deveria ir para o Norte ou para a Alemanha, pois lá ele poderia realizar seus sonhos; aqui não havia nada para ninguém, e ele não devia desperdiçar todos os seus sacrifícios ficando naquela praia que guardava os mortos.

Respondeu que não se importava com o sucesso, que tudo o que realmente precisava era de uma vida tranquila, alguns amigos, um lugar onde pudesse construir algo pequeno e doce que pudesse chamar de presente. Mesmo o simples fato de estudar parecia um privilégio para ele: ele poderia ir à aula, Aisha mudaria seu horário de trabalho para que ele pudesse também trabalhar para se manter. Se não conseguisse se tornar um arquiteto, continuaria trabalhando no café, onde a memória de sua mãe era como a memória de tantos outros, onde ele não se sentia obrigado a honrar nem a reivindicar a morte, o medo e a incerteza de seus irmãos. Disse que sua maior alegria era a ideia de estudar pelo prazer de estudar. Um desejo revolucionário, de certa forma. Ele me disse que a vida, toda, lhe parecia um grande presente. Disse que esperava ansiosamente pelo tédio, que havia sentido emoções por toda a vida e que gostava da ideia de uma felicidade tranquila.

Sabe aqueles momentos que são tristes e bonitos, disse ele. Como quando você vê duas pessoas idosas caminhando de mãos dadas. Ou quando você encontra alguém que não vê há muito tempo, que não está mais em sua vida, mas quando se veem, param para conversar e ficam felizes por terem se encontrado, como se nada tivesse mudado. Ou quando um cheiro faz você lembrar de algo de quando era criança e você não consegue identificar o que é, mas sente saudades. Quero vivenciar coisas assim. A passagem do tempo. A passagem do tempo é um presente de Alá.

Entraram algumas pessoas. Mahdi me deu um sorriso de simpatia, talvez de compaixão, e se afastou. Entre nós dois, eu era a pessoa perdida, a expatriada. Talvez ele sentisse ter duas pátrias — embora imperfeitas, inatingíveis, sofridas, sacrificadas. Eu, nenhuma.

Eu não conseguia parar de pensar na Liz.

Certa vez, ela passou uma tarde inteira mexendo no fogão com grande alarde. Eu me sentei à mesa da cozinha e a ajudei o mínimo que ela me permitiu. Mas também não podia sair do lado dela, tinha que testemunhar seus esforços em meu favor. Ela colocou a comida na mesa com muito cuidado, usando tigelas temáticas que havia comprado para a ocasião. Seu gosto era impecável e ela sempre postava nas redes sociais fotos de cerâmicas, xícaras, centros de mesa, tábuas de corte e copos, vasos com frutas, legumes, flores frescas compradas no mercado orgânico, vendidas direto pelo produtor. O que é belo também é bom — e ela queria ser boa.

Havia escrito em uma folha de papel branca, em caligrafia de estudante, o cardápio de fusion curdo-palestino que me serviria, com uma discussão detalhada sobre a origem dos pratos e seu valor político. Ao preparar as porções, ela colocou em minha tigela o dobro da quantidade que colocara para si mesma, e depois passou dez minutos fotografando-a de vários ângulos. Publicou as fotos no *feed* com uma legenda bem longa sobre o poder da culinária de unir as pessoas e o que isso poderia significar para as famílias forçadas a fugir de suas casas por causa dos conflitos no Oriente Médio. Pensamentos muito profundos, enquanto eu só conseguia pensar na fome que estava sentindo. Finalmente se sentou, apoiou os cotovelos na mesa, com o rosto sobre os punhos delicados, e me encarou. Vamos, coma, ela me incentivou.

Eu disse: Coma você também. Mas ela já havia provado os pratos durante a preparação e agora não estava mais com tanta fome.

Enfiei uma garfada de *mansaf* na boca, esforçando-me para mastigar lentamente. Não me sentia à vontade, mas também me sentia muito grata, porque ela era minha amiga e havia cozinhado para mim, doando seu tempo. Não me perguntei o que ela receberia em troca. Ela continuava a me encarar enquanto eu comia. Tinha medo de seu julgamento e a observava para ver quando seria apropriado parar.

Você quer mais?, ela perguntou.

O que ela achava de mim? Achava que eu era uma gorda, eu tinha certeza disso. Uma gordinha tola, ingênua, provinciana, desajeitada, gananciosa e insignificante. Na maneira como ela se dirigia a mim, eu via todos os meus defeitos e sentia-me envergonhada por eles. O que eu não percebia, no entanto, era que, ao me perguntar se eu queria comer novamente, Liz não estava pensando em mim: estava concentrada em si mesma, nos pratos que havia preparado, em como eles pareceriam aos olhos da comunidade e em como *ela* se pareceria. Talvez quisesse minha aprovação, ou talvez quisesse aprender a ser uma família. Talvez quisesse me dizer que também se sentia solitária às vezes, mas eu estava concentrada demais em mim mesma para perceber isso. De certa forma, nós duas éramos egocêntricas: ela pensava em como se mostrar — generosa, capaz, criativa, maternal, atenciosa, amigável, interessante, multicultural, educada, brilhante —, e eu pensava em como ela me via, que no fundo era como eu me via.

***

Senti uma mão acariciando minha nuca. Pensei: aí está você, veio me ver. Mas não era você.

Nazim sentou-se ao meu lado. Quer jogar?, perguntou, com um baralho de cartas napolitanas nas mãos. Assenti, cheia de gratidão. Sentamos um de frente para o outro e começamos nosso jogo.

Como está se sentindo hoje?

Perguntou olhando para mim com seus olhos sempre divertidos. Estava usando uma camisa de linho branco com gola oriental, da qual escapava um tufo espesso de pelos. Por um momento, pensei que gostaria de passar a mão ali no meio, afundar meu rosto em seu perfume no início da manhã, ainda sonolenta.

Ele apoiou o rosto em uma das mãos, como um bebê se embalando. Era tão gentil consigo mesmo — eu me perguntava se ele tratava todos com quem falava dessa forma. Fiquei imaginando se ele seguraria meu rosto com tanta ternura em suas mãos.

Péssima, respondi com sinceridade. Mais uma vez senti seu olhar me abrindo como uma ostra, não entendia o que estava acontecendo comigo — eu não parecia mais capaz de mentir, de me proteger, me esconder. Contei-lhe tudo sobre Liz, sobre nossa amizade, sobre como eu achava que era na cidade, como sentia que era ali, e o quanto isso me desconcertava, como era diferente do que eu me lembrava, de meus rancores. Disse, no entanto, que não entendia por que sempre acabava respondendo às suas perguntas. Essa última afirmação o fez sorrir.

Será que estou louca por não saber quem eu sou?, perguntei, escondendo-me atrás das cartas do baralho.

Nazim balançou a cabeça e descartou uma carta que deveria ter guardado. Ele não tinha nenhuma estratégia de jogo e claramente não se importava em ganhar.

Você sente falta dele, do seu pai?
Dei de ombros e empinei o nariz. Não, disse.

Era normal para mim não o ver, não o ouvir, não pensar em você. Durante meu dia, você era apenas um reflexo enganoso. Mas saber que eu nunca mais o veria, que estava tudo acabado para nós. Que eu não poderia mais lhe dizer que sentia medo ou perguntar se você estava orgulhoso de mim. Que não poderia mais sorrir para você em busca de um abraço fugaz, ou de um beijo rápido na testa enquanto você bagunçava meu cabelo, que não poderia mais sentir sua mão na minha nuca para me acompanhar.

Às vezes, eu pensava: mais cedo ou mais tarde, nos encontraremos novamente e eu o perdoarei e tudo ficará melhor. Eu o perdoarei por ter deixado mamãe nos machucar tanto. Eu o perdoarei por sua indiferença, ou covardia. Eu o perdoarei e então seremos felizes, talvez. Eu o visitarei quando for velho e tirarei sarro de seus movimentos desajeitados, e será uma coisa pacífica, sem rancor. Também perdoarei Berta, perdoarei a todos. Então será mais fácil voltar. Um dia, quando estiver pronta.

E seu pai?, perguntei a Nazim. Você sente falta dele?
Ligo para ele uma vez por semana. Falo com minha mãe ao telefone, mas sei que ele está lá ouvindo. E quando minha mãe me pergunta se estou bem, se tenho dinheiro suficiente, se preciso de alguma coisa, sei que é ele que está perguntando, na verdade.
Por quê?
Porque minha mãe sabe muito bem que sou eu quem envia o dinheiro para eles agora. Meu pai sempre adminis-

trou os negócios, mas é ela quem suja as mãos com o dinheiro. Quando o dinheiro era abundante, ela investia, mas agora que é pouco, ela poupa e não tem escrúpulos em arranjá-lo onde puder — vende joias, propriedades, o que quer que seja. Sempre foi uma mulher muito prática. Forte. Meu pai, por outro lado, nasceu em uma família modesta que tinha como objetivo ficar rica. Para ele, o que as pessoas pensam é uma obsessão, a imagem é tudo.

Foi por isso, perguntei, que ele o enviou para estudar na Inglaterra? Para ficar bem na sociedade?

Sim. Ele tinha essa ideia romantizada da Europa, sabe, a história, a arte. Queria pertencer. Mas nunca pertencemos — não completamente.

Você não gostou de seu tempo em Cambridge?

Eu era o *poster boy* muçulmano do meu ano — e sou ateu, mas vá explicar isso a eles. Para eles, os turcos são todos muçulmanos, todos misóginos, todos homofóbicos, todos fumantes inveterados, tagarelas e trapaceiros. Eu fazia parte da cota de diversidade junto com uma dúzia de outras pessoas, éramos exibidos como peixes no mercado, todos queriam falar conosco para mostrar o quanto eram progressistas, e todos falavam comigo com evidente paternalismo, sem realmente querer me conhecer. Nunca me senti tão solitário em minha vida. Mal podia esperar para voltar para casa... Mas pelo menos aproveitei a oportunidade para estudar minha cultura, algo que sempre negligenciei quando jovem. Foi bom enquanto durou.

Ele olhou para mim com um olhar confuso e passou a mão no cabelo, bagunçando-o ainda mais. O que foi?, perguntou, nervoso. Por que está me olhando assim?

Não estou olhando para você de forma alguma, menti, tomando um gole do meu chá.

Nazim habitava suas memórias e seu presente com a mesma certeza de si, que eu inicialmente acreditava ser arrogância, mas que, em vez disso, era um certo tipo de leveza, talvez o tipo que eu buscara durante toda a minha vida. Você parece tão... Não sei. Despreocupado. Não sei como você faz.

Ele começou a rir. Despreocupado. Você acha que eu faço esse trabalho por altruísmo, né? Ele se aproximou um pouco mais de mim e baixou a voz: Sabe o que eu gosto em ser um salvador branco? Os salvadores brancos não precisam mesmo se preocupar com nada: eles são tão heroicos, tão fora da vida normal, que não precisam funcionar como qualquer outro ser humano, não é? E não estou falando apenas de lavar a roupa e a louça, comer em horários regulares, enfim, cuidar de si e do decoro geral da vida. Estou falando de ter uma casa, amigos, um relacionamento. Não consigo pensar ou sentir nada. Não consigo fazer planos, não consigo tomar uma única decisão. Estou paralisado.

Ele tinha uma expressão orgulhosa e impaciente ao mesmo tempo. Sem pensar, coloquei minha mão sobre a dele. Ele a pegou e encostou em sua bochecha. Sua barba eriçada pinicou minha pele. Aproximei-me mais. Ele tinha cheiro de mar.

Ah, já ia me esquecendo, murmurou. Enfiou a mão no bolso e tirou um saco de papel, que me entregou. Estava cheio de amêndoas torradas. Emanavam um aroma penetrante, amadeirado e doce. Coloquei uma em minha boca. Era diferente das que eu comia na cidade, que tinham gosto de sal ou abóbora. O sabor monopolizou meus sentidos por alguns segundos. Era como colocar a cabeça debaixo d'água. Passei-a sobre os dentes, embaixo da língua. Chupei e depois mordi.

Fui dar uma mão em Lampedusa e estava pensando em você, disse ao se levantar, queria lhe trazer algo para adoçar sua estadia forçada. Disse a última palavra com uma ironia quase imperceptível.

Você estava pensando em mim?, perguntei, surpresa.
Ele desviou o olhar e limpou a garganta.
Sabe o que faria você se sentir melhor?
O quê?
Ele abriu um largo sorriso: Me encontre aqui amanhã às quatro horas. E desapareceu antes que eu pudesse perguntar qualquer coisa. Ele era sempre tão reservado em suas aparições, como se pudesse suportar apenas alguns minutos de intimidade de cada vez.

Voltei para casa, comendo as amêndoas uma a uma, lentamente. Parei e fiquei olhando para uma pequena viela entre duas casas, com vista para o mar. Era possível ouvir o gorgolejo da água afundando sob as rochas. Quando éramos criança, você nos dizia que aquele gorgolejo era o estômago do mar digerindo peixes e pessoas. É por isso que eu nunca conseguia nadar até a boia. Os gatos estavam atirados num recorte de sombra precária. Sentia o calor do asfalto sob meus pés. Sentia.
Em casa, encontrei minha avó sentada com Magda no jardim, jogando buraco. Elas estavam vestidas do mesmo jeito, com camisas de manga curtas compradas na feira numa daquelas ofertas de quatro por três. Seus corpos nadavam nelas, plácidos e macios.
Sinto falta do seu pai, disse minha avó, olhando para mim. Com ele, era um jogo de verdade.
Sentei-me ao lado dela e peguei suas mãos. Estudei suas veias grossas e os nós dos dedos retorcidos, suas cicatrizes e rugas. Depois descansei meu rosto na palma da mão dela e fechei os olhos. Ela cheirava a sabão.
Todas as mulheres da minha família sobreviveram a uma ou mais guerras e carregavam suas feridas. Quando criança, minha avó tinha visto os nazistas atirarem nas pessoas com as

mãos e a testa contra a parede, de modo que elas nem conseguiam ver o céu antes de morrer. Ela ficou assustada a ponto de se mijar de medo, e não foi só uma vez. Tinha visto o presente flutuar como um vórtice. Não acreditava no amanhã. Quando adulta, ao entender o que ela havia feito na casa dos vinte anos, nunca lhe perguntei se havia matado e qual havia sido a sensação de dormir com uma arma. Ela me assustava, mas havia uma ternura secreta entre nós. Era uma mulher de poucas palavras. Criara apenas uma filha, com frieza estoica, crueldade, sem sentimentalismo. Comprava o *L'Unità* todos os dias, depois o *Manifesto**. Ela sempre comia para manter as forças, mais do que por prazer. Não sei se já havia amado um homem, não sei se já havia amado alguém. Certamente não tinha sido uma mãe para Berta, mas não conseguia guardar rancor em relação a ela, embora percebesse vagamente que esse era, de fato, o início de todo o meu mal. Mas como ela poderia amar, depois de ver tanta morte?

Ela não era doce, nem mesmo quando Berta dormia o dia todo. Às vezes, no entanto, quando estávamos com fome e Berta nos dizia que havia sorvete na geladeira, ela se levantava em silêncio e fazia almôndegas de berinjela para nós, a única coisa que sabia cozinhar. Quando tínhamos dor de dente, nos levava ao dentista. No entanto, quando uma vez Berta esqueceu o horário de uma excursão escolar, nos atrasamos e perdemos o trem, e eu chorei durante toda a semana seguinte, ela me disse para parar de reclamar. Minha avó era assim: ela só pensava em sobreviver. Ensinou-me a consertar roupas, a fazer uma mochila improvisada, a montar uma barraca, a quebrar pinhas com pedras para comer os pinhões, a enfaixar uma perna ou

---

*Jornal italiano publicado em Roma, fundado em 1969. Embora se autodenomine "comunista" e seja amplamente de esquerda, não está ligado a nenhum partido político. [N. T.]

um braço, a usar camisinha, a ler o tarô, a acreditar na sorte e a rir na cara de Deus, a desprezar a riqueza, a desconfiar de quem não tem medo. Quando menstruei pela primeira vez e Berta apontou para minhas calças manchadas de sangue com uma risadinha, vovó me fez ficar em frente ao espelho com as pernas abertas, sem calcinha, e me ensinou a me estudar para me conhecer melhor. Ela me disse que nós, mulheres, nos assustamos, mas aquela escuridão, aquela escuridão de trevas entre minhas pernas era minha, e era meu dever saber exatamente o que havia ali, quem eu era e quem eu me tornaria. Tinha que saber que sobreviveria ao tempo e à perda. Não bastava olhar uma vez. Tinha de fazer isso com frequência. Ela me disse que também olhava para a boca, procurando por si mesma. Estamos escondidos onde há escuridão.

Gostava de ler em voz alta. De manhã, ela dava aulas de italiano a Magda lendo, lendo e lendo, explicando-lhe com paciência o significado de cada palavra. Ela não era maternal, não era carinhosa, mas era generosa com seu tempo — especialmente com aqueles que não exigiam absolutamente nada dela.

Quando lhe disse que estava indo embora, ela não se surpreendeu — deu-me seu exemplar de *As pequenas virtudes*, de Natalia Ginzburg, disse que os britânicos são um povo de administradores sem gênio, para não me deixar arrastar para sua loucura capitalista, para a mentira da meritocracia — e que eu tinha que cuidar da minha alma, sempre me agarrar a ela.

Seu bisavô era camponês, filho de camponeses, disse, e foi a melhor pessoa que já conheci. Nunca leu um livro, eu lia para ele, e nem todos os livros ele entendia, mas ele entendia o que era importante. Nunca se deixe convencer de que o essencial é algo acessível apenas a alguns. Não acredite em ninguém que lhe diga que ambição é querer fazer parte da classe dos eleitos. Ser quem você é, Mina, essa é a única ambição.

Depois, deu-me um batom Chanel e algum dinheiro, dizendo para usá-lo comprando flores e colocando tudo no túmulo de Karl Marx, enterrado no cemitério de Highgate. Gastei o dinheiro em cerveja, guardei o batom para mim e não pensei mais em suas recomendações.

Tive que confessar isso a ela naquele momento, e ela riu muito. Disse que havia passado a vida acreditando na luta de classes, mas que, secretamente, gostava de coisas bonitas e, em especial, daqueles batons caríssimos, que não eram de forma alguma melhores que os normais, mas que enganavam bem. Ela se envergonhava dessa vaidade inocente. Achava que, ao sacrificar seu batom favorito à memória de Marx, chegaria a um acordo com suas próprias inconsistências.

Em vez disso, esse batom foi usado para beijar uns caras. Colocou a mão em minha cabeça, mas a manteve imóvel, não foi uma carícia. Sabe, pequena, estou feliz por você ter voltado. Você foi atrás de si muito longe de casa.

Dei uma olhada em suas cartas do baralho. Este valete é uma duplicata, vovó.

Ela balançou a cabeça e colocou um dedo nos lábios: Cale-se, Magda não percebe…

Então virou-se, os olhos brilhando: Você se encontrou?

Dei de ombros: Às vezes, consegui vislumbrar alguma coisa.

Ficamos em silêncio por algum tempo, então perguntei a ela: Você acha que papai se arrependia de ter ido embora?

Vovó olhou para mim com espanto: Por que está me perguntando isso?

Encolhi os ombros, olhando para o pé de tangerina que você plantou quando eu nasci. Ele parecia estar se saindo melhor do que eu.

Às vezes, acho que é impossível evitar a dúvida sobre o que teria acontecido se tivéssemos ficado. E isso me aterroriza.

Vovó pensou sobre isso por alguns segundos e, quando falou, tinha uma voz firme. Joguei baralho com aquele homem todas as noites durante trinta anos e sabe o que percebi sobre ele? Não foi um lugar que fez dele o homem que era. Ele carregava sua casa nas costas, como fazem os caracóis. Quanto a você... Ah, Mina. Você deu uma boa olhada na sua boca? Comecei a rir envergonhada e não consegui responder. Ela olhou para mim com seriedade: O que você sente quando olha no espelho? O riso morreu em minha garganta. Não podia dizer a ela que, quando me olhava no espelho, me sentia suja, evitava meu próprio olhar, me sentia invisível e, ao mesmo tempo, incômoda, inevitável. Em vez disso, eu lhe disse que, quando me olhava, não sentia nada em particular, como qualquer outra mulher que foi ensinada a amar, mas nunca a amar a si mesma.

Suas sobrancelhas eram brancas e finas. Quando ela franzia a testa, elas desapareciam como duas asas de gaivota sob a franja dos anos 1950, a mesma franja que ela sempre usara, porque pertencia à época em que as senhoras escolhiam um estilo de cabelo que se adaptava ao formato do rosto e o mantinham pelo resto da vida, sempre indo ao mesmo cabeleireiro, sem nunca precisar explicar como queria que o cabelo fosse penteado, porque ele sempre fazia do mesmo jeito.

Você ainda não se encontrou, comentou sem julgar. Pousou um dedo sobre o coração, batendo suavemente: Aqui dentro, não lá fora.

Foi nesse momento que Magda entrou na conversa. Na minha casa, disse, bombas. Tudo se foi. Ela fez um gesto amplo com as mãos, imitando a explosão que havia arrasado seu bairro. Depois, na Alemanha, continuou ela, os russos: a fome. Vocês conhecem a fome?

Vovó assentiu, com os olhos levemente lacrimejantes, e colocou a mão em seu braço, revelando uma intimidade que eu nunca tinha visto com ninguém.

Não havia nada, nada, murmurou Magda, levando um cigarro aos lábios finos, que acendeu com um fósforo. Ela soprou um filete de fumaça e depois o afastou com uma das mãos, como se quisesse afugentar as lembranças. Sem trabalho, sem comida. Frio. Nada. Mais tarde, de volta à Polônia. Nada. Ela balançou a cabeça. Minha família está lá. Meu filho, meu marido. Eu mando dinheiro. Na primeira vez, fiquei três anos sem voltar. Três anos sem meu filho. Pior que a fome, pior que o frio.

Ela era paga para cuidar da vovó, porque nós, eu, Aisha e Berta, tínhamos que ser livres para trabalhar e viver, ou não fazer nada.

O filho de Magda chamava-se Viktor, porque tê-lo, para eles, fora uma vitória e um sacrifício. Seu cabelo era longo e loiro, e o prendia na base da nuca com um elástico roxo que havia encontrado no chão do pátio da escola e guardava no bolso. Minha avó me explicou que Viktor odiava a mãe por não estar presente e odiava o pai por estar presente. Ele queria que fosse o contrário, mas, na verdade, não sabia se sua vida seria mais feliz. Estava apaixonado por um colega de classe e, por isso, se punia com o pior dos males: a solidão. Não tinha amigos. Odiava a Polônia e seu cinza, queria vestir um jeans apertado e dançar, dançar como Elio naquele filme ambientado na Itália que ele havia baixado secretamente, para vê-lo e revê-lo quando o pai estivesse fora. Assistia à cena da pesca e ficava louco de prazer e desejo. Quando estavam juntos em casa, pai e filho ficavam em frente à TV, cada um com sua bandeja, e comiam em silêncio, fingindo estarem sozinhos. Não tinham um sofá, sentavam-se em duas poltronas velhas. O pai trabalhava o dia todo e depois ia beber. Talvez se eles tivessem se mudado para uma cidade maior, como Varsóvia, Viktor tivesse encontrado um lugar onde pudesse viver sem ser incomodado. Alguém com quem conversar. Talvez um dia fosse embora e realizasse o sonho de se juntar a Magda na Itália.

Berta me disse, em seu tom rarefeito, que Magda estava muito feliz conosco, que ela tinha um relacionamento especial com a vovó. Disse isso sem se ressentir do fato de não ter um relacionamento especial com a própria mãe. Por outro lado, eram mulheres livres e relacionamentos tendem a prendê-las, a aprisioná-las, a torná-las vulneráveis, a torná-las vítimas, a torná-las carrascos. As sortudas entre nós têm medo da gaiola — as outras, da fome.

5.

No dia seguinte, fui ao café às quatro horas, como Nazim havia me pedido. Quando perguntei a Aisha se ela sabia de alguma coisa, ela deu uma risadinha, os olhos brilhantes. Amanhã será um dia bonito, disse. Não sabia bem o que esperar. Quando entrei, tive uma estranha sensação de ansiedade. A ideia de que haveria alguma ocasião feliz ou alegre da qual eu teria que participar com entusiasmo me fez sentir sob escrutínio: e se eu não estivesse feliz o suficiente, sorrindo o suficiente, agradável o suficiente, generosa o suficiente, genuína o suficiente? Depois de semanas enfrentando uma realidade que eu achava que odiava, parecia ter descoberto que não podia mais fingir. No entanto, a perspectiva de aceitar, fosse qual fosse, meu humor do momento e mostrá-lo aos outros como era, parecia um luxo que eu não podia me conceder.

Entrei. Havia muitas pessoas, mais do que o normal, mas todos fingiam não saber por que estavam reunidos ali, como se fosse um evento fortuito e desorganizado. Havia certa eletricidade no ar, uma sensação de expectativa. Procurei Nazim com os olhos. Ele piscou para mim. Sob seu olhar gentil, senti meus ombros relaxarem, a cadeira pareceu mais confortável e parei de pensar que estava fora do lugar.

De repente, Aisha saiu da cozinha com um bolo. Era um bolo normal, de limão, comprado na padaria do vilarejo.

Percebi que era o aniversário de Hassan, um rapaz de vinte e poucos anos que trabalhava como pedreiro e falava italiano bem devagar, com uma voz calma, um tanto infantil, e um sotaque vagamente francês.

    Hassan sorriu enquanto todos cantavam parabéns em diversas línguas e melodias, batendo palmas, abraçando-o e rindo. Aisha deixara sua trincheira atrás do balcão e, cercada pelos outros, estava cortando bolo, distribuindo colheres, agindo como uma galinha mãe com alegria e ternura. Eu me vi atrás do balcão no lugar dela. Peguei os copos, acendi o fogo para o chá. Era bom presenciar aquela cena, e eu queria contribuir, sentir-me parte daquilo. Coloquei um ramo de hortelã perto do nariz e imediatamente seu aroma intenso me fez sentir enraizada como um cogumelo: camuflada, invisível, mas presa ao chão por milhares de raízes finas, por teias de lembranças.

    Eu sabia intuitivamente onde estavam o açúcar mascavo, as folhas de chá preto e o bule, que dava à bebida um sabor que a chaleira jamais poderia recriar. Despejei o chá várias vezes em copos e várias vezes no bule. Fiz isso para me tornar útil e, portanto, visível para os outros, mas não para ser aceita: eu já pertencia. Aquelas pessoas não eram minhas, mas também não eram diferentes de mim.

    Nazim, sentado em um banco, passou o dedo em meu lábio superior para recolher algumas gotas de suor. Peguei seu dedo com os dentes e apertei um pouco. Não sabíamos o que éramos um para o outro, mas senti que quando ele me tocou daquela forma inesperada, inocente e íntima, foi como se sua mão já tivesse passado por todo o meu corpo.

    Eu o vi acenar para Aisha, que assentiu. Depois, ele se inclinou e sussurrou em meu ouvido para que eu o seguisse. Ele pegou o pote que estava sobre o balcão. Estava vazio, exceto por um pedaço de papel enrolado.

Aproximei-me com ele do grupo, que naturalmente se abriu para nos receber. Então Nazim disse a Hassan, em francês, que tinham um presente para ele, e lhe entregou o pote. Hassan parecia confuso, mas quando tirou o papel e o leu, começou a chorar, riu e gritou, abraçou e beijou as pessoas presentes três, quatro vezes em cada bochecha. Ele bateu os pés, bateu palmas e agradeceu a Alá.

Estamos coletando dinheiro há seis meses, explicou Nazim, e todos os clientes contribuíram. Bem, alguns pensavam que fosse o pote de gorjetas... Tudo bem.

O que é?

Uma passagem de avião — para voltar para casa. Nazim apertou minha mão. Seus olhos estavam embargados, semicerrados em um sorriso doce. Vi Mahdi entre os outros chorando de alegria. Talvez estivesse pensando em sua mãe. Então, vi Aisha olhando para os outros — uma luz em seus olhos, mas seus lábios se contraíram, como se a felicidade daquele momento a invadisse e, ao mesmo tempo, a fizesse sentir culpada. Percebi que ela estava pensando em você. Eu sabia que cada momento de felicidade era um momento em que, por um segundo, ela se esquecia de você. Perguntava-me se alguma vez uma mão a tinha alcançado do outro lado de suas paredes, se alguma vez alguém a tocara no escuro, com desejo, com ternura.

Cheguei até ela em silêncio e apoiei meu queixo em seu ombro. Ela se assustou, como sempre fazia quando eu a tocava.

Aisha, você não tem ninguém?

Não se virou para me olhar, não mudou sua expressão. No entanto, notei que sua mandíbula se enrijeceu imperceptivelmente, as veias do pescoço ficaram um pouco mais visíveis, os ombros um pouco mais firmes, tensos.

Não gosto de homens, disse, em tom neutro.

Foi a primeira vez que admitiu isso para mim.

Eu sei, eu disse, e me esforcei para não deixar transparecer a emoção que senti por ter finalmente merecido ouvir aquela confissão em voz baixa, aquele segredo que a separava dos outros, mas não de mim, não mais: eu estava com ela agora.

Eu não disse "um homem", destaquei, disse alguém.

Tocava sempre seu hijab quando estava prestes a perder o controle, seguia os contornos da testa com os dedos longos e leves, da mesma forma que as mulheres idosas do vilarejo passam os dedos pelo rosário.

Você sabia?

Sorri para ela, assentindo levemente, rendendo-me à sua vulnerabilidade, à sua força invencível. Coloquei meu braço em volta de seus ombros e a apertei. Ela, pela primeira vez, não recuou. Ficamos assim por um tempo, enquanto o bar ressoava com um barulho alto. Senti os pés pesados.

6.

A maneira como a cidade me fazia sentir era parte integrante de seu charme, como se fosse uma ação consciente de sua parte, que eu sofria passivamente. A cidade era uma mulher de batom vermelho vivo, como os ônibus e as antigas cabines telefônicas. Era charmosa, sedutora. Fumava, e a fumaça que soltava de seus lábios era a neblina matinal, a luz fraca das lâmpadas da rua à noite, quando eu chegava em casa grogue o suficiente para me fundir com o asfalto, para que uma língua alheia parecesse familiar.

Aos meus olhos, o vilarejo não tinha rosto de mulher. Uma extensão de casas e mar, e isso era tudo. Quando caminhava por ele, correndo de um lado para o outro, ele não falava comigo, não me moldava, não me preenchia. Eu não podia escapar de mim mesma. No entanto, eu o habitava, e as pessoas notavam minha presença. "A inglesa", me chamavam — condenando-me a ser estrangeira em todos os lugares. Na minha presença, ficavam na defensiva, porque eu era a filha da esquisita da Berta, aquela que tinha ido morar no exterior, e quem sabe o que tinha visto e aprendido. Ela nos olha com desprezo, aquela vadia. Quem ela pensa que é, ela também bebeu do córrego de onde nasceu, como todo mundo, e o dela é ainda mais sujo, a *calafricana**. Era isso que pensavam, era isso que cochichavam

---

*Calafrica é uma forma ofensiva de referir-se à região da Calábria, juntando África e Calábria, usada aqui para reforçar a origem de Mina. [N. T.]

uns com os outros na banca de jornal ou caminhando pelo calçadão. Na verdade, ninguém havia se dirigido a mim, exceto com uma certa deferência misturada com suspeita. A mesma suspeita que provavelmente liam em meus olhos. No entanto, eu me torturava com os julgamentos deles, para não pensar só em você, cuja fisionomia começava a se perder para mim. Seu rosto alongado, o queixo pontudo, o nariz aquilino. Me perguntava: era assim mesmo? Será que estou me lembrando bem? Seus dentes da frente, será que estou errada em vê-los um pouco tortos? Você odiava ir ao dentista e a qualquer médico em geral. O conceito de se machucar e depois receber um tratamento era, de certa forma, estranho para você: a vida às vezes dói. Por que tentar consertá-la?

Me vi usando seus sapatos, uma noite. Meu pé nadava dentro neles, embora tivesse colocado três palmilhas uma em cima da outra. Queria correr com aqueles tênis, mas tropeçava nos meus próprios pés — talvez tenha feito isso de propósito, para ouvi-lo rir na minha cabeça. Quando não era suficiente e sentia-me órfã, brigava com Berta como uma adolescente. Queria que ela me notasse, que me dissesse que eu era gorda, peluda, feia e burra. Mas ela estava cada vez mais ausente.

Eu pensava que não ter uma mãe era melhor do que tê-la — mas agora que a via desaparecendo, escondida sob um lençol, cada vez mais magra, os olhos ausentes, a perspectiva de perdê-la me aterrorizava. Eu a odiava, mas não podia viver sem ela, e nenhuma das duas coisas era evitável. De novo ela não saía da cama por dias, talvez para não notar sua ausência.

Passaram-se semanas e nada havia sido feito com suas cinzas, porque em casa não era possível falar sobre isso e ela não queria vê-las. Nós as mantínhamos escondidas em um pote debaixo da nossa cama. Você ficava lá, todas as noites eu acordava e verificava se você não tinha saído, se não tinha me deixado novamente, pela última vez. O simples fato de mencionar você na frente dela fazia Berta explodir em uma violência sem precedentes. Ela quebrava cadeiras e copos e gritava conosco dizendo que éramos uma merda, seres inúteis, que ela gostaria de jamais ter nos trazido ao mundo. Nada fora do comum, na verdade, mas o que nos preocupava era a fraqueza de sua voz, como ela se cansava cada vez mais facilmente, naquela greve de fome que era a morte mais lenta de todas. Parte de mim só queria que ela se recuperasse porque, se não se recuperasse, ela nunca poderia me pedir desculpas, e então não teríamos como nos reconciliar, e eu teria ficado órfã de verdade para sempre, não porque vocês estariam mortos, mas porque teriam morrido sem que eu soubesse se era amada.

Observava a paciência com que Aisha cuidava dela, como cozinhava seu mingau pela manhã com bagas de goji — às vezes ela chegava a fazer aviãozinho, brincando, fingindo que era normal —, assim como a convencia a se levantar, a fazer ioga, enrolava seus baseados, com que cuidado ela criava a mistura com um pouco de tabaco com sabor de laranja. Berta nunca a agradecia. Uma vida passada nas trincheiras de um fogo amigo, uma escolha feita para proteger a si mesma, tão dolorosa e digna quanto a minha de escapar e me libertar, e de lembrar, e cultivar no estômago meu pequeno jardim de veneno. Ou talvez não.

Vi-me envolvida na inevitável, ancestral, necessidade de cuidar. Um dia, pensei em comprar pêssegos, porque Berta gostava muito, e eu esperava que um pouco de açúcar a tirasse da cama. Tentei não pensar muito sobre o fato de ser tão fundamental para mim que ela começasse a parecer novamente a vilã, e não a vítima.

 Aisha havia me aconselhado a não ir até o vendedor de frutas e verduras no final da rua, porque ele era uma pessoa rude. Assim, caminhei pelas ruas estreitas do vilarejo, com olhos baixos e ombros rígidos. Não precisei pensar para onde ir, nem consultar o telefone para obter instruções, horários ou avaliações. Eu conhecia cada uma das lojas, quem era o dono, quem trabalhava lá e quem eram seus parentes. No entanto, essa memória topográfica, essa familiaridade, a forma como meu corpo se movia decidido, presente no espaço, ativo, provocava-me desconforto. Esperava que ninguém me reconhecesse, que ninguém me parasse.

 Na loja, conversei com a filha do dono, que estava algumas turmas atrás de mim na escola e agora tinha uma barriga tão inchada quanto uma melancia e a expressão satisfeita de alguém que cumprira seu papel no mundo. Senti uma surpreendente sensação de cumplicidade com ela. Não suportava pessoas que tinham filhos por tédio ou ingenuidade, ou mesmo por amor, vaidade ou erro. Mas ter um filho por uma questão de paz e tranquilidade, com serena resignação, porque nossos corpos podem fazê-lo, isso eu podia entender. Não como uma decisão, mas como algo que acontece, não um erro, mas um acidente. Ter filhos por natureza, é isso. Como os animais que somos.

 É uma menina, disse, acariciando a barriga, as bochechas coradas. Estava feliz, o que me levou quase às lágrimas. Não éramos íntimas, mas minha reação não a perturbou nem um pouco. Ela sabia, é claro, que você estava morto e sabia que eu nunca voltaria para casa e que mamãe não comia e todas as outras coisas que se sussurra na fila do médico ou na agência dos Correios.

 Como estão as coisas em casa?, perguntou. Eu lhe disse que estava tentando alimentar minha mãe e ela me deu seus melhores pêssegos, colhidos por ela mesma, e não me cobrou nada por eles.

Estou feliz por você ter voltado, ela sorriu, colocando a sacola de papel em minhas mãos com firmeza e gentileza. Hoje em dia, todos vão embora. Eu passo dias inteiros conversando com os velhos. Passe aqui um dia desses, vamos tomar um café. Ela deixou a proposta no ar, sem realmente esperar uma resposta. Era uma daquelas coisas que se diz, mas eu sabia que se eu passasse mesmo na casa dela algum dia, ela não ficaria surpresa, ficaria feliz.

Certo dia, quando Aisha estava fora, contei os minutos enquanto Berta estava no banheiro, com o coração na garganta, esperando que ela saísse, devagar, mas inteira. O alívio de ouvir a porta ranger demorou a chegar. Eu disse a mim mesma que não era nada, quem sabe há quanto tempo ela não cagava. Mas não conseguia mais pensar em outra coisa.

Aproximei-me da porta, com o ouvido colado à madeira clara e os dedos na maçaneta. Podia ouvir a água correndo. Fiquei com medo de que ela tivesse desmaiado ou cochilado na banheira, então abri a porta e gritei: Mamãe! Em minha cabeça, de repente, se fez cristalina a necessidade que eu tinha dela.

Ela estava acordada. Seu corpo na grande banheira parecia o de uma criança. Estava chorando.

Meu cabelo caiu, disse, esticando uma mecha loira em minha direção. Enquanto eu me ensaboava... Tem um buraco na minha cabeça?

Estendi a mão e tirei os tufos de suas mãos. Eram muitos, fininhos. Verifiquei sua cabeça. Embora em algumas áreas eles estivessem mais esparsos, ela não tinha buracos mesmo. Está tudo bem, disse a ela, não se preocupe. Se você voltar a comer um pouco, vão voltar a crescer.

Ela permaneceu em silêncio, lágrimas caindo na água parada e o queixo apoiado nos joelhos.

Estou envergonhada, disse, desde que ele foi embora, estou suja.

Suja?, perguntei, interpelando-a.

Ela assentiu. Ele me banhava, sussurrou como se estivesse revelando um segredo para mim. Esfregava minhas costas com a luva. Lavava meus cabelos como no filme *Entre dois amores*.

Não sabia o que responder. Ajoelhei-me aos pés da banheira e deixei que minhas mãos se movessem por instinto, que se familiarizassem novamente com aquela linguagem secreta que une uma filha à sua mãe. Peguei o sabonete e a luva e comecei a esfregar sua pele suavemente. Vi que ela relaxava, levantava os braços sem que eu pedisse, dobrava-se e virava-se em silêncio, seu corpo falando com o meu. Depois, ela se recostou, jogou o pescoço para trás e deixou que eu lavasse seu cabelo. Uma grande parte dele ficou em minhas mãos. Fingi que nada havia acontecido.

Mina, disse de repente, quase distraidamente, posso ser "mamãe" de novo?

Pensei: pronto, agora porque ela não pode mais ser esposa, quer ser mãe. Pronto, agora ela precisa de mim. Fiz de tudo para ignorar meu corpo, que ardia de uma alegria feroz com a ideia de ela precisar de mim, notar minha presença.

Não sei, respondi com a voz embargada, vamos ver.

7.

Estava correndo à beira-mar ao pôr do sol. Era a única hora do dia em que eu sentia que nunca o perderia. Era um espaço íntimo, dentro do meu corpo, no qual podia me convencer de que você vivia. E, graças a ele, sentia que minha carne, que tanto odiei durante toda a minha vida, era amável, forte, resistente.

O mar me acalmava. Parei e fiquei olhando para aquela bola vermelha que descia por trás da linha do horizonte. De repente, vi Nazim sentado na praia. Fumava e lia o jornal ao lado de dois homens idosos com varas de pescar. Juntei-me a ele e fiquei ao seu lado sem dizer nada. Sempre gostava de encontrá-lo. Gostava de não termos trocado números de telefone e que, embora não nos procurássemos, agora nos encontrávamos quase todos os dias.

Sorriu para mim como se tivesse acabado de aparecer na porta de casa.

Olá, disse.

Olá, respondi.

Olhamos um para o outro em silêncio e senti uma leve tensão, quase uma expectativa, insinuando-se no conforto que eu sempre sentia na presença dele.

O que diz o jornal?

Ah, o de sempre. O mundo está acabando, vamos todos morrer.

Ele também parecia desconfortável. Perguntei se ele estava bem. Deu de ombros e se virou para o mar, evitando meu olhar, talvez pela primeira vez desde que o conhecera.

Não sei o que fazer comigo quando passo muito tempo sozinho, disse. Se o Tangerinn tivesse máquinas caça-níqueis, eu já teria desenvolvido uma compulsão por jogar.

Respondi que era especialista em solidão e que poderia lhe oferecer aulas particulares se ele precisasse.

Mas como, com sua vida tão *interessante*?

Ah, vá se foder, murmurei.

Ele começou a rir, uma risada libertadora que durou mais do que deveria. Desculpe, murmurou, não estou rindo de você.

Não se preocupe. Estou feliz por ter lhe proporcionado conforto com minha vida ridícula.

Nazim franziu a testa, subitamente alarmado, e colocou a mão em meu braço: Não acho que sua vida seja ridícula.

Claro que acha. Mas não posso culpá-lo, talvez só um pouco. Não sei, às vezes me sinto como se estivesse tentando montar um quebra-cabeças, mas a imagem não corresponde às peças na mesa.

Talvez você não precise se preocupar tanto em montar o quadro completo, sugeriu, quanto em se concentrar nas peças individuais. O que quero dizer é: o que você realmente gosta de fazer? No final das contas, quem você é está nisso, não é? O que você come quando está sozinha em casa? Que música você ouve quando corre? O que você gosta de fazer? *O que você quer?*

Soltei uma baforada de fumaça.

Ele deu uma risadinha: Ok, sim, boa resposta. Mas é verdade.

Pensei sobre isso por um tempo. Suas perguntas me deixavam curiosa. Ele me deixava curiosa. Estava deitado com as pernas cruzadas, o tronco levantado e apoiado nos cotovelos, a cabeça ligeiramente jogada para trás, os olhos semiabertos. Evidentemente, eu nunca tinha dado uma boa olhada nele antes, porque foi só então que notei as sardas ao redor do nariz. Tive vontade de rir, mas não sabia por quê.

Do que você gosta?, perguntei.

Ele abriu um olho para me fitar por um momento, divertido. Gosto de poemas, respondeu. Hikmet, Antonella Anedda, Gregory Corso e Robert Frost. Gosto de *orecchiette* ao pesto. Gosto de rap. E de fumar maconha quando há muitas pessoas e, assim que alguém ri, todos riem e você não para mais. Gosto de kebab, mas do tipo caseiro, com carne picada feita em um espeto, não como os feitos aqui. Gosto de tâmaras e de beber leite direto da caixa. Gosto quando estou em um navio e sinto o vento em meu rosto. Gosto de me apresentar às pessoas e vê-las dizer seus nomes. Gosto de caminhar pelo vilarejo e estudar a vida dos outros pelas janelas abertas. Gosto dos velhos deste lugar. Eles me fazem lembrar de casa. Gosto da lentidão e... Gosto de conversar com você. Então, mais baixo: Gosto de seu pescoço. Agora é a sua vez, disse, olhando para mim com curiosidade.

Estalei a língua, abri a boca para formular uma resposta, mesmo que tivesse de inventá-la, mas não consegui. Nada me veio à mente. Não sei jogar esse jogo, disse. De repente, me senti tão perdida que quis chorar.

Opa, opa. Ele colocou as mãos em volta do meu rosto, tamborilando levemente os dedos em minhas têmporas. Encostou a testa na minha. Não se preocupe, está bem? Eu não quis te aborrecer.

Eu me sinto patética, ofeguei.

Você não é patética, é preciso coragem para sair por aí dizendo a todos: olhem para mim, estou quebrada aqui e aqui e aqui! E, em vez disso, toda vez que a vejo, sinto-me menos solitário.

Seus lábios pararam levemente a um suspiro dos meus. Ele mal os roçou, como se fosse uma carícia. Estava pedindo minha permissão. Deixei escapar um suspiro. Quando ele finalmente colocou a boca na minha, separou meus lábios com firmeza, as mãos escorregaram para o meu cabelo, senti a pressão de seu corpo contra o meu e imediatamente me acostumei com aquele contato reconfortante, quente e inexplicavelmente natural, como um hábito que eu não sabia que tinha. Foi estranho nos separarmos.

Examinei sua expressão sombria: O que foi, te mordi?

Ele sorriu, balançando a cabeça. Eu sou o patético, tentou explicar, não sou confiável. Nunca concluí nada de fato. Eu me esquivo da vida, não quero responsabilidade... Não gosto de prestar contas a ninguém pelo que faço. Olhou para mim: estava assustado, desapontado, esperançoso, protetor. Você não merece isso, mas acho que não tenho mais nada para oferecer.

Olhei para ele com incredulidade.

Nazim, foi só um beijo, eu disse. Você não me deve nenhuma explicação. Além disso, acho que sei decidir por mim mesma se devo me colocar em situações mais ou menos perigosas e você, acredite, é o homem mais inofensivo que já encontrei.

Ele tentou protestar, mas coloquei a mão sobre sua boca.

Não, ouça: eu gosto do seu cheiro. Não se preocupe comigo. Logo estarei de volta à cidade, e você estará navegando de porto em porto. Sabemos como isso vai terminar. Mas posso aproveitar?

Seus olhos suavizaram. Ele assentiu e gentilmente afastou minha mão da boca.

Você gosta do meu cheiro?, ele perguntou com um sorriso.

Ah, cale a boca.

8.

Aisha estava tentando entrar em contato com seus irmãos, mas não conseguia encontrá-los. Nem nos endereços que você havia deixado com ela em caso de emergência, nem em sua antiga agenda. Você aprendera a escrever da direita para a esquerda, então segurava o pulso para não o esfregar na tinta fresca. Sua caligrafia era elegante, estreita e alongada, você era lento para escrever, mas gostava de fazê-lo. Sei tudo isso sobre você porque tenho aqui seus livros de receitas e algumas cartas suas em um alfabeto desconhecido para mim, inacessível.

Eles não existem, Berta sussurrava enquanto lavava a louça, vendo-nos debruçadas sobre a mesa da cozinha pesquisando no Google nomes que tínhamos ouvido algumas vezes em conversas passageiras, nomes que poderiam pertencer a qualquer pessoa. Procurávamos lugares que nunca tínhamos visto, indo atrás de boatos e histórias antigas. Queríamos que você tivesse os seus por perto na hora da despedida final — mas quem eram os seus, pai? Éramos apenas nós? Onde estavam os outros?

Enviamos cartas para todos, mesmo para aqueles que talvez não existissem mais ou talvez nunca tivessem existido. Enviamos cartas em busca de seu passado. Perguntei a Berta: mas onde está Boubakar agora? E Idris? Ela olhou para mim sem entender do que eu estava falando. O que são memórias se não segredos?

Nesse meio-tempo, havia novas pessoas no café, porque os desembarques haviam aumentado. Dizia-se que o vilarejo estava se tornando a nova Lampedusa, que centenas chegariam, especialmente da Tunísia, que estava passando por uma terrível crise econômica, e da África Central, onde não havia água há alguns anos.

Nazim trabalhava sem parar no centro de recepção, especialmente com os menores desacompanhados, que muitas vezes não eram mais menores de idade, mas chegavam sem documentos e diziam ter dezessete anos, implorando por um lugar quente para dormir. Muitos tinham cursado o ensino médio ou uma escola técnica e geralmente sabiam francês ou inglês. Os mais velhos, por outro lado, eram menos instruídos e mais raivosos, pois para chegarem até lá tinham sido desenraizados com violência. Além disso, havia as mulheres, as crianças e as mulheres mais velhas. Elas não tinham medo, pois nada jamais poderia consolá-las.

O vilarejo acolhia todos, apesar de ser como era, às vezes de bom grado e às vezes de mau grado, mas raramente recusava, porque respeitava a pobreza e o desespero e, acima de tudo, respeitava o mar e suas leis. Estava aberto aos recém-chegados, mesmo quando se sentia um pouco sobrecarregado, mas o descontentamento era deixado de lado. Aqueles que podiam, davam uma mão, os outros procuravam em outro lugar.

Num Natal, Liz, outras amigas e eu fomos para a Índia, no final de uma jornada espiritual que começara com o download de um aplicativo de meditação e terminara coroada com a leitura de *Comer, rezar, amar*.

Liz estava diferente durante a viagem. Às vezes, via vislumbres de quem ela era, o que a tornara mais simpática e acessível para mim na época. Suspeitava que não gostasse muito de viajar, mas que era uma daquelas coisas que ela achava que tinha que fazer para ter credibilidade. Viajava com uma mochila, é claro, mas as roupas amassadas a enlouqueciam silenciosamente: eu via sua mandíbula cerrada enquanto estendia cuidadosamente o saco de dormir sobre os lençóis descartáveis do albergue-boutique, cujo quarto inteiro havíamos alugado para não dormir com estranhos. Eu tinha pavor de baratas e admirava o esforço ascético com que Liz fingia ignorá-las. A natureza como um todo não a incomodava, mas eu não podia evitar ver seus ombros relaxarem quando eu finalmente criava coragem para matar a barata com um golpe decisivo do chinelo. Eu estava lá para isso, talvez.

Liz não confiava nas garrafas plásticas do supermercado e, durante dias, bebeu apenas Coca-Cola Zero, mais confiável do que água nos lugares que gostava de chamar de *developing world*. Tirava muitas fotos dos locais e de si — poucas de pessoas. Preferia as paisagens naturais dramáticas — cachoeiras, praias desertas, templos nas montanhas cercados de neblina — em vez das ruas sujas e superlotadas, iogues cercados por animais, motinhas e estrume. Gostava de, ao final da viagem, no conforto de sua poltrona, atualizar nas mídias sociais o número de países que havia visitado — eram tantos. *Globetrotter. Adventurer. Wanderlust*. Mais de 35 países visitados. E então o emoticon de um abacate.

Agora me pergunto por que fugi para tão longe, para fugir do quê – e no Natal —, em vez de voltar para casa, para minha irmã, Berta e você, que ainda estava vivo e talvez estivesse me esperando sem ter a coragem de me ligar, de dizer *volte*. Imaginei nossa velha árvore de Natal com as bolas douradas e o cuscuz que você fazia no dia 25, na hora do almoço, quando convidava todos para o café para celebrar o que você chamava de festa da paz. Olhei em volta e pensei que não merecia a beleza, porque obviamente não a entendia, não sabia como reconhecê-la e acolhê-la dentro de mim.

Como eu fui idiota, pai, e como você também foi idiota por não me ligar.

Aisha ia ao centro de recepção pela manhã e voltava ao bar por volta das quatro horas. Estava cansada e bonita, seus olhos negros, luminosos. Parecia feliz, e eu lhe perguntei por quê. Ela encolheu os ombros e me disse que se sentia útil.

Na semana seguinte, foi a festa do santo padroeiro. Para o dia da festa, os voluntários do centro de recepção estavam organizando várias atividades, com a ajuda dos escoteiros da paróquia: jogos para as crianças, música, pernas de pau, cuspidores de fogo e uma longa mesa na praça da catedral para receber a todos. Toda a população participava do evento: havia os que cozinhavam, os que montavam barracas com amêndoas caramelizadas e bolinhos fritos, e havia também a cerâmica e os bordados daqueles que vinham das montanhas especialmente para o festival. Ouvia-se, fumava-se e observava-se. Por uma noite, os migrantes se juntavam às festividades, dançavam a tarantela e brincavam de estátua; em suma, se divertiam e às vezes até apareciam no noticiário nacional.

Assim todo mundo pode dormir mais tranquilo, disse a ela. Tinha inveja da maneira como Aisha se movia com confiança naquele mundo complexo, e talvez quisesse colocá-la para baixo, fazê-la se sentir ingênua. Seu altruísmo gratuito me dava mal-estar.

Você se sente egoísta?, perguntou ela, e caiu na gargalhada. Ela me conhecia muito bem.

Eu me sentia egoísta, mas não conseguia me aproximar do centro de recepção. Olhava-me no espelho e me via feia. Não fisicamente, era uma feiura moral, a minha.

Olhe, disse, atravessada por um pensamento repentino, mas se você pudesse realmente escolher, o que gostaria de fazer?

Ela pensou por um bom tempo.

Se não houvesse o café, a Berta, a vovó e as cinzas do papai embaixo da cama?, perguntou, olhando para um ponto indefinido no teto. Percebi que eu não estava incluída em sua lista de responsabilidades. Acho que gostaria de estudar línguas, ela respondeu lentamente. Estava tentando imaginar uma realidade que nunca havia sido uma opção para ela. Talvez interpretação, ou algo do gênero. Eu sei árabe e inglês, mas gostaria de aprender francês. Gostaria de viajar mais. Participar de algumas missões com a Cruz Vermelha. E talvez conseguir ter minha casa própria, onde eu pudesse ficar sozinha, ou finalmente encontrar alguém com quem dividir a cama, alguém que não seja você. Esse tipo de coisa.

Interrompeu-se, sem graça. Parecia envergonhada por não ter um sonho maior. Eu pensei que tudo o que ela queria era perfeitamente realizável se ao menos ela tivesse alguém em quem confiar, para ajudá-la a carregar os fardos que vinha carregando mais ou menos sozinha durante todo aquele tempo.

Se eu ficasse, disse um pouco incerta, se eu ficasse e cuidasse do café por um tempo, você poderia se matricular na universidade. Então, não sei, poderíamos treinar alguém de confiança, como o Mahdi, para cuidar do café, e você poderia vir aqui apenas meio período e, no resto do tempo, fazer o que quiser. Não é impossível, sabe?

Aisha olhou para mim desconcertada, depois sorriu: Para você, nada é impossível. Isso é o que mais admiro em você: você quer algo e consegue. Queria ter a mesma determinação.

É uma pena que eu não saiba o que quero na maioria das vezes, murmurei. Elogios sempre me deixavam desconfortável.

Ninguém nos ensinou a nos perguntar o que realmente queremos, Aisha me consolou, apenas o que deveríamos querer. Nunca nos sentimos seguras o suficiente para correr riscos, riscos reais, quero dizer, pelos nossos sonhos.

Olhei de esguelha para ela e me senti muito tola.

No que está pensando?, perguntou, percebendo meu constrangimento.

Nada, é besteira.

Ah, odeio quando você faz assim. Diga o que está pensando, vamos! Vou ficar louca sem saber, vou pensar nisso o dia todo. E puxou meu braço de brincadeira.

Eu estava hesitante, mas me esforcei para dizer as palavras: E se fôssemos a rede de apoio uma da outra?

Seu aperto em meu braço ficou mais suave, eu não conseguia olhá-la no rosto, mas podia sentir o calor de suas mãos em minha pele.

Parece-me uma ótima ideia, respondeu. Sua voz era quente e suave.

9.

Tínhamos agendado o funeral para o final de outubro. Era mais uma cerimônia de celebração do que um funeral de verdade. Convencemos o *imam* a celebrar aquele estranho ritual que você havia inventado, conversamos longamente sobre as muitas versões de você que conhecíamos. Foi um processo longo e doloroso, mas também muito bonito. Berta não quis participar, então Aisha, os rapazes do café e eu trouxemos à tona nossas lembranças mais significativas de você, que eram todas diferentes. Aisha tinha muita inveja dos nossos rituais secretos no café, das histórias que você me contava e que ela não conhecia. Eu tinha ciúmes da linguagem que vocês compartilhavam, das orações, do Ramadan e da fé que os unia. Sempre sentimos que estávamos competindo por sua atenção, mas você se certificava de dar a cada uma de nós um lado diferente de si — para mim, o lado malandro; para ela, o lado beato. Ambos eram reais ou falsos? Não tínhamos como saber.

O *imam* era um senhor idoso, gentil e paciente, que morava no vilarejo há muitos anos e frequentava o café ocasionalmente. Vocês brigavam com frequência porque você não ia à mesquita, bebia e às vezes dava as costas ao seu deus, mas, no fundo, se respeitavam porque ambos ofereciam a seus irmãos algo fundamental: socialização e espiritualidade. Quando se espalhou no vilarejo a notícia de que você havia morrido, ele começou a ir ao café com mais frequência, para conversar com os rapazes que estavam lá, para cuidar deles, não para substituí-lo, mas para preencher o vazio que sua ausência criou em todos eles.

Espalharíamos suas cinzas de um pequeno barco, naquele mar que o separava de casa, ou que talvez fosse mais do que qualquer outra coisa, uma casa. Aquele mar no qual você aprendeu a nadar — porque o oceano o assustava e você nunca mergulhava a cabeça toda. Àquele mar que tinha dado e tirado tudo de você, nós também daríamos tudo o que nos restava de você.

Todos os dias eu corria e todos os dias eu encontrava Nazim me esperando no final da praia. Enquanto ele me levava para casa, conversávamos sobre tudo, nenhum de nós tentando parecer para o outro o que não éramos, convencidos de que não haveria futuro para nós. Eu iria embora, ou ele iria embora, não havia motivo para nos protegermos. Falávamos muito de nossas mães, de você e Aisha e dos rapazes de quem ela cuidava, rapazes que diziam maldades, que vendiam drogas às escondidas e também choravam às escondidas, que tinham sarna e raiva, que não conseguiam segurar garfos porque tinham perdido um dedo, às vezes dois. Meninos com olhares vazios, que nunca se recuperariam, mas ainda assim estavam vivos. Falávamos deles e de nós mesmos.

    Nazim me chamava com frequência para acompanhá-lo ao centro de acolhimento, mas eu sempre dizia não, como se fosse alérgica à dor dos outros, acostumada a me concentrar apenas na minha. Eu tinha a impressão de que, se entrasse naquele prédio e visse todo o sofrimento que ele continha, e visse Nazim e Aisha trabalhando, sua generosidade, se eu testemunhasse aquela ternura, tudo — minha cidade, meu quarto, os objetos com os quais eu me cercava, meu sarcasmo, minhas paredes —, tudo isso iria se desfazer, e não sobraria nada do meu antigo eu, porque eu não tinha sido capaz de construir nada real.

Na véspera da celebração, convidei-o para jantar em casa. Todas tínhamos começado a beber e fumar muito cedo para nos entorpecer, e Nazim acabou cozinhando. Ele foi muito gentil com Berta, de uma gentileza que me comoveu, à qual Berta se entregou com vitimismo, com uma urgência quase lasciva que me deixou desconfortável. Se nas semanas anteriores eu havia conseguido vislumbrar uma abertura entre nós, aquela cena trouxe de volta a raiva que eu fingia esquecer.

Pare com isso, sibilei. Você está se comportando como uma criança doente. A encarei, enquanto ela trançava o cabelo com uma expressão inocente.

Por que você é sempre tão má?, perguntou. Por que um estranho é melhor do que você?

Porque ele não te conhece, respondi.

Aisha se aproximou de mim como uma sombra, Nazim me lançou um olhar de advertência calma. Eu sabia que eles estavam prontos para me segurar, mas não tinha certeza de qual de nós eles queriam proteger. Mas foi a vovó que me surpreendeu.

Não a provoque, Mina. Ela ainda tem quinze anos de idade. Está convencida de que só ela sofreu na vida, disse com uma aspereza que uma mãe nunca deveria ter com a filha. Pensei que a maldade que Berta carregava era provavelmente hereditária. Talvez eu nunca devesse ter filhos, pensei.

Berta ignorou a mãe como se ela fosse uma voz em sua cabeça. Por um milésimo de segundo, fez uma cara estranha e depois voltou a pentear o cabelo. Quem sabe o que aquelas duas fizeram uma com a outra, sob o mesmo teto, durante todos aqueles anos. Que jogo cruel haviam jogado, presas no jugo da família, de cuidar à força, de fazer as coisas porque é preciso, porque é certo, presas em papéis que as estrangulavam.

Amanhã será o funeral do meu marido, disse Berta com a voz embargada. Ela escondeu um punhado de cabelo no bolso do roupão. Você me permite sofrer, mamãe? Posso? Ou é muito incômodo para a senhora, porque as emoções são proibidas para quem não passou por uma guerra?

Todos têm o direito de sentir suas emoções, interveio Nazim, conciliador. Aisha o silenciou com um aceno de mão e ele não se atreveu a continuar. Escondeu-se atrás do barulho da água e deu as costas para nós, lavando a louça.

Berta bateu a taça de vinho na mesa e abriu os braços, exclamando: Ah, obrigada! Menos mal que alguém me dá permissão. Você teve sorte com essa aí? Ela não choraria nem se você cortasse o braço dela, é a própria avó. Não sei o que fiz de errado com ela.

Estava falando de mim.

Pigarreei, impassível: Tudo e nada, Berta. Talvez você devesse ter estado presente, para conseguir errar de algum jeito.

Mas Berta havia se retirado para o seu próprio mundo e não respondeu.

O que foi, *mamãe*? Não é verdade? Diga-me que não é verdade. Você se lembra de uma fantasia de carnaval? Você se lembra de uma lição de casa, de uma viagem de escola, de uma peça de teatro, de um maldito registro no diário? Você se lembra de mim? Como era meu cabelo? O papai o cortava com uma tigela e o penteava para tirar os piolhos, porque você estava cansada. Você se lembra disso, mamãe? Lembra dessa cicatriz, quando caí da bicicleta? Você se lembra disso? — mostrei a ela as marcas em meus braços, agora quase desbotadas. Não olhei para Nazim, não olhei para Aisha, olhei para ela, seus olhos encarando minha pele. Não, você não se lembra porque não estava no hospital, você precisava descansar, tinha dor de cabeça, estava doente...

Ouvi minha voz tremer. Estava para acontecer.

Eu só queria que você me amasse, eu disse. E não sei por que você não me ama.

Ela também chorava, sem palavras, porque não havia nada a dizer.

Berta sussurrou alguma coisa, levantou-se cambaleando, as mãos finas apertando o copo. Um som de algo se quebrando e depois sangue. Cacos por toda parte. Vi Aisha se inclinando na direção dela e, por um momento, pensei em empurrá-la para longe da mesa, em empurrar seu rosto contra o vidro quebrado, porque ela teria sempre escolhido Berta, não eu. Mas Nazim passou o braço em volta da minha cintura, apoiou o queixo em meu ombro e sussurrou que eu era forte, e ela era muito, muito frágil.

Não é justo, eu disse entre soluços, não é justo. Eu não quero ser forte.

Ser frágil me parecia um privilégio que só Berta tinha. Aisha olhou para mim como se dissesse "olha, não estou do lado dela", depois pegou Berta pelo braço e a levou para a cama. Nazim e eu começamos a limpar, enquanto vovó nos observava em silêncio. Ela também parecia ter perdido a impassibilidade que sempre a caracterizara. A culpa é minha, Mina, me desculpe. Nunca fui capaz de... Ela era tão melindrosa e delicada. Sempre tão triste. Eu não sabia o que fazer com ela... Quando seu pai apareceu, eu a larguei como um peso. Sinto muito. Tudo o que ela fez com você, ela aprendeu comigo. E cobriu o rosto com as mãos. Eu não disse nada, irritada porque ela estava, indiretamente, justificando o comportamento de Berta. Eu não queria perdoá-la.

Estávamos na cadeira de balanço do jardim, Nazim, Aisha e eu, passando o último baseado e esperando o dia raiar. Eu não conseguia mais parar de chorar: o que quer que eles dissessem, o que quer que falassem, eu continuava pingando como uma torneira quebrada.

Se você continuar assim, amanhã não terá mais nada e todos vão pensar que você não tem coração, Aisha riu, esfregando minhas costas. E de qualquer forma, continuou, não quero menosprezar o que passamos — eu também estava lá, eu sei. Mas estou surpresa que todo o seu ressentimento esteja voltado para ela. Berta fez o que tinha de fazer para sobreviver. Por que você desconta nela e não no papai? Só porque ela é a mãe e, portanto, deve existir para nos amar e cuidar de nós? Para amar e cuidar de nós, filhas que ela talvez nem quisesse? E, em vez disso, Omar era um santo porque... Porque era um homem tão distante e esquivo que você podia facilmente idealizá-lo? Talvez eu tenha mais raiva dele do que de Berta. Onde estava Omar quando toda essa merda estava acontecendo?

Ouvi-la falar assim mexeu comigo, e senti um nó derreter em minha garganta.

Uma vez ele veio me visitar na cidade, eu disse. Eu tinha ido embora fazia poucos meses. Ele apareceu do nada no lugar onde eu trabalhava. Eu não podia acreditar — ele não havia me avisado, não havia telefonado... Apareceu e me perguntou se eu queria dar uma volta. Sem saber o que responder, eu disse que tinha que trabalhar. Eu não entendia o que significava sua presença ali. Ele me olhou como se tivesse vindo para me pegar na escola. Estava tão fora do lugar e, ao mesmo tempo, não sei, era tão óbvio que ele estivesse lá. Ficou sentado e esperou por horas até que eu terminasse meu turno. Depois fomos passear no parque, no centro da cidade. No jantar, ele me contou as histórias de sempre, e eu lhe contei minhas próprias histórias, verdadeiras e inventadas. Quando atravessávamos a rua, ele sempre olhava para o lado errado, e era eu quem o guiava e protegia. Ele me fazia sentir tão orgulhosa, mostrando-lhe os lugares que eu conhecia, como eu me locomovia em uma cidade tão grande, com que naturalidade eu usava meu cartão de crédito ou estudava o mapa do metrô.

Funguei.

Do lado de fora do hotel, fumamos um cigarro juntos. Depois, ele me abraçou e colocou um dinheiro no bolso da minha jaqueta. Me perguntou se eu estava bem. Eu lhe disse que sim. E foi isso.

Fiquei em silêncio por um momento.

Acho que foi um dos melhores dias de minha vida, admiti.

Aisha olhou para mim perplexa. Você nunca tinha me contado isso, disse. O tom não era de acusação, apenas de surpresa. Dei de ombros: Eu sentia tanto ciúmes do tempo que você tinha com ele e que eu não podia ter.

Que você não queria ter, Aisha me corrigiu. Às vezes, acho que foi por isso que você foi embora. Não era apenas a sua imagem que você estava construindo, mas também a dele, para que você não entrasse em conflito com quem ela realmente era.

E quem ele era, realmente?

Aisha inclinou a cabeça, mas não evitou meu olhar.

Era um homem, disse.

10.

A celebração acabou sendo um dia completamente normal.

Alugamos um barco, no qual entramos em sete: eu, Aisha, Berta, a vovó, Magda, o imã e o pescador, que o alugou para nós. Aisha usava uma *djellaba* preta com um lindo hijab de renda: fiquei surpresa com a coincidência entre o árabe e o italiano do sul — o véu, as vestes pretas, o rosto cheio de lágrimas.

Várias vezes pensei em como estávamos perto de nos tornarmos uma família de verdade e que você tinha perdido isso por um triz. Na verdade, foi a sua morte que nos uniu, tornando-nos os pilares de uma casa que, atingida por um terremoto, teimosamente persiste em ficar de pé, ainda servindo de abrigo para algumas pessoas desesperadas que não têm para onde ir. Éramos órfãs de pai, todas as mulheres naquele barco. Tínhamos sobrevivido à mágoa, à decepção, à tristeza, à solidão e, para sobreviver, cada uma de nós tinha sacrificado tudo o que podia.

Berta, dopada de fármacos psicotrópicos como de costume, recusou-se a usar o vestido preto que havíamos comprado para ela e insistiu em se vestir como em seu casamento: saia de tule amarela, blusa creme com mangas morcego, enormes óculos redondos com lentes laranja e flores no cabelo.

Senti ternura ao pensar que aquela jovem que havia se casado com um estrangeiro, e para quem todos apontavam como se houvesse algo de errado com ela, era minha mãe e, antes disso, uma mulher. Viver, para ela, era uma batalha diária, que ela vencia com dificuldade, mas, apesar de tudo, ainda estava lá e, em meu coração, admiti que era grata por isso. Nós, as filhas, tínhamos sido o preço que ela pagou para permanecer viva, mas o que quer que eu fizesse, aonde quer que eu fosse, quem quer que eu fosse, eu havia saído dali, daquele corpo indefeso. Talvez eu nunca a perdoasse, mas sabia que continuaria a amá-la. Não poderia ser diferente.

O *imam* e Aisha pronunciaram suas fórmulas secretas. Eu ri um pouco, era tudo tão engraçado: nós cinco sentadas juntas naquele barco azul brilhante, Berta vestida de noiva, Magda sussurrando orações em polonês, vovó desconfortável, ela que tinha medo de sentimentos fortes. E eu, que contei histórias sobre você a vida inteira, as histórias que eu precisava. Eu ainda não sabia quem você era.

Pai, tenho medo de quem me tornarei neste mundo em que você não está presente. Quem eu me tornei nesses anos em que o afastei, apaguei, neguei, em que me escondi onde você não podia me ver, me alcançar, me tocar?

O walkman do Idris, a maneira como Zahra acariciava a barriga inchada, o cheiro de menta e haxixe no bar, os tênis de corrida que Malik lhe dera de presente com seu primeiro salário, as mãos de *jidda* — eu já falei disso? — e o preço da farinha, e a fome, e as vozes de Derb Sultan, os corpos flácidos dos homens idosos sentados na névoa do amã, a pele enrugada pelo vapor, pelo tempo, as mulheres ajustando distraidamente os hijabs, caminhando, conversando umas com as outras, e você seguindo-as com os olhos, como fantasmas, as cores do mercado cegando-o, confundindo-o.

Quando criança, com *jidda*, você tinha medo de se perder e que ela não se virasse para procurá-lo, perde-se um filho, perdem-se todos os filhos, os cães que quase arrancaram sua perna um dia, a vez que você tentou roubar maçãs do jardim do vizinho, um cara que vendia sapatos sem par na esquina para quem só tinha um pé, as bruxas que liam folhas de chá para você, o uivo dos lobos lá longe, na casa da sua tia-avó, na beira do deserto, deitados no chão com as estrelas tão próximas que pareciam cair sobre você, o som das ondas em Melilla que o assustava, quando a correnteza o empurrou para longe e você temeu morrer, quando fugiu da polícia e temeu morrer, quando às vezes acordava à noite e temia morrer, havia um buraco de bala na janela da sala de estar, você o encarava, Boubakar murmurava enquanto dormia. Um rasgo, como um tecido surrado, mas por dentro, na altura do esterno. Fazia você sentir que estava e não estava ali, naquele momento em que sonhava com outro lugar. Uma inquietação, como um espírito, que repousava em seu peito à noite, quando pensava no dia em que partiria, quando pensava em como seria sua vida longe de casa, que chamaria de lar outro lugar, outra cama, outras paredes. É o que você quer, é o que você quer, dizia a si mesmo, eu dizia a mim mesma, porque você era — tinha que ser — especial — para existir.

Eu inventei você, pai?
    Eu na superfície da água, você no fundo do mar; podia vê-lo criança, desleixado e inteligente. Não. Alto e forte, simpático e gentil. Não. Um bebê com ranho no nariz, chorando. Era você? Você era o adolescente com mãos grandes, grandes demais para segurar uma flor? O garoto faminto e irritado que não sabia o que era ambição, mas queria se

sentir mais seguro, cujo peito às vezes doía? Era você? Ou era sempre, sempre eu? Quero ir ao fundo do mar para lhe perguntar, mas você não está lá. Você não está em lugar algum.

O corpo de Aisha é quente e real ao lado do meu, minha coxa roça a coxa dela. Ela me entrega a caixa com suas cinzas e eu a equilibro em meu colo. Pego um punhado e mergulho a mão na água, depois a abro para deixá-lo ir. O mar o engole. Pego outro punhado e mergulho meu braço até o cotovelo. Não quero que o vento o leve embora. Quero ver você de novo. Você, que sempre teve um pouco de medo de água. É o que eu acho, mas vai saber. Encosto meu queixo na madeira do barco e vejo você afundar. Seu corpo não flutua. Sua memória, sim.

Voltei a mim só quando o barco começou a balançar violentamente para a esquerda e para a direita e ouvi gritos e um baque profundo. Sem sequer me virar, eu já sabia que Berta tinha se despido e pulado na água, uma nuvem branca na escuridão azul.

O pescador e o *imam* desviaram o olhar enquanto nós, um pouco chorando e um pouco rindo, observávamos seus seios pequenos despontando da superfície da água enquanto ela boiava de barriga para cima.

Tchau, amor! Tchau, amor, tchau!, ela repetia, beijando a água, passando-a pela boca e cuspindo-a. Tchau, amor! Tchau, amor, tchau, amor, tchau. Ela se encostou na borda do barco e sorriu: Essa era a nossa música, disse, antes de se deixar afundar novamente. Toda vez que ela desaparecia debaixo d'água, eu podia sentir Aisha se encolhendo em pânico. Mas ela sempre voltava à tona.

Qual versão de você ele amava, Berta? Qual de nós realmente o conhecia?

Mas como te amávamos, papai.

Mamãe!, eu a chamei e ela veio até mim. Parecia satisfeita. Eu me inclinei, apoiando os cotovelos na borda do barco e, em um instinto confuso de autopreservação, perguntei a ela a única coisa que importava.

Ah, Mina, respondeu, segurando meu rosto com suas mãos molhadas. Tanto, sempre. Mal e sempre. Sem saber o que isso quer dizer, mas muito, muito mesmo!

Acenei com a cabeça e me afastei. Ela começou a nadar até a praia. A cerimônia havia terminado.

Aquela tarde, estavam todos lá no café. Todos os rostos que se tornaram surpreendentemente familiares para mim, e outros que talvez eu reconhecesse de lembranças que não eram minhas. Só havia passado algumas semanas, mas naquele momento percebi que estava dentro daquele mundo, que ele tinha sido costurado em mim como uma nova pele. Sem que nada no meu exterior mudasse, sem cortar meu cabelo ou beber peiote — eu me tornei quem eu sou.

Mahdi me abraçou com seus braços finos e me disse que havia feito o melhor cuscuz da vida dele porque você o guiara passo a passo. Houve um tempo em que eu teria dado risadas de tal declaração, mas há dias eu o via aparecer e desaparecer em todos os lugares.

Vovó sentou-se, sem pestanejar, no meio das crianças do centro de recepção, e deixou que elas lhe contassem todas as suas histórias. Ela falava um francês autodidata, aprendido naquela época de estudo e curiosidade intelectual, antes que a vida a esmagasse na mordida da sobrevivência.

Berta não ia ao café havia anos. Só então me dei conta de que era a primeira vez que ela saía de casa desde que eu havia voltado. Ela ficou na soleira da porta como um animalzinho assustado, alerta, pronta para se proteger ou fugir. Tinha ido para casa para se trocar, vestindo camadas e camadas de cores brilhantes. Naquele momento, ela me pareceu a mulher mais corajosa que eu já havia conhecido, pela dignidade com que se posicionou, pela força de não ceder à dor. Ela olhava ao redor em silêncio, os olhos arregalados, os cabelos loiros amarrados em duas tranças que a faziam parecer ainda mais jovem e frágil. Foi Nazim quem se aproximou dela. Eu o observei de longe, com o coração cheio, e o amei, o amei quando ele a pegou pela mão, apresentou-a aos amigos e depois a ajudou a se sentar em um canto de onde ela poderia ver tudo sem ser o centro das atenções. Eu o amei quando ele parou para conversar com ela sem que isso parecesse um gesto gentil que alguém faz só por dever.

Alguém chegou com tambores e pandeiros e as canções berberes de seu povo foram cantadas. Uma mulher que eu não conhecia me ensinou a tremer minha língua enquanto gritava e, nessa explosão de alegria e dor, senti um alívio que não sentia há anos. Conseguia gritar sem incomodar, podia chorar sem me desculpar. Podia dançar, comer, sentir meu corpo vibrando em unidade com os corpos dos outros.

 Berta tirou um dos xales que usava, amarrou-o na cintura, começou a bater os pés, balançar os quadris, dobrar os joelhos, rir, rir e levantar os braços, talvez em sua direção, talvez em direção a si mesma. Será que chegaria um momento, me perguntava, em que ela encontraria em sua solidão um renascimento? Será que ela entenderia se, por estar à sua sombra durante todo esse tempo, você a tinha salvado ou se vocês tinham prendido um ao outro?

Aisha chorava, não conseguia fazer mais nada. Tentei não olhar para ela porque vê-la chorar me desestabilizava. Eu a via livre.

Você estava libertando todos nós.

Nazim me encontrou do lado de fora, no terraço. Eu estava de costas para a festa, olhando para o mar.

Há algo que não contei a você.

O quê?

A Cruz Vermelha me ligou, há uma missão que começa no mês que vem.

Virei-me para ele, surpresa. Você está indo embora?

Ele encolheu os ombros e olhou para mim. Você quer que eu fique?

Balancei a cabeça com muita força. Você não vai conseguir me fazer ficar, disse com dureza.

Ficar onde?, perguntou ele com um sorriso de inocente malícia. Estou indo embora. Então, com uma voz tímida que eu nunca tinha ouvido antes: Estou apaixonado por você, sussurrou.

Você nem me conhece, eu disse, pouco convicta.

Nos apaixonamos porque não nos conhecemos, respondeu. E quando nos conhecemos, deixamos de estar apaixonados.

Ele encostou o queixo em minha cabeça e eu me aconcheguei em seu peito.

Não conseguia olhar para ele e não podia deixá-lo ir embora. Não podia pedir que ele ficasse, porque não sabia se seria capaz de fazer o mesmo e suportar o tédio, os ressentimentos, e me deixar ser amada.

***

Algumas horas depois, após as festividades de sua morte, quando todos já tinham ido embora, em meio aos copos e bandejas de doces e mel, em meio aos ecos das vozes que ainda se lembravam de você, Nazim e eu fizemos amor na escuridão do café. Aconteceu assim, enquanto enchíamos sacos pretos com lixo. Usamos pratos e copos de plástico e, por um momento, pensei que talvez você merecesse algo melhor, mas tínhamos uma máquina de lavar louça pequena e estávamos acostumados a escolher o que era mais confortável. Eu havia me esquecido dos ensinamentos de Liz sobre como salvar o planeta com estilo. Fizemos amor em meio aos restos de comida e aos seus fantasmas.

    Nazim sentou-se em uma cadeira, cansado, e disse: Vem cá. Eu também estava cansada, cansada de fingir. Estava escuro lá fora e o mar falava comigo. Sentei-me sobre ele, olhando-o, ele me apertou contra si, a cabeça em meu peito e meus lábios em sua testa. Ficamos assim por um tempo, sem dizer nada. Ele colocou as mãos sob meu vestido, e eu desabotoei sua camisa. Ele beijou meu pescoço, depois chupou meus mamilos, por um longo tempo, até minhas pernas tremerem. Então me levantei com confiança, mesmo com seu olhar fixo em mim, e tirei sua calça. Começamos a balançar lentamente, eu mantive meus olhos bem fechados, buscando meu prazer, meu e somente meu. Quando gozei, caí rindo em seu peito.

    Isso não vai me fazer ficar, murmurei enquanto distribuía pequenos beijos em seu pescoço, na linha forte do maxilar, no queixo marcado.

    Estou apaixonado por você.

    Pare com isso.

    Você queria?, perguntou ele, a voz quente e firme.

Ah, sim, eu queria.
Bom.
Não é tão difícil assim, pensei.

No dia seguinte, de manhã cedo, Nazim me acordou e disse que tinha que ir ao porto, mas que voltaria mais tarde naquele dia. Decidi abrir o café. Levantei a persiana e olhei em volta como um ladrão. Sempre tive medo ali, medo de que alguém dissesse: vá embora.
 Com calma, passei o esfregão no chão e o pano no balcão. Coloquei o chá para esquentar, o aroma de menta relaxou meu pescoço e meus ombros, senti meu corpo se mover como se estivesse no automático.
 Acordei quando alguém entrou. Olhei para o relógio, eram apenas sete horas. À minha frente, um velho triste que me assustou porque parecia me reconhecer, embora eu não soubesse quem ele era.
 Desculpe-me, ainda não abrimos, eu disse, engolindo o medo, só abrimos para o almoço, tivemos um funeral ontem. O homem pareceu não entender.
 Disse-me em inglês que se chamava Rashid e que estava procurando por Omar. Ele tinha uma carta na mão, mas não a entregou para mim. Respondi que Omar estava morto, que o funeral tinha sido dele. Ele assentiu com a cabeça, sem parecer surpreso, mas seus olhos se encheram de lágrimas. Sentou no balcão e me pediu um chá.
 Você nunca me falou sobre o Rashid. Sobre a amizade de vocês, o tempo que passaram juntos. Contou que atravessou o estreito escondido no porão de um navio com muitos outros infelizes e que conquistou a Europa correndo. Me disse que havia vencido corridas e encontrado pessoas dispostas a ajudá-lo. Me disse que na França tinha encon-

trado velhos amigos que viviam lá há muito tempo e que o haviam trazido para dentro do sistema. Mas você não gostava da França — muito esnobe, muito presunçosa — e, por isso, veio para o sul da Europa, onde tudo parecia ser seu lar: a decadência, a sujeira e a lentidão, a astúcia e a esperteza nos olhos das pessoas, a hospitalidade e a superstição, a alegria de viver, e o lamento. Isso você me contou, embora tenha sido vago, porque gostava de me contar sobre quando era criança, mas não sobre o que o transformou no homem que era.

Já não respondia às minhas cartas, disse Rashid. Ele morreu. Ele morreu há quase três meses, repeti. Você não teria lido a última carta de Rashid. Onde estavam as outras? Você as escondeu ou as queimou?

Você é dele, disse ele. E não era uma pergunta.

Sim, eu respondi, sim, eu sou dele.

Tomou um gole de chá e acenou com a cabeça. Está bom, disse ele, você aprendeu bem.

Como você conheceu meu pai?

Deu um sorriso triste, enrugado, como papel molhado. É uma bela história, respondeu.

PARTE QUATRO

1.

Você estava sozinho. Pela primeira vez em sua vida, você estava completamente sozinho. Agachado em um canto, observava as pessoas entrarem e saírem. Tânger o fazia tremer. Havia coisas por lá que você não entendia e não sabia a quem pedir explicação.

O ano era 1985. Você já tinha ouvido histórias sobre o que Tânger tinha sido e o que ainda era, talvez, à noite. Mais de vinte anos haviam se passado, mas você ainda podia sentir a atmosfera da cidade internacional. Branca e brilhante durante o dia, escura e alaranjada à noite, nos becos sujos, no reboco descascado dos prédios decadentes, em cada esquina alguém querendo enganá-lo, encantá-lo. Cidade de bandidos, Tânger, onde todos os tipos de tráfico floresciam. Tudo era um jogo, tudo era falso. As pessoas trocavam apenas promessas, mentiras.

Jovens se prostituíam nas esquinas da medina, nos albergues, entregavam-se por centavos, copulando com homens brancos, poetas, artistas, fotógrafos, arquitetos que iam até lá com esse propósito, porque os meninos de Tânger eram bonitos, tristes e baratos. Transavam com eles, fotografavam-nos, faziam-nos contar histórias que depois colocavam em seus livros.

Você não podia confiar em ninguém. Ficava ali observando, morrendo de frio, respirando sal. Conhecia os portos e como eles funcionavam, mas não conhecia aquele porto, que servia a dois mares e onde, logo em frente, a apenas algumas braçadas, surgia a Europa. Um dia você encontraria um pequeno vilarejo que também dividia o mundo em dois, e você o chamaria de lar, talvez de mentira, talvez com rendição. Os velhos, sentados do lado de fora dos cafés ainda fechados, fumavam cachimbos de kief e jogavam xadrez sob a luz fraca de um poste. Marroquinos, berberes, turcos, africanos, todos tinham membros cansados e olhos lacrimejantes, mãos nodosas e um sorriso astuto, doce e perverso. Os jovens é que eram diferentes. Você os via intimidando homens que tinham o dobro da idade deles, você os via se contorcendo para se exibir, famintos e impacientes. E você os julgava em silêncio, encolhido como um gato entre dois cardumes de peixes. Você, tão alto, tornava-se pequeno, invisível.

Ele o notou antes que você o visse, e fingiu não notar. Era mais baixo que você, mas mais forte e robusto, com um rosto limpo e estranhos olhos cor de mel que pareciam ouro líquido. Tinha cabelos longos e grossos, presos em um rabo de cavalo e, com alguns ajustes, poderia facilmente se passar por uma garota, pois tinha traços delicados, um certo porte de homem rico, e as mãos de alguém que nunca havia trabalhado. Não tinha nada a ver com aquele lugar, na madrugada, no fedor de peixe e vômito, entre as muitas pessoas que procuravam uma cama quente e haxixe. Quando você finalmente o viu, pensou que ele era fraco caso tivesse se rebaixado à prostituição, se tivesse caído tão abaixo do pedestal em que claramente havia nascido. Você nunca faria aquilo, mesmo que significasse a morte. Ainda não tinha um plano, mas achava que, de alguma forma, encontraria um bico ou roubaria o suficiente para sobreviver até ter dinheiro para pagar os barqueiros e desembarcar em Tarifa e, de lá, tentar a sorte, seguir seu destino.

O sol estava nascendo, os meninos e a neblina na marina estavam diminuindo. Logo notariam você. Precisava dar no pé. Roubar a carteira do velho parecia fácil e rápido. Rashid, sentado à mesa de um café com um homem de aparência ocidental, na casa dos cinquenta anos, olhou para você através de uma nuvem de fumaça. O homem esfregou os lábios, tocou a coxa debaixo da mesa, e se levantou para mijar. Você se aproximou silenciosamente dele, a mão pronta para pegar a carteira do bolso de trás. Mas Rashid apareceu diante de você com um sorriso e os braços cruzados, como se estivesse fazendo pose.

Eu só estava me perguntando o que você tanto esperava, ele riu. Você precisa se movimentar o tempo todo, nunca ficar muito tempo em um só lugar.

Tentou se esgueirar para o lado, mas ele o prendeu na parede.

Tem algum dinheiro com você? Se tiver, é preciso ter cuidado, pois para pegá-lo enfiam uma faca em sua barriga ou cortam suas calças enquanto você dorme. De onde você é? Você é do Sul, não é? Não parece daqui.

Me deixe em paz, você disse com desdém, mas suas palavras desagradáveis não o feriram. Tentou mais uma vez tirá-lo de cima de você. Sem sucesso, pois ele tinha braços muito fortes.

Sim, eu sou bicha. E daí? Não faço isso por dinheiro como os outros. Meu pai administra um desses novos supermercados abertos por europeus. Tenho uma casa grande na medina, alugo quartos. Não tenho problemas e não procuro problemas. Eu o vi agachado lá por horas e lhe digo que nesta cidade não se chega a lugar algum sozinho. Faça o que quiser, mas se ficar parado o dia todo procurando um barco, alguém vai encontrar um jeito de te dobrar.

Sua voz era firme e ele parecia honesto. Olhou para você com simpatia, talvez você lhe parecesse indefeso, porque o era. Vocês se entreolharam por um tempo, mas, por fim, seus músculos relaxaram e ele se afastou, passando as mãos pelos cabelos soltos, que não eram crespos como os seus, mas desciam até os ombros, macios e brilhantes. Você olhou para ele pela primeira vez com olhos menos temerosos, e parecia o homem mais bonito que já tinha visto. Alto, sinuoso, traços elegantes: maçãs do rosto altas, sobrancelhas finas e longas emoldurando um par de olhos cor de âmbar, lábios cheios, dentes brancos, pele bronzeada. Ele devia ser muito bem-sucedido em uma cidade como aquela. Não era do tipo que se aproveitaria de alguém como você, não havia necessidade. Tinha um livro enfiado no bolso de uma jaqueta de couro marrom, como aquelas que só se vê em filmes.

Preciso trabalhar, você disse. Tenho que ir para a Alemanha, mas não quero que ninguém me toque.

Ele começou a rir, uma risada cavernosa, cheia de vida. Fique tranquilo, ele disse. O que você sabe fazer?

Sei torcer o fio elétrico de um prédio e conectá-lo ao prédio ao lado sem que ninguém perceba. Sei costurar, cantar e correr. Falo um pouco de espanhol e um pouco de alemão. As pessoas geralmente gostam de mim. Sei ouvir e me esconder.

Mas eu te vi.

Talvez eu quisesse que você me visse.

Ele ergueu as sobrancelhas e assentiu.

Sua vida sempre foi feita de encontros fortuitos. Seu maior talento era confiar em pessoas boas que, por algum motivo, sempre queriam ajudar você, que só era bom às vezes.

2.

A pousada de alta rotatividade de Rashid tinha dezenas de quartos cujo estado de conservação era questionável. Tânger era uma cidade úmida e tudo — as paredes dos quartos, os corpos das pessoas, objetos e pensamentos — exalava confusão e nostalgia. Era um lugar mágico, mas de uma magia sombria. Os hóspedes eram geralmente estrangeiros de passagem, assombrados por aquela estranha atmosfera: alguns ficavam lá por meses, outros por uma hora ou cinco minutos. Outros se moviam nas sombras, mas você podia vê-los, acostumado a fazer o mesmo. Se uma pia estivesse vazando, o chamavam. Se tivessem problemas com o aparelho de televisão, ligavam para você. Se quisessem comprar maconha, também. Se alguém batesse em outra pessoa e tudo precisasse ser colocado em ordem, ligavam para você. Você era discreto e silencioso e tornara-se um confidente e um ajudante, um pintor e um traficante de drogas, um encanador e um psicoterapeuta, removia manchas de sangue e sêmen, cinzas e lágrimas, e guardava todos os segredos para si.

Para as pessoas da vizinhança, os homens que amavam homens eram uma aberração da natureza. Mas essas aberrações da natureza eram as mais fortes, as mais resistentes, as mais inteligentes. Criaturas estranhas e fascinantes — nem mais nem menos do que aquelas que comiam vidro ou cuspiam fogo nas esquinas — que sobreviviam por necessidade, porque se esforçavam muito para viver e não deixavam nada ao acaso.

Embora fosse um homem que amava homens, Rashid era diferente: ele era rico e seu destino havia sido escrito antes mesmo de ele nascer. Ele herdaria terras, casas e negócios que teria de administrar e tornar rentáveis e, por sua vez, deixá-las para seus filhos. Ele se casaria com uma mulher bem-nascida, educada, mas prática, que o ajudaria a pagar as contas. Empregaria os maridos de suas irmãs, de modo a sustentá-las indiretamente, bem como seus filhos e netos. Ele cuidaria da família — o único homem em uma geração só de mulheres. Sua mãe, que Deus a tenha, havia se exaurido tentando trazê-lo ao mundo, apavorada com a possibilidade de só conseguir dar à luz crianças do sexo feminino. É claro que ele próprio era um pouco feminino, mas isso não podia ser dito em casa.

Começara a se prostituir aos doze anos, não porque precisasse, mas porque era fascinado por aquele mundo inacessível: sexo, drogas, uma comunidade de escravos brancos que vivia sem regras, não se casava, não fingia. Que se autodestruía com graça e um sentido absurdo de pureza. Ele, que não podia ir a lugar algum, naquela perdição havia encontrado uma rota de fuga sem sair de onde estava, de sua casa-prisão, uma fonte de sustento e humilhação.

Rashid era mimado e caprichoso. Adorava ler e escrevia poemas sobre a Tânger que conhecera quando criança e sobre homens altos, parecidos com marinheiros, com braços magros e cicatrizes no peito. Você, que nunca gostou de ler, descobriu que ouvi-lo era como ouvir música, as palavras saíam da língua dele com doçura. Certa noite, ele lhe revelou que estava planejando uma viagem, uma espécie de *Grand Tour* pela Europa. Seria sua despedida do mundo antes de se casar e dizer adeus à vida que queria para si.

Não diga isso, você falou, convencido de que, com a mentalidade certa, a alegria podia ser encontrada em tudo. A inquietação de Rashid espelhava a sua, quando tudo o que você fazia na vizinhança era reclamar do presente. Mas, nesse meio-tempo, você havia aprendido a sentir nostalgia por aqueles momentos. Algumas semanas depois de sua partida, sem saber o que Idris havia comido naquele dia, se Zahra e a menina estavam bem — sem sequer conseguir pensar em *jidda*, que talvez o odiasse por tê-la deixado sem se despedir —, longe, muito longe de todos, você se perguntou se, afinal, a miséria não seria melhor do que a solidão. Invejava Rashid: ele não era livre, mas estava em casa, e talvez pudesse aprender a amar sua esposa e encontrar conforto na familiaridade dos lugares, na possibilidade de sentar-se em uma das mesinhas com vista para a pequena praça na medina e lembrar-se das tardes de outrora, quando sentava ali com fulano ou sicrano, e talvez tivesse testemunhado uma cena engraçada ou ganhado um jogo de xadrez particularmente difícil e se sentido orgulhoso, e só de lembrar já se sentiria bem. As suas lembranças, por outro lado, estavam impregnadas de falta, todas pareciam tristes.

O plano de Rashid era zarpar para a Espanha, alugar um carro, enchê-lo de vinho e haxixe e dirigir pela Andaluzia, depois parar em Barcelona, Marselha, Nice, Veneza, Florença, Roma, seguindo a inspiração do momento. Era um plano absurdo, mas com dinheiro tudo é possível. Ele sempre lhe falava sobre isso, e você o satisfazia estudando mapas com ele, noite após noite, sugerindo contatos de amigos da vizinhança que tinham conseguido se mudar para esta ou aquela parte da Espanha ou da França. Era um jogo de imaginação, mas talvez você estivesse estudando cuidadosamente cada movimento para incutir nele a ideia de convidá-lo, de envolvê-lo nessa fuga. Você era tão manipulador assim? Talvez não. Talvez vocês realmente tenham se tornado amigos, talvez você estivesse sentindo falta de um irmão. Talvez, pela primeira vez, alguém só se importasse com você, e você gostou disso.

Percebia o quanto ele o desejava? Sabia que ele o observava se afastando, que o observava à noite? Você dormia tão profundamente assim? Ele me disse que nunca tocou em você. Que quando vocês dormiam ombro a ombro, noite após noite, ele ficava sempre acordado, e o toque da sua pele fazia um arrepio atravessar todo o corpo dele. Em seguida, saía e ia se encontrar com outros homens. Voltava de manhã e acordava você como se nada tivesse acontecido.

Tudo o que restava de seus sonhos de glória, naquele momento, era um pensamento tênue, mais parecido com uma lembrança do que com uma esperança. Todas as noites, ao pôr do sol, você corria no porto, e muitas vezes Rashid o assistia furtivamente, sentado à pequena mesa do bar onde vocês se conheceram, acompanhando outros homens que ele fingia cortejar.

3.

Um dia, Rashid lhe disse que haveria uma corrida em Tânger e que ele pagaria a taxa de inscrição para você. Com o dinheiro do prêmio, você poderia pagar sua viagem à Europa, disse em tom leve. Você hesitou, estava com medo — de fracassar ou de vencer, não sabia.

Vamos, me mostre o que você pode fazer, ele o provocou. Na verdade, queria ajudá-lo a ser feliz, que pelo menos você fosse feliz.

Você não queria parecer covarde, então aceitou.

Havia pessoas de todo o norte da África, e até mesmo alguns espanhóis e franceses. O prêmio em dinheiro era tentador. Você dizia a si mesmo que estava fazendo aquilo por diversão. Era mentira: estava fazendo aquilo por ambição.

Nas quadras iniciais, a adrenalina encheu seu estômago de bile. Tinha vontade de vomitar. Rashid se pôs a ler, completamente desinteressado na corrida. Você olhou ao redor em busca de Boubakar e Idris. Eram eles que você queria impressionar — aqueles que, testemunhando sua grandeza, teriam contado a *jidda* sobre suas façanhas em casa, e ela teria sorrido, com os olhos embargados. Para quem você ganharia agora?

Correu pensando neles, perseguindo-os, e os via até a linha de chegada. Terminou em terceiro lugar. Deram-lhe uma medalha e algum dinheiro. Não ouviu os aplausos e, na saída, passou por Rashid quase sem vê-lo. A bile cavara um buraco em seu estômago, um buraco de nostalgia. Ainda estava com fome. Foi até um telefone público e ligou para o único número que conhecia.

Alô?

Jamal? Sou eu, Omar.

Do outro lado do telefone, ouviu uma confusão. Jamal começou a rir e a gritar, falando longe do receptor. Omar, seu velho maldito, mas você está vivo! Inshallah! Não consigo acreditar. Já se passaram semanas, semanas! Ah, Abou! Idris! Adivinhe quem está ao telefone?

Seu coração estava batendo na garganta. Eles estavam lá, estavam perto, do outro lado do telefone.

Passa para eles, você disse rapidamente. Estava suando, nervoso, febril. O que você teria dito?

Alô? A voz de Idris era incerta, quase tímida.

Idris.

Você o ouviu suspirar de alívio, como se estivesse prendendo a respiração desde sua partida.

Você está vivo.

Estou.

Onde você está?

Em Tânger.

Você esteve em Tânger todo esse tempo?

Sim. Arranjei uns bicos, estou me organizando.

Se fosse para encontrar bicos, sabe, podia ter ficado aqui.

Aqui é diferente.

Ah. Você o ouviu murmurar alguma coisa, depois ele disse, rindo: Boubakar começou a chorar. Ele fugiu, acho que foi para a maman. Desde que você foi embora, ele quase não come.

O alívio na voz de Idris evaporou rapidamente, deixando em seu lugar um rastro de ressentimento, talvez até de

inveja. Muita importância dada a você, que os abandonou.
Se ele tivesse partido, alguém teria notado?
A bebê está bem?
Sim, sim, estamos todos bem. Sabe, o de sempre. Não temos dinheiro.
Vou mandar para você.
Ah, se é assim.
É claro que sim.
Idris estava com raiva. Mas você não prestou atenção. Queria surpreendê-lo, queria que ele soubesse que você não estava ali sem fazer nada, que havia valido a pena, que era a coisa certa a se fazer.
Ganhei uma corrida hoje.
Você ganhou? Ficou em primeiro lugar?
Não, terceiro, mas ainda assim ganhei um prêmio.
Terceiro! Ah, você está enferrujado.
Os outros eram muito preparados, você continuou. Era uma competição séria, não como as do bairro. Eu moro em um hotel, há muitas drogas, muitas coisas estranhas. Sou um faz-tudo, sou amigo do proprietário. Talvez ele me leve com ele para a Europa.

Idris parecia indiferente a todas essas informações. Não queria lhe dar nenhuma satisfação. Talvez apenas para magoá-lo, contou-lhe sobre a pequena Halima. Depois, disse que precisava desligar.

4.

Não podia se arrepender, tinha de seguir e, assim, competiu várias vezes. Rashid o acompanhava cada vez mais longe, em viagens cada vez mais longas. Marrocos, Argélia e depois Espanha. Você raramente chegava em primeiro lugar, mas sempre ficava em uma posição alta o suficiente para ganhar alguma coisa, sempre um pouco abaixo das posições que poderia ter alcançado se realmente quisesse. Era distraído. Não dormia bem. Sentia-se inadequado, e isso nunca havia lhe acontecido antes, não se esforçar o suficiente para não correr o risco de fracassar. Rashid escolhia as competições para que você tivesse uma boa chance, estudando os outros participantes com antecedência. Fazia apostas e, quando ganhava, entregava a você a soma total, que você mandava para casa. Você não se importava com quase mais nada, aguardava ansiosamente os telefonemas no café do vilarejo. Não pensava no quanto Idris odiava receber seu dinheiro, quando teria gostado muito mais da sua presença. Certa vez, lhe enviou uma foto de Halima, e no verso estava escrito que era de Zahra. Mas você reconheceu a letra, sabia que era dele. *Jidda* pensava em você? Talvez não. Talvez estivesse acostumada com a perda. Talvez todo mundo um dia seguisse em frente sem você.

Quando vocês pegaram o avião pela primeira vez, você estava com medo, mas não queria admitir. Pensou em Samir por um segundo e quase chorou. Você tinha conseguido. Estava vivendo a vida com a qual haviam sonhado, mais ou menos. Ficava hospedado em bons hotéis — não que tivesse ficado rico, mas Rashid cuidava de tudo e não pedia nada em troca. Ele o observava e você sabia, mas nunca falavam sobre isso. Às vezes, você olhava em volta e ficava chocado com sua nova vida. Havia se lançado, não podia fazer nada além de seguir em frente.

Às vezes você bebia e, quando bebia, ligava para o café e conversava sobre isso e aquilo com os rapazes. Contava a Boubakar sobre esse ou aquele show. Idris o evitava. Mês após mês, você dizia que ainda não havia se estabelecido em um lugar, que não conseguia trazê-lo porque ainda dependia de Rashid. No entanto, Idris nunca mais lhe perguntou nada. À noite, frustrado, acontecia de você se justificar com Rashid, dizendo que não era a babá de Idris, que ele já era um menino crescido, que podia fazer o que quisesse, que não era sua responsabilidade.

Não é minha culpa que meus irmãos não tenham tido forças para ir embora. O que eu tenho, eu fui atrás!

Você sente falta deles?, perguntou Rashid certa vez num tom doce.

Eu certamente não sinto falta daquele lugar de merda. Veja onde estamos!, exclamava, abrindo bem os braços. Vocês estavam em um bar cheio de fumaça no Marais, onde os jovens se tocavam debaixo das mesas. Rashid olhava em volta, exasperado com suas atuações. Ele não havia lhe dito que o fim dos jogos estava próximo, que a data já estava marcada. E não lhe disse que o que estava fazendo por você jamais faria por outra pessoa.

Nós também estamos num lugar de merda, disse Rashid, não dá para respirar aqui.

Estamos em Paris, você disse, como se isso fosse suficiente para resolver a questão.

Sim, e estamos sozinhos. Estamos correndo contra o tempo, Omar. Você corre do passado, eu corro do futuro. Você viveu de verdade um único minuto nos últimos meses? Me parece que você está avançando por inércia, só porque precisa se provar. Você não está presente. Está lá, sempre no mesmo lugar.

Você balançou a cabeça vigorosamente. Não, não. É o Idris, é ele que me faz sentir mal.

Sim, é claro. O que você sabe sobre isso? Você não consegue entender. Você tem uma vida fácil, nem sequer pensa em dinheiro, família, nas responsabilidades que tenho sobre meus ombros.

Rashid revirou os olhos e começou a rir.

Ah, pobre Omar, pobre talento desperdiçado. Você é realmente hilário. Eu não sei de nada, né? Não sei o que é ter uma família que não me entende? Forçado a um papel, a uma vida que odeio? Você não saboreou essa vida o suficiente para ver que o dinheiro não muda nada? Que estamos perdidos de qualquer forma, que não temos para onde ir?

Dá para ver que você nunca passou fome, se acha que o dinheiro não muda nada.

E dá para ver que você sempre foi amado, e não dá valor a isso.

Não dou valor? Mas se foi por eles que eu fui embora!

Não, você foi embora por si mesmo, porque acha que é mais importante do que todos os outros e acha que sua vida é mais valiosa do que a de todos os outros. Você foi embora porque se sente especial. E você é. Rashid colocou a mão dele sobre a sua e a apertou. Embora não houvesse malícia nesse gesto, ainda assim você afastou sua mão.

Você é especial, continuou Rashid. Mas não porque está em Paris ou porque ganhou uma corrida ou porque conseguiu um cara rico para levá-lo de carro. Você acha que essa vida o fará feliz? Cada coisa nova já cheira a velho, e você vai ficar vagando por aí, como todo mundo, procurando algo que não vai conseguir encontrar. Sabe por que você é especial? Porque você é especial para mim. E para seus irmãos, para sua mãe, para Zahra, para Samir. Você é especial porque nós o amaríamos mesmo que você não fosse. É por isso que você acha que merece tanto, mas, na verdade, você ignora o que tem, e o que diz querer, quando consegue, já não quer mais. Você vai sempre fugir, nunca parar. Como todo mundo.

Então, qual é o segredo?, você perguntou, as mãos no cabelo.

Queria ser irônico, mas era uma pergunta sincera, cheia de medo.

O segredo, disse Rashid, é se contentar.

Beberam mais vinho. Falaram sobre outras coisas. Foram dançar. Comeram pão quente ao amanhecer, rindo. De manhã, Rashid pegou seu rosto entre as mãos e encostou a testa na sua. Você permitiu — estava cansado, um pouco triste e, acima de tudo, precisava se sentir amado, mesmo que não quisesse admitir.

Aqui nos despedimos, disse ele.

Do que você está falando, Rashid! Ainda temos uma semana antes de voltar, você protestou, fingindo não entender. Mas você sabia.

Paguei por mais uma semana, para que você fique tranquilo. Você vai ficar bem, certo?

Seus narizes se tocaram.

Vou me casar, Omar. No próximo sábado. As lágrimas brotaram e ele se virou para que você não o visse chorando. Onde ele o tocara, sua pele latejava.

E daí? Nada muda.

Nada muda para você.

Bem, podemos voltar juntos para Tânger, eu continuarei fazendo bicos, talvez volte para casa por um tempo. Você vai ver que o casamento não é uma tragédia. Se você não gostar de sua esposa, pode ignorá-la.

Ignorá-la. Rashid começou a rir. Não, Omar. Não sou esse tipo de pessoa, e você deve saber disso. É mais fácil para todo mundo se não nos vermos por um tempo. Além disso, você está aqui, está vivendo seu sonho, não deve parar, deve continuar.

Por quê?

Porque você pode.

Mas o que você disse essa noite...

Esqueça o que eu disse, eu estava bêbado. Você vai seguir em frente e construir algo próprio. Pode não ser o que você imaginou, mas será sua vida. Está bem? Me prometa isso.

Você ficou sem voz.

Nunca fiz nada por conta própria.

Você vai encontrar outra pessoa para fazer coisas com você.

Ele se afastou, deixando você ali, paralisado. Não se virou nenhuma vez.

Você nunca mais o viu.

5.

É aqui que a história com Rashid termina. Você encontraria outra pessoa para fazer coisas com você. Esse era seu verdadeiro talento e, afinal, a vida é assim. Não sei o que aconteceu depois. De alguma forma, você chegou ao vilarejo. De alguma forma, você conheceu Berta. Certamente, de alguma forma, selvagem e fantasiosa. Você parou de correr — por quê? Nunca lhe perguntei. Já sabia cozinhar ou aprendeu depois? Por que um café, e por que bem na praia? Você sentia falta de casa? Alguma vez pensou em Rashid? Alguma vez pensou em mim?

Por que as pessoas vão contra seus sonhos e projetos? O que acontece com a imaginação quando, de repente, abrimos os olhos? Por que eu tinha ido embora, o que eu estava procurando em outro lugar? Por que eu insistia, noite após noite, e dizia a mim mesma que aquela era a vida — a vida que eu queria? Eu a havia encontrado? Eu gostava dela?

Lembro de você como um homem feliz. Talvez tenha sido. Divertido, melancólico, enérgico, curioso, severo. Contente, talvez, como alguém que se contenta. Como todo mundo.

6.

Eu dei seis meses a Aisha. Uns bons seis meses. Ela havia se matriculado na universidade e passado nos primeiros exames com paixão e comprometimento, enquanto Mahdi e eu cuidávamos do café. Até Berta começou a ajudar.
Funcionou por um período. A ideia de que eu estava me sacrificando por amor era um pensamento agradável, que me dava conforto e um senso de superioridade moral. Eu lia muito, aproveitando as horas de descanso. Não me sentia mais sozinha, o que eu estava fazendo fazia sentido.
No entanto, me entediava. Eu era uma boa irmã agora, e daí? Não era mais interessante para ninguém, portanto, não existia. De manhã, depois de correr, pulava na água gelada para me sentir viva. Tinha medo da vida cotidiana, não me sentia capaz de ser normal. Aparecia na casa de Nazim no meio da noite e, no dia seguinte, o rejeitava. Ele não guardava rancor por mim, mas não queria ser magoado, então começou a se afastar e não atendia às minhas ligações.
Então, um dia, entrou no café com uma mochila nos ombros.
Me desculpa, eu disse, mordendo o lábio.
Por quê?
Não sou o tipo de pessoa que vai permanecer a mesma e te amar para sempre, expliquei. E rezei para que ele entendesse, que me visse, que eu não tivesse inventado sua capacidade silenciosa de me aceitar sem julgamento. Não vou

esperar seu retorno olhando pela janela. Quero saber tudo sobre você, tudo, e depois vou ficar entediada e você vai me decepcionar e, então, eu vou te magoar e você não vai mais querer voltar para mim. Ficarei ressentida das coisas de que abri mão por você, e você não me perdoará por prendê-lo à responsabilidade de uma vida juntos, cheia de compromissos enfadonhos que vão nos deixar apenas vagamente satisfeitos.

Nazim pareceu ponderar minhas palavras cuidadosamente, não por capricho.

Provavelmente, disse ele, em seu tom relaxado. Pessoas que ficam juntas para sempre fazem tudo isso repetidamente, eu acho. É a vida, é normal.

Não quero ser normal.

Não, é claro que não quer — é difícil demais, né? É muito mais fácil se alienar de tudo e de todos para se sentir especial e não viver nunca. Conheço bem esse jogo. Mas sei que estou me escondendo — e você? Você não tem medo da ideia de uma vida normal, você tem medo da perspectiva de que uma vida normal possa livrá-la de sua mediocridade. Mas você não é medíocre, você não seria medíocre em nenhuma vida. Você é covarde, é isso que você é.

Não sou covarde, murmurei sem me convencer. Mas eu era, eu era.

Então faça o que você quer de verdade, ele me incentivou. Não o que faz você se sentir melhor, não o que é certo ou o que a torna interessante ou o que é fácil — faça o que você quer.

Paralisada pelo medo de que todas as respostas que eu dei a mim mesma até então se mostrassem erradas, não consegui responder.

Nazim balançou a cabeça. Queria lhe deixar algo. Entregou-me uma sacola de plástico. Estava pesada. São alguns dos meus livros, pensei em emprestá-los a você enquanto estivesse fora. Você pode me devolver da próxima vez que nos virmos. Ele sabia que talvez não me encontrasse quando voltasse, mas não acrescentou mais nada. Assenti com a cabeça, os lábios apertados. Ele me beijou como se estivesse saindo para fazer compras.

Quando eu disse a Aisha que estava indo embora, não houve portas batidas. Ela me agradeceu pela ajuda e me acompanhou até o aeroporto com lágrimas nos olhos. Como sempre, escondeu seus sentimentos para acomodar os meus. Meu tédio contra sua esperança, meu medo contra sua decepção. Eu sempre vencia. Talvez ela achasse que nosso tempo juntas poderia curar as feridas do passado e nos tornar melhores.

Mas não me sentia curada nem melhor.

7.

A cidade permanecia a mesma, com suas duas almas complementares: uma arquitetura sólida e reconhecível, por trás da qual se movia uma maré humana imprevisível e variada. Era tão bonita quanto eu me lembrava — perfeita, como são as coisas arrumadas e organizadas. Mas meus contornos e eu tínhamos ficado pontudos nos cantos errados. Eu já havia sido substituída por dezenas de imigrantes dispostos a suavizar suas bordas para se encaixar naquela imagem, da mesma forma como eu havia feito durante todos aqueles anos. As coisas arrumadas estão sempre certas. As bagunçadas, descoordenadas e inconsistentes, não. Percebia agora que havia me tornado rígida em minhas definições. Olhava para a cidade com um desencanto que não me fazia bem nem mal.

Liz havia marcado comigo no novo *speak easy* do bairro, que ela agora frequentava. Para entrar, você passava por uma barbearia antiga e por um corredor estreito, no final do qual era preciso sussurrar no ouvido de um segurança uma senha que mudava a cada mês. Era um lugar muito exclusivo, parte de um dos antigos clubes da cidade, lugares onde se pagava uma taxa anual de milhares de libras para poder beber como em um pub normal, mas cercado pelas pessoas certas. As pessoas certas eram uma categoria humana específica, porém nebulosa: originalmente consistia em executivos, homens e brancos, mas agora havia se diversificado para incluir artistas de vários tipos, gente de TI, especialistas em inteligência artificial, acrobatas, youtubers, *dungeon masters*. Ainda havia salas onde apenas alguns podiam entrar, mas esse bar clandestino se orgulhava de reunir as novas mentes criativas e *diversificadas* da cidade. Fui de metrô. Não havia sinal de celular e, portanto, nenhuma distração, passei os quarenta minutos da viagem olhando furtivamente para os estranhos no meu vagão. Havia uma senhora de cinquenta e poucos anos comendo macarrão com o rosto mergulhado em uma caixinha de papelão; um grupo de mulheres jovens conversava, segurando sacolas de compras de lojas da moda; um rapaz de não mais de dezoito anos, usando uma jaqueta enorme que o fazia parecer o Homem Michelin, jogava Candy Crush. Toda vez que ele se movia, a jaqueta fazia barulhos que pareciam peidos. Havia os que dormiam, exaustos após um dia de trabalho, e os que curtiam, ocupando um assento para dois. Uma mulher com cabelos loiros finos e olhos de sapo me encarava abertamente, sem piscar. Um velho negro e sem cabelo estava lendo um livro; tentei espiar a capa: um ensaio de Susan Sontag intitulado *A doença como metáfora*. Seus ombros tremiam de leve, e eu podia ver que ele estava se segurando para não chorar. Procurei seu olhar para lhe oferecer um sorriso silencioso, mas ele evitou o meu e talvez tenha me achado inadequada por, de alguma forma, invadir a intimidade de sua dor secreta. Senti-me uma intrusa e baixei os olhos. Naquele tumulto de vidas que passavam, fiquei parada, sem saber como voltar a ser uma pessoa despreocupada.

Depois de nossa discussão à distância, Liz me enviou um e-mail no qual ela considerava a discussão "ridícula" e prosseguia a me contar sobre suas viagens, seu blog, sua colaboração com a Lush e seus pensamentos sobre *fast fashion*, que ela obviamente abominava. Respondi pedindo desculpas novamente por não ter sido honesta com ela, mas depois continuei a mentir. Disse que sua morte e a estadia no país tinham me ajudado a colocar as coisas em perspectiva, que eu estava pronta para voltar à cidade com uma nova consciência. Não falei de Aisha, de Berta, de vovó, de Nazim, de Rashid, de nada que fosse verdadeiro. Voltar a fingir era como sentar em frente a uma fogueira com as mãos congeladas.

Antes de sair, forcei-me a ligar para ela e, com uma pitada de humilhação que eu sabia que Liz adoraria, perguntei se poderia ter meu quarto de volta. Ela foi gentil, como sempre, mas respondeu que, infelizmente, não era possível. É claro que eu poderia dormir no sofá por alguns dias enquanto procurava uma nova acomodação.

Foi um xeque-mate que imediatamente restabeleceu o status quo de nosso relacionamento. Quando cheguei em casa, ela não estava lá, mas havia deixado um recado para que a nova inquilina abrisse a porta para mim. Seu nome era Sun Yi, ela tinha o mesmo olhar assustado que eu, e as roupas usadas de Liz ficavam tão apertadas nela quanto em mim. No sofá, encontrei lençóis limpos, um cartão de melhoras e meus biscoitos favoritos do Waitrose, os de três chocolates. Era um carinho tão delicado, tão diferente do jeito brusco de Aisha cuidar de mim. Em minhas lembranças, havia começado a compará-las com frequência: Aisha era minha irmã, mas eu havia escolhido Liz, e agora me perguntava por quê. E será que ela me escolheria novamente? Será que aquela tensão que se instalou tão facilmente entre nós nos meses em que estive fora seria irreversível, ou a proximidade nos uniria como se nada tivesse acontecido? Eu não saberia dizer o que esperava.

No dia seguinte, elas estavam me esperando numa mesa de canto, sob a cabeça empalhada de um veado enorme. Liz teve o cuidado de convocar Ashley e Emma, evidentemente para evitar o constrangimento de ficar sozinha comigo.

Aí está minha vadia favorita!, exclamou Liz quando me viu chegando, e esticou os braços em minha direção, sem se levantar. Seu Instagram estava repleto de legendas como *my favourite darling* e *my favourite bitch*, as pessoas eram suas coisas favoritas.

Eu a abracei calorosamente e, com um aceno de mão, cumprimentei as outras duas, para enfatizar que ela sempre foi a mais importante.

Mina acabou de voltar da Itália, disse Liz, como se estivesse falando de si.

Maravilhoso!, exclamaram as outras, com inveja de mim, que havia espalhado você no mar. Itália, onde?

Ah, no sul. Perto da Sicília.

A Sicília está na lista de regiões a serem visitadas no ano que vem, de acordo com a Lonely Planet. Aparentemente, é como a Toscana, só que mais selvagem.

Não tem máfia lá?

Não, Ash, não seja racista. Emma se virou para mim: Eu adoro Palermo. Sou fascinada por cidades bagunçadas, tão cheias de vida real, de pessoas reais.

Me perguntei que tipo de pessoas eram irreais para ela. Será que estavam sentadas naquela mesa, será que estavam conosco? Imaginei Aisha, Nazim e Mahdi sentados ao meu lado e visíveis apenas para mim, rindo da insuportável superficialidade de três jovens privilegiadas falando sobre carona e mochilão.

O que você fez na Sicília, Mina?

Liz evitou meu olhar, desconfortável. Ah, fui voluntária em um centro de recepção de imigrantes. Sabe, muitos navios da Líbia e da Tunísia atracam lá. Eles sempre precisam de ajuda.

That's so cool, disse Ashley os olhos apertados. Depois pediu licença, precisava ir ao banheiro cheirar pó. Nesse meio-tempo, Sun Yi chegou, toda esbaforida pelo atraso. Ela se sentou ao lado de Liz e sussurrou algo em seu ouvido. Liz manteve um braço ao redor de seus ombros e passou a mão em seus cabelos negros. O relacionamento delas me interessava — eu o observava como uma janela para o passado. Quando o garçom se aproximou, Liz pediu para Sun Yi o mesmo vinho que ela estava bebendo.

Não consigo imaginar como deve ser a experiência de um imigrante que chega à Itália, disse Liz, virando-se para mim. Nós aqui estamos tão distantes dessas situações que nem percebemos. Quero dizer, deve ser terrível para essas pessoas fugirem de sua terra natal e chegarem a um lugar que nem mesmo as quer, certo? Estamos todos *cientes disso* aqui, mas me fascina como um país menos desenvolvido lida com esse tipo de problema. Quero dizer, a Itália é bastante racista, não é?

O rumo da conversa me pegou de surpresa. Acima de tudo, fiquei surpresa com o incômodo que suas palavras despertaram em mim.

Aqui não é muito melhor, Liz. Contei rapidamente sobre a experiência de Nazim em Cambridge. Era a primeira vez que eu o mencionava para alguém, e o fato de esse alguém ser Liz foi estranho e gratificante. Ela pareceu indiferente, como se não estivesse me ouvindo. Este país continua a ignorar sua responsabilidade no comércio de escravizados e no imperialismo que dobrou continentes inteiros, continuei. Dizem que o único problema é a classe, mas a classe não está ligada ao capitalismo e o capitalismo não está ligado à opressão das minorias? Sempre há a necessidade de alguém que tenha menos e queira mais, para que nós, que já temos o suficiente, possamos obter ainda mais. Mais dinheiro, mais prestígio.

CAFÉ TANGERINN **251**

Liz assentiu em silêncio, entre o dever moral de concordar comigo e o incômodo de me dar razão. Ok, mas, no final das contas, aqui nós lutamos contra os fascistas, enquanto vocês votaram neles, resumiu.

Não é bem assim...

Além disso, você não me disse que sempre se sentiu desconfortável lá porque é miscigenada?

É uma questão pessoal, disse.

Mina, pare com isso. Este é um espaço seguro, estamos entre amigas. Apoiamos umas às outras. Isso é *sisterhood*, não é?

Eu havia passado anos seguindo-a, imitando-a, invejando-a, ouvindo-a falar sobre aquele *nós* genérico que só me incluía como seu satélite. Preferi orbitar sua luz a explorar aquele vazio escuro que eu sentia, uma sombra indefinida, um medo. No entanto, naquele momento, eu não tinha mais certeza de que fazia parte daquele *nós*, e ousei acreditar que minhas experiências, minhas opiniões, minhas verdades eram tão válidas quanto as dela, dignas de saírem das sombras, de serem consideradas, de serem vistas.

Na verdade, não me ofereci como voluntária, disse, virando-me para Emma. Meu pai morreu. Tenho trabalhado no café de nossa família, porque minha mãe está deprimida e minha irmã não consegue se virar sozinha. Estamos endividados e temos de pagar o dinheiro da proteção da máfia, além do aluguel.

Liz ficou pálida. Sun Yi olhou para nós sem entender. Emma abriu a boca para expressar todas as coisas que se deve expressar em tais circunstâncias, mas, felizmente, fomos interrompidas por Ashley: Meninas, vocês não vão acreditar na cena que eu presenciei! Ela se aproximou de nós com o rosto estranhamente animado. Havia duas garotas conversando, uma era negra e a outra branca, e a branca disse à outra: Que cabelo lindo, e tocou no cabelo dela. E aí pediu o endereço de um restaurante nigeriano... Todas exclamaram, arregalando os olhos. Observei Sun Yi, que, por sua vez, observou Liz, que colocou a mão sobre a boca, pegou o celular, e começou a digitar algo freneticamente. Talvez sejam amigas?, cortei. Algo havia estourado dentro de mim e senti que não queria mais concordar com aquele *nós*, nem mesmo com as coisas certas. As três olharam para mim com incredulidade.

Jesus, Mina. Às vezes você é tão italiana, sibilou Liz.

Onde elas estão agora, Ash?, perguntou Emma, olhando ao redor. Ashley se virou e fez um raio X da sala. Lá está ela, sussurrou, a branca está no balcão.

A gente devia dizer alguma coisa, murmurou Emma.

Nesse momento, Liz se levantou e foi até o balcão. Ela se inclinou e sussurrou algo no ouvido do barman, que se afastou imediatamente para a parte de trás do estabelecimento. Pouco depois, apareceu um homem muito elegante, que se aproximou da desconhecida incriminada com um semblante muito sério. Os dois começaram a discutir, mas, embora a conversa devesse ser acalorada, nada transparecia em seus rostos.

Nesse meio-tempo, Liz voltou para a mesa e filmou a cena de longe, explicando aos seus seguidores o que havia acontecido com uma riqueza de detalhes coloridos que não necessariamente se ajustavam à realidade.

Com o canto do olho, vi uma garota agitada em uma mesa próxima. Devia ser a vítima-negra-mas-com-certeza- -não-nigeriana. Obviamente, sentia-se desconfortável, indecisa se deveria se aproximar ou não.

A garota branca se virou chorando em busca de sua amiga, que, sem se mexer da cadeira, fez sinal para que ela fosse sentar. Mas o gerente bloqueou o caminho, indicando-lhe a porta. O segurança as observava atentamente. Ninguém na sala havia notado nada. Não é por maldade, disse Liz em um tom desconfiado, mas alguém tem que dizer essas coisas. Emma exclamou com olhos brilhantes que toda a cena era absolutamente trágica. Por que alguém se rebaixa e se associa a pessoas como essas? Que valor você atribui a si mesma se você se cerca de pessoas que não a respeitam?

Vocês já notaram, eu disse, lentamente, seguindo um pensamento fugaz e controverso, que mesmo quando lutam pelas batalhas dos outros, se referem a eles em termos econômicos? Quero dizer, qual é o valor de uma pessoa? Dez libras? Vinte? Como ele é medido, segundo vocês?

Saboreei aquele *vocês*, tomada por uma estranha euforia. Houve um momento de silêncio em que todas olharam para Liz, esperando. Sabiam que era ela quem tinha que falar, ela e mais ninguém. Estou feliz por você ter voltado, disse ela finalmente. Aquele lugar não é bom para você. Em poucos meses, você voltou a ser a ignorante provinciana que era quando a conheci.

O tiro foi disparado antes mesmo que eu pudesse refletir. Estava dentro de mim, talvez desde a primeira vez que a vi, com seu rostinho perfeito e seu roupão de seda orgânica. Dei um soco bem no rosto dela, como uma grosseira, incivil, violenta, irracional. Como a selvagem que eu era.

Houve uma grande comoção, mas de repente me senti calma e serena. Mesmo naquele momento, das duas, ela era a única visível. Meus ouvidos estavam zumbindo, eu podia ouvir choro e gritos, mas ninguém me impediu de me levantar lentamente e sair do bar.

A garota negra estava sentada na calçada, sozinha, chorando.

Pensei em sentar ao lado dela, dizer-lhe que sentia muito, que entendia — mas percebi que minha tristeza, compreensão ou coragem não serviam para nada, e que eu realmente não entendia. Eu não sabia se ela estava chorando por causa do que sua amiga havia dito ou por causa do que havia acontecido depois, ou por causa de outra coisa. Não sabia o nome dela. O que eu sabia era que, como eu, ela era a única que estava sozinha e era invisível. Mas o fato de sua dor e confusão estarem de alguma forma relacionadas às minhas era irrelevante para ela — o fato de nossas solidões serem semelhantes não nos tornava amigas. Eu não a conhecia, ninguém me conhecia. Agora eu sabia.

Voltei para casa a pé, pensando em Aisha e em suas pequenas ambições, no que significava para ela ter valor. Levei quase duas horas. Era noite e estava frio, mas eu queria caminhar. Procurei por papéis no chão, por um bêbado deitado em alguns degraus, por qualquer coisa feia, por uma lacuna naquele belo cartão postal. Mas em cada canto protegido do vento havia um grande vaso ou alguma estrutura para proteger a beleza dos abrigos improvisados. A neblina aumentava e eu me esgueirei pelas ruas escuras na esperança de ser atacada. Uma raposa cortou meu caminho sem parar para olhar para mim.

Uma semana depois, coloquei todas as minhas coisas em caixas, os últimos seis anos de minha vida. Enviei algumas, vendi outras e, com esse dinheiro, comprei uma passagem só de ida para Tânger. Não me despedi de ninguém, a não ser de quem eu havia sido, uma sombra promissora em uma metrópole maquiada.

8.

Tangêr era empoeirada. O ar impregnado de vento, areia e deserto. Havia um frenesi nas ruas e uma raiva palpável. Podia ver até mesmo nas crianças que insistentemente se aproximavam de mim para me vender coisas ou para me orientar. Perguntavam-me para onde eu estava indo, com insistência. Em um determinado momento, cedi, estava exausta, e disse que estava indo para tal hotel. Assim que tentei me afastar, um dos meninos, o mais baixo, me puxou pelo bolso da calça e disse que eu estava indo na direção errada. Eu sabia que não era verdade, era apenas uma maneira de me tirar da estrada principal e levar minha carteira. Sabia que era assim porque você me disse. Se tivesse sido enganada, não poderia mais dizer que era marroquina.

Quando os afastei bruscamente, senti-me muito culpada, uma culpa totalmente europeia. Ignorei-a: queria ser dura como pedra e queria ficar sozinha. Havia abandonado tudo o que amava, era órfã de pai e sem-terra, a cidade havia me rejeitado como um órgão defeituoso. Eu estava cada vez mais convencida de que não pertencia a lugar nenhum. A história de Rashid ecoava em meus ouvidos como a batida constante de um tambor ou de um coração.

Eu precisava saber quem você era para saber qualquer outra coisa.

Rashid abriu a porta de seu hotel e me cumprimentou com um abraço. Usava anéis em todos os dedos. Pensei:

quero ser como ele. Na verdade, não; quero ser como eu, mas com a mesma determinação com que ele é ele mesmo. Era ainda mais rico do que quando você o conheceu, e muito mais triste. Acho que não tinha amado mais ninguém como amou você. Esse pensamento me consolou: senti que ali a dor de perdê-lo era uma experiência compartilhada, que me aproximava de alguém em vez de me afastar. Grandes lágrimas rolavam quando ele me olhava, porque eu me parecia com você. Eu não chorava, mas ele parecia fazer isso por mim também, o que me agradava. Ele ainda era um homem bonito, com a pele queimada pelo sol e os olhos banhados em ouro. Pensar em vocês juntos me agitava.

 Tomamos chá, depois ele me levou para conhecer o café que havia sido o coração de seu ídolo, Allen Ginsberg. Tinha vista para o Soco Chico, ou Petit Socco, a pequena praça. Deixei que ele me falasse sobre a cidade e sobre vocês dois. Para ele, Tânger era a melancolia do dia caindo sobre o mar nas horas lentas, acordar primeiro e olhar para o rosto adormecido de quem dorme ao seu lado inocentemente, e sentir-se solitário, resistindo ao impulso de destruir a paz dos outros por inveja ou necessidade.

 Estava casado com uma mulher muito boa e compreensiva, que o deixava levar a vida que desejava e com quem ele sempre se abria. Seu nome era Amal, ela havia estudado arte e administrava a pousada, para grande alívio de Rashid, que nunca teve jeito com os negócios e não conseguia cobrar os aluguéis atrasados daqueles que ele sabia que não tinham condições de pagar. Em muitos aspectos, o casamento foi bem-sucedido e até mesmo feliz: eles se falavam com sinceridade, eram amigos e confidentes, respeitavam-se profundamente e cuidavam um do outro com carinho. O fato de envelhecerem juntos os uniu tal qual veteranos de guerra.

Tiveram dois filhos, cuja concepção foi uma espécie de estupro para ele. Quando eram pequenos e indefesos, lhe pareciam feios, como se tivesse expulsado a pior parte de si, a parte que fingia. Bebia muito naqueles dias, e por isso não era um bom marido. Mas Amal fora muito paciente, e ele era grato por isso.

Ela não tinha escolha, observei instintivamente, sustentando seu olhar carrancudo.

Ah, sempre temos escolha, ele respondeu pensativo. Não sou um homem ruim, eu a teria deixado ir embora com metade dos meus bens. Meus filhos vivem no mais vergonhoso privilégio. Eu lhes dou tudo, mas algumas coisas eu tenho que guardar para mim, para sobreviver.

Não entendo como é possível ser feliz em um relacionamento sem amor.

Criatura, amar alguém sem esforço é algo que só se faz na casa dos vinte anos. Apaixonar-se é algo que, quando acontece, vem e vai, deixando um luto em seu peito que será substituído pelo próximo. O amor, por outro lado, é um trabalho. Você aprende a amar as pessoas quando elas mudam, quando o decepcionam, quando parecem estranhas e desconhecidas para você — na pior das hipóteses, você aprende a amá-las mesmo quando não as ama. Os ocidentais têm uma ideia de si mesmos tão narcisista que acham que a pessoa que escolhemos amar deve ter sido feita para nós, para merecer tal compromisso de nossa parte. Mas isso não é verdade. Ninguém é especial. E todos nós merecemos ser amados. Portanto, ame, eu digo, e não reclame.

Mas você gosta de homens, protestei.

Eu amei apenas um homem. Por todos os outros me apaixonei rápido e, com a mesma rapidez, os esqueci.

Mas por que você não escolheu amar um homem para sempre e envelhecer com ele?

Rashid pensou a respeito e depois balançou a cabeça. Eu não sei. Não sei que tipo de homem eu seria sem Amal, sem meus filhos. Mas, na verdade, você está sozinho! Estamos todos sozinhos. Olhei para minhas mãos por um momento antes de perguntar se você sabia. O quê? Que, enquanto dormia ao meu lado, ele era meu irmão, meu melhor amigo, meu pai, meu filho, meu marido, meu amante? Que eu vivia tranquilo sabendo que ele estava tranquilo, e que cada telefonema, cada carta, cada palavra entre nós me vinculava a quem eu era, e agora que ele morreu, a pessoa que eu era não existe mais? Sim, ele sabia. Ele fingiu que não sabia porque não queria se sentir forçado a me rejeitar. Depois de todo esse tempo, ainda me pergunto se ele fingiu não saber porque não queria perder um amigo ou um refúgio. Ele me usava sem escrúpulos, era conveniente para ele me querer bem, é claro... Mas ele me queria bem, e isso era suficiente.

Me parece que tudo o que vocês fazem é fingir, todos vocês.

Rashid coçou o queixo, depois se inclinou para frente em busca do meu olhar e me observou por alguns segundos, intensamente.

Eu finjo, ele disse, mas isso não significa que não diga a verdade. O que é real, Mina? Meu casamento é falso aos seus olhos, mas é real para mim. Eu amo meus filhos, embora eles não me conheçam. E espero que eles me amem e que, mesmo sem me conhecer, saibam quem eu sou.

E quem é você?

Uma boa pessoa, que chora demais quando bebe, fora de tom, generoso, um pouco cínico. E pronto. Precisa saber tudo sobre mim para saber o que é importante? Acho que você só precisa passar algumas horas em minha companhia para saber de todas as coisas — o resto não importa tanto no final. Meus segredos não são tudo.

Meus olhos se encheram de lágrimas raivosas. O que você sabe sobre seu pai? Conte-me. Sequei meus olhos com as palmas das mãos. Escutei minha respiração entrar em minha barriga.

Sei que ele gostava de chá de menta e de jogar buraco e xadrez, e que gostava de ganhar. Sei que ele era muito inteligente, mas fingia não ser. Ele era modesto, mas carismático. Todos sempre gostavam dele. Ele era desobediente. Adorava segredos. Cozinhava com amor e nostalgia — acho que pensava muito na mãe dele. Ele tinha medo de nadar, mas não admitia. Adorava dirigir com as janelas abertas. Ria muito. Nunca tentou parar de fumar, não se importava que lhe fizesse mal. De vez em quando, ele ficava com preguiça, e isso era o mais próximo que chegava da tristeza. Às vezes, Berta se sentava em seu colo e ele a abraçava. Naquela época, eu achava que eles eram muito apaixonados, mas agora não sei se isso é verdade.

Eu o vejo, sabe, eu o vejo em todas essas coisas.

Não querendo chorar na frente de Rashid, tentei me levantar. Ele me agarrou pelo braço. Segurou com firmeza, mas não doeu. Implorou que eu me sentasse.

Você é igual ao Omar, murmurou, você tem tanta vontade de se conhecer, de se ajustar, de se tornar uma pessoa nova, de gostar de si mesma. Você persegue a vida e, com isso, a perde.

De volta ao hotel, abri um dos livros de poemas que Nazim havia me deixado. Era de uma poeta, Antonella Anedda. Havia uma orelha em uma página e versos sublinhados:

Parece um pijama e tem cheiro de lâmina
e há outras coisas: a toalha que pode ser trocada
as poltronas próximas e em frente à televisão
a impaciência com as faltas um do outro
que porém se esvazia como sacolas de mercado.
Muitas lendas, o sexo superestimado
mas não a solidão que se segue.
O resto é muito pouco.

E embaixo, escrito a lápis com sua caligrafia infantil de homem, uma mensagem: "Se você voltar, eu volto."

9.

Rashid gostaria de ter me acompanhado, mas eu lhe disse que não valia a pena e prometi que nos veríamos novamente em breve. Antes de ir embora, fiquei olhando para ele com aqueles olhos sábios e tristes, e lhe fiz uma pergunta à queima-roupa que eu vinha elaborando dentro de mim há muito tempo: Você acha que o amor incondicional existe? Sabia como ele me responderia, mas precisava ouvir.

As condições são fundamentais, declarou em tom grave.

Assenti e apertei sua mão com força.

O motorista do táxi estava fumando e cantando alto, sorrindo. Tinha os dentes da frente apinhados, mas, por alguma razão, isso não destoava em seu rosto, que era muito bonito. Falou comigo em francês, e eu lamentei não o entender e fiquei um pouco envergonhada.

Pedi um chá de hortelã no café do aeroporto. Estranhamente, o cheiro não despertou as imagens habituais, não o vi morto no chão. Pelo contrário, a realidade ao meu redor está muito quieta. Tiro o celular do bolso.

Estou no aeroporto.

Ah é? Para onde está indo?

Não sei. Talvez para casa.

E onde fica essa casa?

Eu a ouço rir. Eu também rio. É uma sensação estranha.

Vai ficar entediada e fugir de novo.

Provavelmente.

E aí vai sentir saudades de casa e voltar novamente.

Talvez.

E daí?

Isso me assusta.

O quê?

Ter alguém para ligar quando estou entediada, quando chego tarde à noite, ter que atender o telefone quando não tenho vontade, sentir a responsabilidade de estar presente quando, não sei, você precisar de mim. Eu vou estar lá. Vou estar lá para você. Eu estou lá para você. Pelo Nazim. Pela Berta... Acho que ser livre é devastador, mas não ser — se eu desistir disso, quem sou eu?

Suspiro. Você é minha irmã.

Levanto os olhos para o céu. Sinto vontade de dizer que não é o suficiente, mas sai apenas um soluço interrompido. Tenho mais medo disso do que de qualquer outra coisa. Eu estava tão cheia de mim e tão vazia. Me enchia de outras coisas e dizia: eu sou isso, eu sou aquilo, não aquilo. Um emaranhado de presunção e solidão. Eu me fiz do zero para não parecer com ninguém e acabei não sendo nada mais do que a reprodução de uma ideia, algo que eu havia apenas imaginado. É realmente possível isolar o núcleo essencial de quem você é daqueles que o amam, que o habitam? Talvez a ideia de conhecer a própria verdade seja totalmente ilusória, não existe uma parte mais verdadeira ou mais autêntica de nós que seja separada das outras, escondida no fundo de nós mesmos, imutável. Talvez existamos para aqueles que nos amam, e aqueles que amamos existam para nós, da maneira como os vemos e da maneira como eles nos veem.

Bebo meu chá ruidosamente, batendo os lábios, e parece que vejo você refletido no vidro, mas não é você, sou eu. Pela janela, olho para os aviões na pista de decolagem. O céu está azul brilhante.
Você vai me buscar?
Do outro lado, Aisha sorri e diz: Claro.
Tiro sua carta do bolso. Carrego-a comigo desde então, mas nunca tive coragem de ler além do primeiro parágrafo. Hoje, no entanto, parece-me um dia corajoso.

Minha Mina,
Sinto muito. Cuide de Berta, sei que é difícil, mas Aisha não consegue sozinha. O café é tudo o que construí na minha vida, além de vocês duas, e gostaria que vocês cuidassem dele juntas, porque talvez lá vocês possam cultivar minha memória.
Sempre tive medo de morrer. Era tão fácil morrer no meu bairro que a minha morte não era uma ansiedade, mas sim uma espera. Acima de tudo, eu tinha medo de ser esquecido. Talvez seja por isso que lhe contava todas aquelas histórias, para que minha memória ficasse com você.
A verdade sobre minha vida é menos especial e muito mais miserável do que eu fiz você acreditar. Agora temo que você mantenha viva a lembrança de um homem que nunca existiu de verdade — de quem eu queria ter sido, talvez, e não de quem eu fui. Mas me conforta saber que você acreditou na melhor versão de mim.
Receio que não a protegi do que a machucava; a minha atitude não era de indiferença, mas de incapacidade. Nunca soube o que fazer com a dor dos outros, mal sabia como reconhecer a minha própria. Agora que sinto a fragilidade desta vida, percebo que fui muito

covarde. Mas eu a amei, e se você me amou, talvez esteja tudo bem.
Ficamos distantes por muito tempo. Eu quis tantas vezes ligar para você. Para lhe dizer que você podia voltar. Que nós gostaríamos que você voltasse. Que você não precisava provar nada a ninguém, que ficaríamos felizes... Que me doía pensar que você tinha fugido de nós ou, pior ainda, que estava se realizando dessa forma em meu nome. Por mim. Porque não era necessário, habibi. Espero tê-la trazido para casa, agora, mesmo que seja tarde demais. O tempo que perdemos nunca mais volta.
Lar é uma palavra evasiva. Não sei mais o que penso quando penso em casa, minhas lembranças se misturam e muitas vezes acho que estou em dois lugares ao mesmo tempo. Quem poderia imaginar que eu seria tão rico em vida? Passei tanto tempo pensando demais, imaginando se o outro caminho, aquele que não segui, talvez fosse o melhor, o mais adequado para mim. Morro sem saber, mas, enquanto isso, vivi essa vida e ela foi minha. Desejo a você o mesmo. Nunca se foge de alguma coisa, corre-se em direção a alguma coisa. Você corre em direção a si mesma e em direção às coisas que são suficientes para você, sabendo que, se elas não estivessem lá, haveria outras. Eu fiz isso e vivi uma vida cheia de dúvidas, sem nunca me arrepender de nada, exceto talvez das palavras que eu queria ter dito às pessoas que amava. No final, isso é tudo.
Quando você era pequena, à noite, olhava para mim do berço com os olhos bem abertos, e eu olhava para você. Acho que, apesar de tudo, nós nos vimos nesta vida e, se Alá quiser, nos veremos na próxima. Inshallah.
Omar

Glossário de termos em árabe

Adhan: chamada para a oração feita pelo imã.
Alhamdulillah: expressão correspondente ao hebraico "aleluia", literalmente: "Graça seja dada a Deus".
Al-jidd: avô.
Admi: tio.
Ammiti: tia.
Baba: papai.
Bsslama: olá, adeus.
Djellaba: túnica tradicional marroquina, usada por homens e mulheres.
Habibi: amor, querido.
Harira: sopa típica marroquina, preparada com carne, verduras e legumes.
Hawawashti: um prato magrebino, típico do Egito: pita recheada com carne picada e temperada.
Imam: aquele que lidera a oração e é responsável pela mesquita.
Jidda: avó.
Kif: droga leve à base de haxixe.
Kafta: almôndegas de cordeiro típicas do Magrebe e do Oriente Médio.
Mansaf: carne de cordeiro cozida em um molho de queijo e servida com arroz, típica da Jordânia, mas presente na tradição culinária do norte da África.
Msemmen: pão fino e escamoso, com textura semelhante à dos crepes. É servido no café da manhã com queijo cremoso e mel.

Shakshuka: ovos fritos cozidos em molho de tomate, com pimenta, cebola e especiarias.

Tajine: panela de barro típica com tampa em forma de cone; as receitas preparadas nessa panela são geralmente chamadas de "tajine".

Taktuka: creme de tomates e pimentões temperados.

Zaaluk: creme de berinjela e tomate.

Zellij: telhas de barro esmaltadas típicas do Magrebe.

ESTE LIVRO, COMPOSTO NA FONTE FAIRFIELD,
FOI IMPRESSO EM PAPEL IVORY SLIM 65G/M² NA CORPRINT.
SÃO PAULO, BRASIL, JULHO DE 2025.